현자의 제자를 자칭하는 현자

3

류센 히로츠구 지음

후지 초코 일러스트

정대식 옮김

그곳은 수생생물에 관한 연구물을 모아놓은 곳 같았다
초목이 무성하게 자라난 가운데
여전히 껑충 높이 솟아 있는 책장과 더불어
이곳저곳에 거대한 수조가 늘어서 있었다

"꼭 물속에 들어와 있는 것 같군."

현자의 제자를
She professed herself
pupil of the wise man.
자칭하는 현자

③

$\langle 1 \rangle$

　녹음이 우거진 숲속, 완만한 곡선을 그린 도로를 한 대의 마차가 경쾌하게 달렸다.

　그것은 며칠 전 진혼도시 카라낙을 출발해 알카이트 왕국의 수도인 루나틱레이크로 돌아가는 길인, 미라를 태운 마차였다.

　좌측에 자리한 숲은 우측에 비해 상당히 드문드문했지만, 그 대신 형형색색의 꽃들이 두드러져 보였다.

　그토록 다른 경관에 미라가 일희일우하고 있자니 얼마간 떨어진 도로 전방에서 모험가 그룹이 여러 마리의 마물과 전투를 벌이고 있는 모습이 보였다.

　하지만 그것은 이 세계에서는 지극히 일반적인 광경이었다. 마부석에서 고삐를 쥐고 있는 갈렛은 모험가 그룹의 전황을 흘끔 살피고는 익숙한 손놀림으로 도로 가장자리로 마차를 붙였다. 전투에 방해가 되지 않도록 조금 떨어져서 지나가기 위함이었다.

　하지만 마차가 모험가 그룹의 뒤에 접어든 순간이었다. 진행방향에 자리한 지면에 마법진이 떠오르더니 눈앞에 갑자기 너구리 비스무리한 무언가가 나타났다.

　"앗……."

　너무도 갑작스러운 일에 대처할 여지가 없어, 마차는 호쾌하게 그것을 받아버렸다. 직후, 너구리 비스무리한 무언가는 "뀨~웅" 하는 애처로운 목소리를 남기고는 마법진의 빛에 둘러싸여 사라졌다.

"뭐냐, 방금 그건?!"

어디선가 들어본 듯한 둔탁한 소리가 차내에 울려 퍼지자 미라는 허둥지둥 마부석으로 고개를 내밀었다. 그리고 곧장 주변 땅바닥을 훑어보았다. 사람의 모습을 띤 무언가가 쓰러져 있지는 않을까 싶어서.

하지만 상상했던 광경은 주변에 펼쳐져 있지 않았다.

미라는 순간적으로 안도하기는 했으나, 상당히 커다란 충돌음이 들려왔었다는 사실이 떠올랐다. 혹시 먼 곳까지 날아가버린 것은 아닐까 싶어, 미라는 범위를 더욱 넓혀 둘러보았다.

완만한 도로가 한없이 이어진 전방에서는 위화감이 느껴지지 않았다. 이어서 시선을 옆으로 돌려보니 산들바람에 춤을 추는 초원과 그곳에서 전투를 벌이고 있는 모험가들의 모습이 눈에 들어왔다. 그 건너편에는 녹음이 짙게 드리운 산맥이 솟아 있고, 티없이 맑고 푸른 하늘에는 새하얗고 커다란 구름이 두둥실 떠 있었다.

아무리 봐도 충돌음의 원인이 될 법한 것이 보이지 않았다. 그 대신 모험가 그룹의 일원인 여성술사가 멀거니 서 있는 모습이 눈에 들어왔다.

"그러게 내가 뭐랬어. 소환술 따위에 쓸데없이 마나 쓰지 말라고 했지? 넌 무형술로 서포트만 해주면 돼."

한숨 섞인 투로 여성술사에게 그렇게 말한 것은 그 옆에 있던 남자 술사였다. 그는 동료들을 마술로 엄호하며 여성을 격려하듯 어깨를 토닥여주었다. 아무래도 여성은 소환술사인 모양이었다.

"응……."

풀이 죽어 어깨가 축 처진 그녀의 눈에 마술로 빚어낸 불꽃이 마물들을 유린하는 광경이 비쳤다.

활활 불타는 불꽃에 그을린 마물들이 비명을 질러대는 가운데, 어떤 한마디에 과민하게 반응한 소녀가 있었다.

그렇다, 미라였다.

"소환술 따위…… 쓸데없이……라고?"

여성과 같은 소환술사인 데다 그 정점에 군림했었던 미라에게 마술사 남자가 입에 담은 말은 결코 용납할 수 있는 성질의 것이 아니었다.

미라는 당연히 "그냥 흘려듣지 못하겠구나!" 하고 격분하여 냉큼 마차에서 뛰어내렸다. 그리고 소환술의 진수를 보여주마 하고 씩씩거리며 마물들이 있는 방향으로 고개를 돌렸다.

하지만 모험가 그룹에 속한 멤버들은 우수한 모양인지 안정적인 싸움을 이어가 전투는 이미 종반에 접어든 상태였다. 그리고 거기에 마술사의 술법이 작렬하자 마물들은 모두 쓰러져 전투가 종료되었다.

미라는 두 술사들 사이에서 갈 곳을 잃은 분노를 떠안은 채 멀거니 서 있었다. 그러던 중에 갈렛이 마부석에서 내려 다가왔다.

"너무 갑작스러워서 피하지 못했습니다. 정말 죄송합니다."

갈렛은 그렇게 말하며 고개를 숙였다. 그러자 남자 마술사가 한 걸음 앞으로 나서서 갈렛을 쳐다보더니 마찬가지로 고개를 숙였다.

"아닙니다. 이쪽이야말로 죄송합니다. 이 녀석은 소환지점을 지정하는 게 서툴러서, 이렇게 될지도 모르니 쓰지 않아도 된다고 타일러뒀습니다만."

남자 마술사는 그렇게 말하며 여자 소환술사를 재촉하듯 쿡쿡 찔렀다.

"죄송, 해요……."

여자 소환술사는 이내 슬픈 말투로 사과의 말을 입에 담았다. 하지만 미라는 그런 건 아무래도 좋다는 표정으로 여성을 올려다 보며 입을 열었다.

"역시, 그대는 소환술사인 게로구나?!"

"저기……. 응."

여성은 희색으로 가득한 미라의 미소를 보고는 다소 당황스러운 표정을 짓더니 소심하게 고개를 끄덕이며 답했다. 현재, 이 세계에서는 소환술사가 가장 인기 없는 클래스로 여겨지고 있었다. 때문에 사람들의 인식은 냉랭하기만 했고, 그런 탓에 여자는 열등감을 느끼고 있는 모양이었다.

"그래그래, 소환술사라. 그거 멋지군!"

그에 반해 미라로 말하자면 같은 소환술사를 만났다는 기쁨을 주체할 수가 없었다.

"그런, 가?"

사람들과 정반대라 할 수 있는 반응에 어안이 벙벙해진 여자는 신이 난 미라의 얼굴을 보고는 덩달아 미소를 지었다.

"그렇고말고. 그래, 소환지점을 지정하는 게 서툴다고 했었지. 이 몸에게도 그런 시절이 있었지. 허나, 간단한 요령만 익히면 문제없을 게다!"

과거의 경험을 떠올리며 그렇게 말을 쏟아낸 미라는 여자의 바로 옆에 다크나이트를 소환하며 "자, 이처럼 말이다" 하고 자랑을 하듯 가슴을 젖히고서 말을 이었다.

소환된 흑기사에게서는 흉흉한 전의가 흘러넘쳤고, 그 손에 쥐어진 대검은 공포 그 자체가 깃들기라도 한 듯 검게 물들어 있었다.

"뭐야, 이건……!"

흑기사는 너무도 갑작스럽게 출현했다. 모험가들이 소환술이라는 것을 알아채지 못할 정도로. 그 때문인지 주변에 순식간에 긴장감이 감돌더니 눈 깜짝할 새에 임전태세가 갖춰졌다.

그런 가운데, 흑기사가 피처럼 붉은 눈으로 여자를 흘끗 내려다보았다.

"이봐! 빨리 떨어져!"

남자 마술사가 언성을 높였다. 하지만 여자는 그 자리에서 꼼짝도 않고 눈을 휘둥그렇게 뜬 채 흑기사의 붉은 눈을 마주 보았다.

"이거, 무구정령 소환 맞죠? 그럼 당신도."

눈에 띄게 당황한 남자는 아랑곳 않고, 여자는 다소 들뜬 목소리로 미라에게 그렇게 물었다. 아무래도 그녀는 한눈에 소환술이라는 사실을 알아챈 모양이었다.

"음, 소환술사 맞다!"

미라가 대답하자 모험가 그룹도 웅성거리기 시작했다. 그도 그럴 만 하리라. 그것은 동료가 소환하는 다크나이트와는 전혀 다르다 해도 과언이 아닐 정도의 박력과 섬뜩함을 내포하고 있었기에.

"굉장해요. 이렇게 강인해 보이는 다크나이트는 처음 봤어요."

여자는 선망 어린 눈빛으로 흑기사를 쳐다보더니 그대로 미라에게 시선을 옮겼다.

"그래, 그럴 테지!"

미라가 되고 나서 다크나이트를 보자마자 소환술이라는 사실을 다른 누군가가 알아준 것은 처음이었다.

여자의 반응에 기분이 좋아진 미라는 이어서 홀리나이트를 소환해 보였다. 예비 동작이 전혀 없는, 갑작스러운 소환이었던 탓에 모험가 그룹에서는 경계심으로 가득한 목소리가 터져 나왔다.

순백의 장갑에 몸을 뒤덮을 정도로 커다란 타워실드. 방어라는 개념을 몸으로 체현한 듯한, 실재하는 성기사로 착각할 듯한 모습의 홀리나이트가 붉은 눈으로 여자를 쳐다보았다.

"이건, 홀리나이트군요. 이렇게 강인해 보이는 무구정령은 처음 봤어요. 심지어 이렇게 정확히 소환할 수 있다니. 존경스러워요."

여자는 그런 백기사를 빤히 쳐다보며 들뜬 목소리로 말했다.

더더욱 기분이 좋아진 미라는 턱 끝을 손가락으로 쓸며 후흥 하고 콧숨을 내쉬더니,

"이와 같은 소환지점 지정은 요령만 익히면 그대도 금방 할 수 있을 게다."

그렇게 말하며 다정함과 기쁨이 뒤섞인 흐물흐물한 미소를 여성에게 보냈다.

"정말? 정말 저라도 할 수 있을까요?"

희망이 눈앞에 어른거리자 여자는 반신반의하면서도 그에 기대듯 물었다.

"음, 그리 어려운 일은 아니니 말이지. 괜찮을 게다. 이 몸이 꼼꼼히 가르쳐주도록 하지."

소환술사의 정점에 군림하며 수많은 동지들을 보아온 미라에게 있어 소환술에 관한 일로 고민에 빠진 자는 내버려둘 수 없는 존재였다. 때문에 미라는 똑바로 여자의 눈을 쳐다본 채 힘차게 고개를 끄덕이며 답했다.

"해서, 요령에 관해 말하자면——."

소환술에는 관심이 없는 모험가 일행이 전리품을 회수하는 가운데, 미라는 일찍이 은의 연탑에서 후배들을 가르쳤을 때보다 훨씬 친절하고 자상하게 요령을 가르쳐주기 시작했다.

——5분 후.

"돌멩이를, 내려놓듯……."

소환 시의 마음가짐이며 이미지를 떠올리는 법 등, 중요한 요점을 미라에게 배운 여자는 도로 한복판에 그려진 원을 바라보며 술법을 발동시켰다.

그러자 그 원과 포개어지듯 마법진이 나타나더니 중심에서 자그마한 너구리 비스무리한 짐승이 불쑥 튀어나왔다. 그것은 여자가 소환한 카벙클이었다.

"됐다……. 됐어요~!"

지정한 지점에서 한 치의 오차도 없이 소환된 카벙클을 본 여자는 두 손을 치켜들며 환희했다. 그리고 기쁜 나머지 미라를 끌어안고서 "고마워요~!" 하고 눈물 어린 눈으로 감사의 말을 입에 담으며 흐느껴 울었다.

"음, 훌륭하군. 이해력이 좋아. 훗날 훌륭한 소환술사가 되겠어!"

코끝을 간질이는 여성 특유의 달콤한 향기와 은은히 풍겨오는 땀 냄새에 순간적으로 동요하기는 했으나 미라는 그 즉시 늠름하게 현자다운 표정을 지은 채 칭찬을 늘어놓았다.

지금은 사정이 있어 소녀의 모습이었지만 미라는 일찍이 덤블프라는 노련한 소환술사로, 아홉 현자라 불리는 지위에 올라 있었다.

때문에 소환술에 관해서는 그 누구보다도 지식이 많아, 여자의 미숙한 점도 금방 알아챌 수 있었던 것이다.

"분발할게요!"

미라의 칭찬을 들은 여자 소환술사의 표정이 한층 더 밝아졌다.

그러던 때였다. 갑자기 한 줄기 바람이 초원을 가로지르는가 싶더니, 직후에 풀숲에서 검은 고양이가 튀어나와 반대쪽 숲으로 뛰어들었다.

"뭐였지, 방금 그거? 마물인가?"

모험가 그룹의 일원이 검을 겨누며 말했다.

"처음 보였던 건 풍정령이었지? 쫓기고 있는 것 같았는데."

여자 소환술사는 눈을 가늘게 뜨고서 숲속을 응시했다.

"음. 정령을 쫓던 건, 고양이 같은 무언가였지."

미라 역시 숲을 바라본 채 중얼거리고는 턱에 손을 가져다 댄 채 기억을 되짚어보았다. 정령을 쫓아다니는 천벌 받을 짓을 한 존재에 관해. 기억 속에 있는 것은 엘레멘탈 이터라 불리는 마물이었다. 하지만 그것은 도깨비처럼 뿔이 돋은 것이 그야말로 괴물이라는 말이 어울리는 모습을 하고 있는지라 눈이 잘못되지 않은 이상 고양이로 착각할 일은 없었다.

미라가 깊은 생각에 잠겨 있던 중, 숲이 산들산들 흔들리더니 다시금 바람의 정령이 일동의 눈앞을 가로질렀다. 그 모습을 발견한 미라는 그 즉시 몸을 날려 뒤를 쫓아 뛰쳐나온 검은 고양이를 가슴으로 받아냈다.

"음, 뭐냐, 이 녀석은……."

그 검은 고양이는 보기보다 훨씬 가벼웠다. 아니, 생물적인 질량이 느껴지지 않았다. 그럼에도 냐옹냐옹, 하고 무언가를 호소하는 듯한 눈으로 미라를 올려다보며 우는 모습은 작은 동물 특유의 애교로 가득했다.

"응? 그 검은 고양이. 인위적인 마력을 품고 있군."

흥미가 동했는지 남자 마술사가 품안에 안긴 고양이를 들여다보며 말했다.

'호오, 인위적이라.'

남자의 말을 들은 미라는 시험 삼아 검은 고양이를 주시해보았다. 그것은 플레이어에게 갖춰진 기본 기능으로 대상의 간이적인 정보를 읽어내기 위한 행동이었다.

"이 녀석…… 식신(式神)이었나."

검은 고양이 앞에 『식신 : 냥마루』라 적힌 문자가 떠오른 것을 확인한 미라는 납득했다는 투로 중얼거렸다.

식신이란 음양술사가 조종하는 종자 같은 것으로 무수히 많은 형태가 존재했다. 그야말로 벌레에서 고양이, 나아가 공상 속 생물에 이르기까지 가지각색이었다.

"그나저나…… 참으로……."

지금도 품안에서 냥앙냥앙 울며 미라를 발바닥으로 밀어대고 몸부림을 치고 있는 검은 고양이의 모습은 너무도 귀여웠다.

무심결에 표정이 완전히 풀어지려던 것을 미라는 모험가들의 시선을 의식하여 겨우 참아냈다. 하지만 검은 고양이의 사랑스러움은 그칠 줄을 몰랐다.

"저기……."

엄격한 표정으로 검은 고양이의 배를 쓰다듬던 미라의 귓가에, 등 뒤에서 두둥실 바람이 내려앉음과 동시에 속삭이는 것만 같은 소녀의 목소리가 들렸다. 그와 동시에 검은 고양이는 냐옹, 하는 울음소리를 내며 몸을 날려 미라의 손에서 빠져나가 등 뒤로 달려갔다.

뒤를 돌아보니 그곳에는 바람의 정령이 있었다.

"고……고양이님한테 무슨 짓을 하려는 거예요……?!"

도로 옆에 자리한 나무 뒤에서 얼굴을 내민 바람의 정령은 냥마루를 감싸듯 끌어안고서 경계심이 가득한 목소리로 말했다.

그에 반해 미라 일행으로 말하자면 바람의 정령이 검은 고양이에게 쫓기고 있다고 생각했던지라 다소 당황할 수밖에 없었다. 아무래도 바람의 정령과 검은 고양이는 아는 사이인 것은 물론이고 친하기까지 한 모양이었다.

"아~…… 딱히 뭔가를 할 생각은 없었다만."

"저기…… 으음……. 그, 그러면…… 절 괴롭히러 온 거군요?!"

바람의 정령이 당장이라도 울음을 터뜨릴 것만 같은 표정으로 외치자 갑자기 주변에 자리한 공기가 수런대기 시작하더니 일대를 에워싸는 모양새로 작은 선풍이 일어났다.

"뭐야. 무슨 일이야."

"이 바람, 자연적인 게 아니야."

모험가 중 검사가 그 갑작스러운 변화에 허둥지둥 검을 겨누었고, 그룹 중 탱커 역할을 맡은 기사는 방패를 쥔 손에 힘을 실었다.

전사 클래스에게는 정령이 보이지 않는 탓에 술사인 미라가 무엇과 이야기를 하고 있는지 알 수 없었다. 하지만 맹렬한 선풍이 주변에 몰아치고 있다는 현상만은 그 몸으로 또렷하게 느낄 수 있었다.

"저기 바람의 정령이 있는데 말이지. 검은 고양이를 괴롭힐 생각은 없다고 해명했더니 어째서인지 그럼 자신을 괴롭히러 온 거구나, 하고 착각을 했어. 그렇게 된 상황이야."

"그거, 괜찮은 거야?"

남자 마술사가 한숨 섞인 투로 설명하자, 의외로 절박한 상황
이 아닌가 하는 생각에 전사들이 뺨을 씰룩거렸다.

"진정해라. 이쪽은 그대가 쫓기고 있는 게 아닌가 싶어 그 냥마
루를 제지한 게다. 단지 그뿐이야."

미라는 바람의 정령의 품에 안겨 이쪽을 가만히 쳐다보는 검은
고양이를 가리키며 있는 그대로 해명했다. 정령은 결코 의사소통
이 불가능한 상대가 아니었다. 기본적으로는 인류와 같은 편에
있는 존재였다.

"……냥마루요?"

바람의 정령은 고개를 살며시 갸웃하며 미라의 말 중 일부를 따
라했다.

"그 검은 고양이의 모습을 한 식신의 이름이다……. 몰랐던 게
냐……?"

"…………"

미라는 간단히 사정을 이야기했다. 바람의 정령이 검은 고양이
에게 쫓기는 듯 보였다는 이야기며 도와주려고 검은 고양이를 제
지했다는 이야기. 그리고 그 검은 고양이는 식신으로, 이름은 냥
마루라는 이야기를.

"아우으……. 저기, 그게. 죄송해요."

선풍은 미라의 설명이 진행될수록 잦아들었고, 바람의 정령
은 설명이 끝남과 동시에 냥마루를 안은 채 사과의 말을 입에
담았다.

"아니…… 이 몸도 사정을 모르고 끼어들어 미안하구나."

미라도 사과를 하고 난 뒤, 두 사람은 마주 본 채 미소를 주고받았다. 바람의 정령은 냥마루와 술래잡기를 하며 노는 중이었다고 한다. 너무도 흐뭇한 이유에 모험가들도 쓴웃음을 지은 채 어깨를 으쓱했다.

"고양이님…… 냥마루님은 식신님이었나요."

"냐옹."

바람의 정령이 품에 안은 냥마루를 쳐다보며 중얼거리자 냥마루는 시선을 맞추며 울음소리를 냈다.

"헌데, 그대는 냥마루의 주인을 아는가?"

"아뇨, 냥마루님과 처음 만난 건 제가 무서운 사람들에게 습격을 받았던 때였어요. 큰일 날 뻔한 참에 냥마루님이 구해주셨는데, 근처에 음양술사님은 없었던 것 같아요. 냥마루님과는 그 뒤로 가끔씩 같이 놀고 있는데, 음양술사님을 만난 적은 없어요."

바람의 정령은 표정을 휙휙 바꿔가며 이야기했다. 습격을 받았다는 부분에서는 공포에 질린 표정을 짓고, 도움을 받았다는 부분에서는 눈빛을 빛내는 식으로.

"흠, 근처에 술사가 없는데도 문제가 없었다면, 냥마루는 자율식 식신이라는 뜻이로군."

미라는 그 독특한 말버릇을 신기해하면서도 식신의 종류를 추측해보았다.

식신에는 크게 나누어 두 종류가 있었다. 술사가 직접 조작하는 호응식과 식신 자체가 의지를 가지고 움직이는 자율식.

"그건 그렇고, 조금 전에 그대는 사람들에게 쫓겼다고 했지? 그건 정말 사람이었나?"

미라는 납득이 안 가는 점 하나를 끄집어냈다.

인류에게 협력적인 자연정령. 그것을 공격하는 일은 삼신국이 공식적으로 금지한 행위인 데다 자연정령이라는 것은 그 이름대로 자연계의 힘을 관장하는 존재였다. 어지간한 강자가 아니고서는 역습을 당하고 말 것이다.

"네. 호수 근처에서 월광욕을 하고 있었더니 갑자기 저를 에워쌌어요. 무섭게 생긴 분들은 무기를 들고 있었어요. 전 깜짝 놀라서 숲속에서 도망쳐 다녔는데, 그때 냥마루님이 뛰쳐나와 무서운 사람들을 쫓아내줬어요."

바람의 정령은 또다시 표정을 휙휙 바꾸어가며 말했다.

"정령님을 습격하다니. 괘씸하기 짝이 없는 사람들이네요."

"음, 그러게 말이다."

여자 소환술사는 바람의 정령의 말을 듣고 씩씩거리며 말했다. 술사인 그녀에게 있어 정령은 친밀하고도 매우 소중한 존재니 분노할 만도 했다. 그리고 그 목소리에 담긴 감정은 정령의 목소리가 들리지 않아 상황을 파악할 수 없는 전사들에게 전해지고도 남음이 있었다.

자연정령은 마물과는 달리 먼저 해를 가하지 않는 한 결코 사람을 상처 입힐 만한 짓은 하지 않는다. 상처를 입히기는커녕 근처에 있으면 이런저런 은혜를 얻을 수 있으며, 궁지에 처하면 도와주기까지 하는 착한 존재였다. 설령 쓰러뜨린다 해도 모든 정령들의 분노를 사기만 할뿐 레어한 아이템이 손에 들어오지도 않아, 삼신국에서는 죄인 취급을 받게 되어 있었다.

하지만 그것은 게임 시절의 이야기였다. 현실이 된 지금은 어쩌면 미라가 모르는 무언가가 있을지도 모른다. 좋은 이웃을 해하면서까지 얻고 싶은 무언가가 있는 것인지도 모른다. 그러한 생각에 도달한 미라는 인간의 탐욕스러움이 혐오스러워졌다.

"냥마루님에게는 매우 감사하고 있어요. 그리고 친구한테 들은 이야기인데, 아무래도 이런저런 곳에서 저희 동료들이 습격을 받고, 끌려가고 있다는 모양이에요."

"그 말인 즉, 그 밖에도 정령을 습격하는 녀석들이 있다는 게냐?"

"그런 모양이에요. 저는 냥마루님 덕분에 살았지만……."

바람의 정령은 떨리는 손으로 냥마루를 꼭 끌어안았다. 그 표정에는 동료들이 무사하기를 바라는 비통함이 묻어나 있었다.

'이런저런 곳이라 함은 정령사냥을 생업으로 하고 있는 고얀 녀석들이나 그것으로 장사를 하는 자들의 짓일지도 모르겠군.'

미라는 바람의 정령의 말을 통해 몇 가지 가설을 세워보았다.

자신이 모르는 정령의 이용법으로 인해 부(富)가 발생하여 그것을 장사 수단으로 삼는 자들의 존재.

눈앞에 있는 바람의 정령처럼 대부분은 외모가 아름다운지라 감상이나 애완을 목적으로 잡아가는 자도 있을지 모르는 일이었다.

그 밖에는, 그 힘을 전력 삼아 군사적으로 이용하려는 것일 가능성이 있었다.

하지만 정령은 해를 가하는 자를 결코 용서치 않는다. 만약 붙잡힌다 해도 정령이 작심하고 저항하면 작은 마을 정도는 가볍게 날아가버리리라. 정령은 그만한 힘의 집합체인 것이다. 하지만 말의 맥락을 통해 그런 정령을 붙잡을 수단이 있음을 짐작할 수 있었다.

이 게임 세계가 현실이 되고서 30년이 지난 현재, 과거에는 상상도 못 했던 기술이 개발되었어도 이상할 것이 없었다. 그중 하나인 마도공학의 정수를 모은 어코드 캐논을 미라는 이미 직접 보지 않았던가.

기술의 진화. 그것은 지금까지의 상식을 뒤집는 가능성을 지닌 희망이자 괴물이기도 했다.

'정보가 압도적으로 부족하군…….'

아무리 머릿속으로 생각을 한들 미라는 이 세계에 온 지 얼마 되지 않았다.

30년 치의 정보를 따라잡으려면 아직 한참 멀었다는 사실의 벽 앞에 선 미라는 땅이 꺼져라 한숨을 쉬고는 일단 모든 생각을 중단했다.

"그나저나 냥마루 말고도 친구가 있었군."

문득 미라는 입가를 치올리며 바람의 정령에게 장난스러운 미소를 날렸다.

"있어요오~!"

서운한 소리 말라는 듯 바람의 정령은 발을 동동 구르며 뺨을 부풀렸다.

상대의 정체는 알 수 없다. 만약 조직을 이루었을 경우, 그들과 맞서려면 그에 상응하는 준비가 필요하리라.

미라는 이 문제를 이미 알 듯한 솔로몬이나 루미나리아에게라도 물어보면 되리라 생각했다.

습격자 건은 일단 접어두기로 한 미라는 다시 한 번 냥마루에게 시선을 던졌다.

기본적으로 적대할 일이 없다고는 하나 정령은 상당히 강해, 인간의 몸으로 쉽게 이길 수 있는 상대가 아니었다. 상대가 정령이라는 것을 알고 습격을 했다면 그자들은 정령에 대항할 수 있을 만큼의 실력을 지녔음을 뜻하기도 했다. 그렇지 않고서는 인간의 몸으로 이기기 어려운 상대를 습격할 리가 없으니.

하지만 그렇다면 의문점이 또 하나 발생한다.

바로 정령과 싸울 수 있을 만큼의 실력을 지닌 습격자들을 쫓아냈다는 냥마루였다.

정령을 습격한 자들을 능가했다면, 식신인 냥마루에게는 정령조차도 초월하는 힘이 있다고 봐야 할 것이다. 그렇다면 그 주인은 그보다 훨씬 뛰어난 실력을 지녔다는 뜻이 된다.

"흐~음...... 냥마루라......"

미라는 그 검은 고양이 식신의 이름을 통해 어떠한 인물을 떠올렸다.

그것은 아홉 현자의 일원이자 음양술의 탑의 현자, 종주(宗主) '칠성의 카구라'였다.

음양술에는 냥마루와 같은 식신을 사역하는 술법이 수없이 많지만, 그중 가장 범용성이 뛰어난 사수(四獸)라는 식신이 있었다.

상급 음양술사라면 주작, 현무, 청룡, 백호라 불리는 유명한 존재도 사역할 수 있다.

그리고 습득한 식신에게는 이름을 붙일 수가 있다. 이것이야말로 미라가 카구라를 떠올린 이유였다.

현무가 카메키치, 청룡이 뇨로조, 주작이 피스케에 백호가 가우타. 거기에 냥마루가 낀다 해도 위화감이 없었다. 카구라의 식신은 그 밖에도 수없이 많았지만, 모두 다 비슷한 이름을 지니고 있었다(모든 이름이 각 짐승을 대표하는 의성어나 의태어로 이루어짐).

'하지만, 설마⋯⋯.'

물론 우연일 가능성도 있었다. 카구라와 같은 센스를 지닌 자도 찾아보면 어딘가에 있기는 할 테니.

하지만 냥마루를 통해 짐작되는 술사의 힘으로 미루어 상당한 실력자일 듯했다. 그렇다면 음양사들 사이에는 그 정점에 있는 카구라에 관한 소문 같은 것이 돌았을 가능성도 있으리라.

결국 그것도 추측에 불과했지만 애초에 소울하울을 제외한 아홉 현자에 관한 정보는 전무했다. 그렇다면 실마리를 닥치는 대로 좇다보면 운 좋게 정답에 도달할 수 있을지도 모른다.

뭐어, 적어도 없는 것보다는 나으리라. 그렇게 생각한 미라는 이 정보를 마음속 한구석에 담아두기로 했다.

"조심하거라."

"정령님, 몸조심하세요."

미라는 가볍게 손을 흔들었고, 여자 소환술사는 걱정 어린 눈빛으로 바람의 정령을 배웅했다.

"네, 고마워요."

그 말을 들은 바람의 정령은 냥마루의 손을 잡고서 흔들며 답했다.

냥마루는 바람의 정령의 품안에 얌전히 안겨 있었다. 이 무신(武神)은 바람의 정령을 지키기 위해 여기 있는 것으로 보였다. 습격자가 어디에 있는 누구인지는 짐작조차 되지 않는 상황이었지만, 한 번 쫓아냈다고 얌전히 물러날 것 같지는 않았다.

냥마루의 주인은 바람의 정령을 지키기 위해 자율식 식신을 풀었거나 바람의 정령을 미끼삼아 습격자를 처리하고자 하고 있는 것인지도 모른다. 그렇게 추측하기는 했으나 지금의 미라로서는 어느 쪽이라 확신할 방도가 없었다.

하지만 아무리 미라가 걱정을 한들 바람의 정령과 냥마루가 힘을 합치면 쉽게는 무너지지 않을 것이다.

'참으로 정신없는 세상이 되었군.'

태양이 정점에서 반짝인 순간. 바람의 정령과 냥마루는 짧은 해후를 마치고 숲으로 돌아갔다.

"그럼, 정진하도록 해라."

바람의 정령을 배웅한 뒤, 미라도 곧장 그렇게 말하며 마차를 향해 걸음을 떼었다.

"저, 저기. 저는, 에이미라고 해요. 이름을 여쭤도 될까요?"

"이 몸은, 미라다. 에이미여, 잘 지내거라."

미라는 고개를 돌려 마음씨 좋은 할아버지처럼 다정한 미소를 지어주고서 마차에 탔다.

"그럼, 실례하겠습니다."

갈렛은 묵례를 한 후, 마부석에 올라 고삐를 잡아 천천히 마차를 출발시켰다. 말이 힘차게 땅을 박차자 덜컹덜컹 소리를 내며 바퀴가 돌았다.

그러자 어째서인지 에이미의 발치에 가만히 있던 카벙클이 갑자기 겁에 질린 듯한 울음소리를 내며 에이미의 품으로 뛰어들어 몸을 떨기 시작했다.

이렇게 미라가 탄 마차는 카벙클에게 크나큰 트라우마를 안겨준 채 씩씩하게 떠나갔다.

그런 만남이 있은 후 마차는 순조롭게 나아가, 다음 날 정오경에 알카이트 왕국의 수도인 루나틱레이크에 도착했다.

그대로 왕성으로 들어간 미라는 향수 같은 감정을 느끼며 시녀의 안내를 따라 솔로몬의 집무실로 향했다.

처음에는 이대로 시녀들에게 포위당해서 또다시 옷 갈아입히기 인형 신세가 되는 것은 아닐지 내심 불안했었으나, 그것은 꽨

한 걱정이었는지 문제없이 집무실 앞에 도착했다.

문을 두드리자 곧장 답변이 들려왔다. 시녀가 "실례합니다" 하고 문을 열었다. 미라가 안도하며 집무실로 들어가자 등 뒤에서 조용히 문이 닫히는 소리가 들렸다.

"어서 와. 일주일 정도 걸렸네. 그래서 그는 찾았어?"

실내에는 미라와 솔로몬 둘 뿐이었다. 솔로몬은 손에 들고 있던 서류를 내팽개치며 허물없는 말투로 물었다.

"유감스럽게도 없었다. 허나 흔적은 있었지. 단서가 될 법한 것들도."

미라는 그렇게 말하며 아이템 창을 열어 고대신전의 성에 있던 자료를 몇 가지 골라 끄집어냈다.

솔로몬은 책상 위에 있던 서류를 대충 구석으로 밀어놓고는 차례차례 쌓여가는 자료 중 몇 가지를 집어 들었다.

"불사조의 전생(轉生)법칙? 이쪽은 불멸왕의 화장방법, 사계(四季)정령의 위치……. 대체 그는 뭘 하고 있었던 거야?"

"그건, 이쪽을 보면 알 수 있을 게다."

개개의 정보를 본다고 정답에 도달할 수 있을 리가 없었다. 솔로몬은 미간에 주름을 잡아가며 미라에게 건네받은 자료를 훑어보았다.

그것은 악마의 축복이라 불리기도 하는 각인에, 이런저런 회복 아이템을 사용했을 경우의 효과를 기록한 것이었다. 일반적인 아이템부터 고급 영약까지 늘어서 있었지만 대부분은 효과가 없었다고 적혀 있었다. 그리고 유일하게 아직 효과에 관해 적힌 바가 없는 아이템의 이름이 신명광휘의 성배였다.

"설마 그는, 신명광휘의 성배를 찾아서?"

이 세계에 온 지 30년. 그리고 게임으로서도 즐겼던 솔로몬은 그 기록만 보고 정답에 도달했다.

"음, 아마도 그럴 테지."

미라는 고개를 끄덕여 대답하고는 고대신전 네뷸러폴리스의 6층에 자리한 성에서 보았던 것들을 솔로몬에게 이야기하기 시작했다.

"소중한 사람일까."

"그럴지도 모르지."

이야기를 마친 두 사람은 그 소울하울이 설마, 싶기는 했지만 친구에 대한 걱정이 앞서 입을 다물었다. 어떠한 심경의 변화가 있었는지는 모르겠으나, 현재 소울하울은 성배를 찾아 각지를 돌아다니고 있다고 보는 것이 맞으리라.

"그곳에 없는 것으로 미루어 뭔가 단서가 나와서 여행을 떠났다고 보아야 하겠지. 그 녀석을 찾으려면 그 자료를 통해 성배의 비밀을 해명하여 발자취를 좇는 것이 제일이라 본다만, 어떻게 생각하지?"

"그래, 그러는 게 확실할 거야."

우선은 자료를 통해 소울하울의 목적지를 밝혀내, 찾으러 간다. 현재 할 수 있는 일은 그 정도뿐이리라. 두 사람은 그렇게 결론을 내리고는 지긋지긋하다는 표정으로 산더미 같은 자료를 노려보았다.

"그나저나 아무리 그래도 이 많은 양을 조사하려면 고생 깨나 하겠네. 이 일에 맞는 적임자를 불러보도록 할까."

솔로몬이 책상 위에 놓여 있던 종을 손가락으로 두 번 튕겼다. 작은 틀에 매달린 그것은 교회 꼭대기에 자리한 종을 손바닥 사이즈로 줄인 듯한 물건이었다. 하지만 딱히 소리가 나지는 않았다. 솔로몬은 그래도 문제없다는 듯이 다시 자료로 시선을 떨어뜨렸다.

"이봐라, 그건 초인종(招人鐘)이냐? 아무 소리도 안 났다만."

솔로몬은 누군가를 부른다며 종을 울리는 시늉을 했다. 하지만 미라의 귀에는 금속을 때리는 소리는커녕 물리적인 소리가 전혀 들리지 않았다.

"응? 아아, 콜벨이야. 일단은 술구인데, 이 소리는 지정한 상대에게만 들리게 되어 있어. 범위는 1킬로미터 정도. 지금 지정된 건……."

"솔로몬 님, 부르셨습니까."

솔로몬이 설명하던 도중, 문 건너편에서 차분한 남자의 목소리가 들려왔다. 그것은 미라의 귀에도 익은 목소리였다.

"부탁하고 싶은 일이 있다. 들어와라."

임금님 모드로 전환한 솔로몬은 말투를 바꾸어 그자를 불러들였다.

"실례하겠습니다."

문을 열고 고개를 숙인 남자는 차분한 색의 의상을 걸친 금발

엘프, 솔로몬의 측근 보좌관인 슬레이만이었다. 그 모습을 본 미라의 머릿속에 문득 슬레이만의 특징이 떠올랐다.

고대지식과 정령지식이었다. 기능과는 달리 지식으로 분류된 그것들은 무형의 재산으로, 레어 아이템에 필적할 정도로 귀중한 것이었다. 지식인 탓에 뇌의 용량만큼만 저장할 수 있기 때문이다. 그런 지식을 얻는 방법은 누군가에게서 듣거나 책을 읽는 것뿐이었다. 하지만 정보량이 방대한 탓에 어지간한 괴짜가 아니고는 모든 것을 파악하고 다니는 자가 거의 없었을 지경이었다.

하지만 그런 방대한 정보를 일정 수준 이상으로 습득한 일부 지식인들이 있었다. 그중 한 명이 슬레이만이었다.

"어서오십시오, 미라 님. 뭔가 진전이 있었나요."

"음, 단서는 찾았는데 말이다."

집무실에 들어옴과 동시에 미라의 모습을 발견한 슬레이만은 바른 자세로 인사를 했다. 그 말을 들은 미라는 쓴웃음을 지은 채 테이블 위로 시선을 던졌다. 그 시선 끝을 바라본 슬레이만은 산더미처럼 쌓인 서류를 보고 그 즉시 상황을 파악했다.

"과연, 이게 단서라 이 말씀이시군요. 양이 상당하군요."

"보아하니 이 자료를 해석하려면 정령이며 고대의 지식이 필요할 것 같아 너를 부른 것이다. 이것들을 해석하여 정보를 얻고 싶다. 필요하다면 대서고 열람을 A랭크까지 허가하마."

솔로몬은 그렇게 말하며 산더미처럼 쌓인 자료 위에 은색 열쇠를 얹어놓았다.

근 30년 동안 슬레이만은 그 지식을 활용하여 정보정리는 물론이고 해독(解讀)하는 일 등에서 두각을 나타내왔다. 전투에 있어서는 일반인이 조금 훈련을 한 정도에 불과했지만 사무 처리에 관해서는 알카이트 왕국에서도 둘째가라면 서러울 정도였다.

"알겠습니다. 제 지식이 도움이 되신다면 열과 성을 다해 맡기신 일에 임하도록 하겠습니다."

슬레이만은 공손하게 고개를 숙이더니 열쇠를 조심스럽게 품 안에 집어넣었다.

보좌관으로서는 물론이거니와 진심으로 솔로몬을 존경하여 충성을 맹세한 인물이 바로 슬레이만이었다. 솔로몬이 자신의 지식을 필요로 한다는 사실에 의욕이 충만해진 그는 산더미 같은 자료를 운반용 술구에 싣고는 "그럼 말씀하신 바대로 대서고를 사용하도록 하겠습니다" 하고 말하며 의기양양하게 집무실을 뒤로했다. 솔로몬은 그 모습을 배웅하고 나서 씩 웃으며 입을 열었다.

"이로써 해독은 시간문제일 거야."

"아주 대놓고 전부 떠맡겼군그래."

"적재적소라고 해줬으면 좋겠는데. 왜, 내 일은 사람을 쓰는 거잖아."

변함없는 솔로몬의 태도에 미라는 쓴웃음을 짓고는 소파에 몸을 던졌다. 미라는 편한 자리를 찾듯 몸을 비비적대며 애플오레를 끄집어내더니 아이템 창을 열었다. 그 순간, 일람 안에 있는 악마의 뿔이 눈에 들어왔다.

"아아, 그러고 보니 말이다. 한 가지 더 말해도 될까?"

"응, 상관없어. 무슨 일 있었어?"

미라가 소파에 누운 채 고개만 돌려 말하자 솔로몬은 구석에 밀어두었던 서류를 적당히 정리하며 대답했다.

"그게 말이다. 지하묘지 최하층에서 악마와 마주쳤다."

"……악마라고?"

미라가 그 말을 입에 담은 순간, 솔로몬의 표정이 순간적으로 험악해졌다.

"음, 갑자기 나타났지. 백작3위였다. 덤벼들기에 소멸시키기는 했다만, 왜 그런 곳에 악마가 있었던 것인지 모르겠더군."

"그래, 듣고 보니 확실히 이상하네."

얼마간 침묵이 흐른 후, 솔로몬은 집어 들었던 서류를 다시 책상 구석으로 밀어놓더니 서랍에서 엄중히 봉인된 파일을 끄집어냈다. 미라는 무슨 일인가 싶어 일어나 솔로몬이 펼친 파일에 시선을 떨구었다.

"네가 얼마나 이 세계에 대한 지식을 얻었는지는 모르겠지만, 악마는 10년 전에 있었던 전쟁으로 전멸한 것으로 알려졌어."

"음, 듣자 하니 그렇다더군."

"정보가 빠른걸. 하지만 사실은 네가 본 바대로 잔당이 각지에 숨어 뭔가 음모를 꾸미고 있는 모양이야. 이건 그 보고서고. 목격지점과 흔적을 정리한 거야."

솔로몬은 그렇게 말하며 파일 안에서 몇 장의 서류를 끄집어내 늘어놨다. 모든 서류에는 극비라 적혀 있었다.

"흠, 극비라."

"일반적으로는 전멸했다고 알려졌으니까. 아직 악마가 살아 있다는 건 나라나 조합의 상층 클래스밖에 모르는 사실이야."

"그러했나……. 입막음을 해두는 게 좋았으려나……."

솔로몬의 말을 통해 이 일이 예상했던 것보다 훨씬 중대한 것임을 알아챈 미라의 머리에 진혼도시 카라낙에서 만났던 모험가, 에멜라 일행의 모습이 떠올랐다.

"잠깐……! 다른 사람한테 말했어?!"

솔로몬은 반사적으로 고개를 들어 테이블 옆에서 자료를 쳐다보고 있는 미라에게 시선을 보냈다. 미라는 솔로몬이 이토록 초조한 모습을 보이다니 별일이 다 있다는 생각을 하며 입을 열었다.

"그게 아니라, 그 악마와 맞닥뜨렸을 때 동행자가 있었던 것뿐이야."

그렇게 운을 뗀 미라는 소년 타쿠토와의 충돌로부터 시작된 에멜라 일행과의 만남을 간결히 이야기했다. 암승의 거울 앞까지 타쿠토를 호위하고 나서 6층에서 소울하울을 찾아보았으나 뜻대로 되지 않아, 단서만 발견해 돌아오려던 참에 느닷없이 악마가 나타났다는 이야기를.

미라가 대략적인 흐름을 이야기하자 솔로몬은 납득했다는 듯 고개를 끄덕이며 자리에서 일어났다.

"그렇구나. 대충 사정은 알겠어. 하지만 못은 박아둬야 하려나. 길드, 에카르라트 카리용과 타쿠토 군이라고 했지?"

"음, 그래. 에멜라와 아스발, 플리카, 제프다. 그리고 단장인 셀로."

"알겠어. 잠깐 저쪽 조합이랑 연락 취해서 정보조작 하고 올 테니 여기서 기다려."

솔로몬은 그 말을 남기고 집무실에서 나가 통신실로 향했다. 장거리간 쌍방향 통신이 가능한 장치가 놓여 있는 시설이었다. 이 역시 게임 시절에는 시스템으로 제어되었던 각종 채팅 모드(플레이어간의 통신)가 기능하지 않게 됨으로 인해 그를 보충할 목적으로 마도공학으로 만들어낸 기술 중 하나였다.

솔로몬이 자리를 뜨고 나서 혼자 남은 미라는, 책상 위에 놓인 자료를 집어 들고서 의자에 앉아 적당히 훑어보았다.

최초 목격 보고는 대륙 서쪽에 위치한 산간의 숲. 벼랑 위에서 뿔이 달린 검은 인물이 연습 중인 기사단을 관찰하듯 내려다보고 있었다는 모양이었다. 기사단 중 한 명이 목격한 직후에는 모습을 감추기도 했거니와 거리가 멀기도 해서 악마인지 어떤지까지는 판명하지 못했다고 적혀 있었다.

미라는 다른 보고서도 훑어보았지만 대부분은 그러한 미심쩍은 이야기뿐, 신빙성이 높아 보이는 것은 거의 없었다.

자료를 간단히 훑어본 미라는 시간을 죽이기 위해 창밖으로 보이는 저잣거리 풍경에 시선을 던졌다.

'꽤나 사치스러운 경관이로군.'

커다란 유리창 아래 펼쳐진 것은 수도 루나틱레이크의 상징인 초승달 모양 호수였다. 도시는 이 호수를 중심으로 발전되었고, 미라가 있는 곳에서는 사람들의 활기로 가득한 생생한 거리 풍경이 한눈에 들어왔다. 하지만 왕성은 도시의 중심에 있는지라 그마저도 절반에 불과했다. 감탄 섞인 한숨을 내쉬던 미라는 유달리 눈에 띄는 시설에 주목했다. 온 대륙의 학도들이 모여드는 학사(學舍), 알카이트 학원이었다.

'이 몸이 다녔던 대학보다 크군그래.'

미라는 궁정처럼 들어선 학원 교사를 보고는 만남과 이별이 가득했던 캠퍼스 라이프를 떠올리며 슬그머니 눈썹을 늘어뜨렸다.

알카이트 학원. 왕성에 버금가는 규모를 자랑하는 세 동짜리 교사를 중심으로 한 그 학원은 도시 면적의 10분의 1을 차지하는 최대급의 교육 시설이었다. 교사는 초등부, 고등부, 그리고 전문학부로 나뉘어 있다. 알카이트 왕국의 특색 탓에 술법에 관한 학부가 매우 많아, 그쪽 방면으로는 대륙 제일이라 정평이 나 있었다. 그런 탓에 타국 유학생들도 많아, 근처 여관에는 귀족 자제가 연 단위로 숙박을 하기도 했다. 술사를 목표로 하는 자라면 모두가 동경하는 최고의 교육 기관. 그것이 알카이트 학원이었다.

게임이 현실이 되었다는 사실을 고려하여 미래에 대비하기 위한 솔로몬의 정책, 오행기구 중 하나이기도 했다.

그렇듯 이런저런 염원이 담긴 학원을 감개무량하게 쳐다보던 미라의 뇌리에 문득 타쿠토의 그늘 없는 미소가 떠올랐다.

'그러고 보니, 타쿠토는 학교에 다니고 있으려나?'

자신을 잘 따라주었던 자식 같은 존재. 그 소년이 앞으로 술사로서 정진해나갈 모습을 상상해보았다.

얼마 지나지 않아, 솔로몬이 집무실로 돌아왔다.

"어떠했지?"

"괜찮을 것 같더라."

미라가 창문에 들러붙은 채 고개만 돌려 묻자 솔로몬은 안도한 탓인지 허물어진 표정으로 의자에 앉으며 대답했다.

"조합장과 이야기 해보니 저쪽 도시에서는 악마에 관한 소문 같은 게 전혀 돌고 있지 않대."

"흠, 그런가. 뭐어, 섣불리 떠들고 다닐 녀석들은 아니니."

미라는 당연하다는 듯 미소를 지은 채 가슴을 폈다.

상급 모험가인 에멜라 일행이라면 정보가 어떠한 영향을 미칠 지 충분히 알 터이고, 단장인 셀로도 이야기를 해보니 굳이 세간 이 혼란에 빠질 만한 짓을 할 인물로는 보이지 않았기 때문이다.

"뭐어, 그런고로 이번 일은 어디 가서 발설하지 말아줘. 애매한 정보도 많은 상황에, 멀쩡한 악마와 전투를 벌여 살아 돌아왔다 는 정보가 나돌면 상당히 결정적으로 작용할 테니까."

솔로몬은 집무용 의자에 앉으며 그렇게 못을 박아두었다.

"알겠다. 해서, 말투로 보아 6층에 악마가 나타난 이유는 밝혀 지지 않은 모양이군."

"응. 기본적으로 정보가 불투명해서 말야. 악마의 목적조차도 확실치가 않아. 하지만 뭐어, 지하묘지 6층에는 조사단을 보내봐 야 하지 않을까. 그런 곳에서 뭘 하고 있었던 것인지 신경 쓰이기 도 하니까."

"그러는 게 좋을지도 모르겠군."

미라가 고대신전에서 조사했던 것은 아홉 현자 소울하울에 관 한 일뿐이었다. 악마에 관한 정보에는 눈길도 주지 않았다. 그러니 정식으로 조사를 해보면 뭔가가 발견될지도 모를 일이었다. 미라는 동의하고는 창틀에서 떨어져 소파에 몸을 맡긴 채 한껏 기지개를 켰다.

"그러고 보니, 그 옷은 네 현자의 로브랑 비슷하지만 좀 다르네. 복제품이라도 샀어?"

"음, 카라낙에서 샀지."

솔로몬은 상쾌하게 몸을 푸는 미라의 모습을 보고 그 옷차림새에 주목했다. 그에 반해 미라는 의기양양한 얼굴로 일어나 떡 버티고 서서 답했다. 로브의 복제품은 재질도 재질이었지만 디자인도 간소해서 진짜에 비하면 크게 질이 떨어지는 물건이었다. 하지만 색상이며 형상은 매우 비슷하게 만든 탓에 미라가 가장 중요시하고 있는, 얼마나 폼이 나는가 하는 기준을 충족시키고 있었다.

"아, 그래? 응, 엄청 잘 어울려."

꼭 동경의 대상인 아홉 현자를 흉내 내는 소녀 같아 보인다. 솔로몬은 그런 의미를 담아 씨익 웃었다.

"그렇지? 역시 익숙한 디자인이 제일이란 말이지."

미라는 솔로몬의 생각일랑 전혀 모른 채 의기양양한 표정으로 몸을 젖히며 말했다. 그와 동시에 진짜를 탑에 그대로 뒀다는 사실이 떠올랐다.

지금의 몸이 되고 나서 처음으로 화장실을 쓴 뒤, 잔뜩 흥분해서 목욕탕으로 돌격. 현자의 로브는 더러워져 있었던 탓에 탈의실에 그대로 방치해두었다.

'우선은 탑으로 돌아가서 회수해둘까.'

그렇게 생각하며 향후 예정을 세워보았다. 소울하울을 쫓으려 해도 자료를 통해 행선지를 알아낼 때까지는 움직일 수가 없었다. 현재 단서는 그것뿐이기 때문이다.

그렇다면 필요해질 것 같은 물자를 탑 창고에서 끄집어내야 하지 않을까. 그런 생각을 하던 미라의 머릿속에 문득 카라낙에서 돌아오던 길에서 있었던 일이 떠올랐다. 아홉 현자를 찾는 단서가 될 듯한 일이 하나 더 있었다.

"아 참, 묻고 싶은 게 하나 더 있었는데 물어도 될까?"

"괜찮아, 뭔데?"

솔로몬은 곧바로 승낙하더니 의자에 앉은 채 책상을 가볍게 차서 바퀴를 굴려 창가로 이동했다. 솔로몬으로서는 최근 들어 계속 서류 작업만 했던 탓에 30년 만에 만난 친구와의 대화가 몹시 반가웠던 것이다.

"듣자 하니 정령이 습격을 당하는 사건이 일어나고 있는 모양이다만, 뭐 아는 바라도 있나?"

그것은 바람의 정령과 냥마루에 관한 이야기였다. 국왕인 솔로몬이라면 자세한 사정을 알지도 모른다. 그러한 생각으로 미라가 한 말에 솔로몬은 깜짝 놀라면서도 감탄한 듯한 목소리로 대답했다.

"흐음, 벌써 그 일까지……. 물론 알지. 확인된 바를 말하자면, 우선 그림다트 북쪽에 자리한 수해(樹海) 사건을 들 수 있을 거야. 지금으로부터 9년 정도 전이었던가. 이야기는 그곳에 살던 정령들이 거의 사라졌다는 것에서부터 시작돼."

"거의……라고?"

대륙 북쪽에 위치한 정의의 신을 신앙하는 그림다트 제국은 삼신국 중 하나로, 기사의 나라로 불리기도 했다. 그보다 북쪽에는 대륙 끝까지 수해가 펼쳐져 있었고, 그 면적은 알카이트 왕국이 통째로 다섯 개는 들어갈 정도였다. 그만큼 광대한 수해라면 보기 드문 존재라고는 하나 정령도 상당한 수가 살았을 터다.

"너무 넓은 탓에 샅샅이 뒤져본 건 아닌 모양이지만, 정령의 거처로 보이는 장소에는 한 사람도 남아 있지 않았다고 해. 당시 그 원인을 전혀 알 수가 없어서 그림다트가 주체가 되어 탐색을 했었거든. 하지만 서서히 비슷한 보고가 주변 각국에서 올라오기 시작했어. 처음에는 엘레멘탈 이터가 대량으로 발생했거나 그 아종(亞種)이 나타난 것이 아닐까 지적하는 사람들도 있었지만……. 어느 날, 남아 있는 정령을 찾기 위해 파견된 조사대가 정령을 붙잡고 있는 집단을 발견했거든. 용병단처럼 무장을 한 집단이 많은 수의 정령을 우리에 가둬 운반하고 있었다는 모양이야."

"흠……. 역시 피해가 컸던 모양이로군."

바람의 정령의 이야기를 통해 상당한 수의 정령이 습격을 받았으리라는 것은 짐작했었다. 그리고 솔로몬의 이야기를 통해 그 규모는 상당히 크고 처참했음이 판명되었다. 또한 이야기에 등장한 조사대는 전투원이 적은 탓에 무장 집단과의 전투는 무모하다고 판단하여 정보를 가지고 돌아오는 일에 전념했다고 한다.

"현재는 각국에서 독자적으로 조사를 하고 있는데, 정령을 납

치하는 이유는 아직 전혀 판명된 바가 없다고나 할까. 인신매매 루트도 조사해봤는데 정령은 리스트에 없었어. 유일하게 알아낸 건 그 무장 집단의 이름이 '키메라 클로젠'이라는 것뿐이야."

거기까지 말한 솔로몬은 창밖으로 시선을 던진 채 "천벌 받아 싼 녀석들이지" 하고 중얼거리더니 짜증스럽게 눈썹을 치올렸다.

"그나저나 벌써 이 일을 알다니. 누구한테 들은 거야?"

솔로몬은 아주 잠시 분노를 내비치더니 다소 기쁜 듯한 표정으로 미라에게 고개를 돌렸다.

이 역시 그럭저럭 심각한 안건인 탓에 일반인들에게는 공개되지 않은 정보였다. 하지만 완전히 차단된 것은 아니었다. 조합의 랭크 A 이상에 해당되는 모험가들에게는 정보가 공개되어 있었고, 유용한 정보에는 상금까지 걸려 있었다.

"돌아오는 길에 바람의 정령과 마주쳤는데, 그 녀석에게 들었지."

솔로몬은 이야기에 등장했던 길드 멤버에게 들었겠거니 하고 물어본 것이었으나 미라가 입에 올린 것은 전혀 다른 상대였다.

"흐음…… 바람의…… 정령님이라……."

미라가 무심히 입에 담은 말을 들은 솔로몬은 어안이 벙벙한 표정을 지을 따름이었다. 전사 클래스인 솔로몬은 정령을 보거나 이야기할 수가 없었다. 가능성이 있다고는 하나 이런 대답이 나오리라고는 예상치 못했던 모양이었다.

"심지어 검은 고양이 식신과 놀고 있더군."

미라는 농담을 하는 듯한 표정으로 그렇게 덧붙여 말하고는 돌아오는 길에 있었던 일을 솔로몬에게 이야기했다. 바람의 정령이 동료들에게 습격자들에 관한 이야기를 들었다는 것. 실제로 습격을 받기도 했지만 식신인 검은 고양이, 냥마루가 구해줬다는 것. 지금도 냥마루는 호위라도 하듯 바람의 정령 곁에 있다는 것. 그러한 이야기를 전부 들은 솔로몬은 미라와 같은 점에 주목했다.

"냥마루라……. 카구라가 생각나는데, 상관이 있으려나."

"글쎄다. 바람의 정령도 술사는 만난 적이 없다고 해서 말이지. 뭐어, 어차피 단서가 없다면 조사해보는 것도 나쁘지 않지 않을까."

"그건 그래. 키메라 클로젠에 대항하는 음양술사라. 이거 신경 쓰이는걸. 첩자를 몇 명 풀어볼까."

창문에서 들이치는 빛을 받으며 솔로몬은 못된 장난질이 떠올라 마음이 들뜬 소년 같은 미소를 지은 채 등받이에 몸을 기댔다.

이리하여 대충 정보교환을 마친 미라와 솔로몬은 그 후, 잡담을 즐겼다.

미라에게는 하잘 것 없는 대화였다. 하지만 격무에 쫓기는 솔로몬에게는 옛 친구와 오랜만에 잡담을 나누는 이 시간이 매우 유익하게만 느껴졌다.

한 시간 가까이 이어진 잡담은 집정관이 대량의 서류를 가지고 오는 바람에 끝이 났다. 동시에 밝기만 했던 솔로몬의 미소에도 순식간에 짙은 구름이 끼었다.

"그럼, 슬슬 가보도록 할까."

업무를 방해하면 안 된다는 생각에 미라가 자리에서 일어나자 솔로몬은 미라를 흘끔 쳐다보며 은근히 기대하는 눈빛으로 입을 열었다.

"혹시 왕의 업무에는 관심 없어?"

"이 몸이 사무 처리를 할 수 있을 것 같으냐?"

미라가 자신만만하게 그렇게 되묻자 솔로몬은 "그렇지~" 하고 말하며 엎어졌다. 미라도 도와주고 싶은 마음은 있었지만 그러한 서류 작업 자체가 질색이었다. 관심 이전의 문제인 것이다.

"소울하울의 행선지는 며칠 안에 판명될 거야. 하지만 의문의 음양술사 건은 전혀 정보가 없으니 알아내는 대로 연락할게. 일단 그렇게 하면 될까?"

"음, 상관없다."

임무에 관한 사항을 대강 최종적으로 확인한 솔로몬은 마지못해 서류를 펼치기 시작했다.

"며칠은 빈 시간이 생길 텐데, 이제 뭐 할 거야?"

"모처럼 시간이 생겼으니 적당히 관광을 하다 탑으로 돌아가볼까 한다.”

미라는 집무실 창문으로 보이는 풍경을 보며 그렇게 말했다.

“그래, 그래. 내 자랑거리인 도시니 마음껏 즐겨줘. 아아, 그리고 쌓아둔 마봉석 같은 걸 가져와주면 내가 무진장 기쁠 것 같은데.”

“기억이 나면 그러지.”

솔로몬이 방긋 웃으며 한 말에 본래 그럴 생각이었던 미라는 어깨를 으쓱하며 농담을 하는 투로 대답했다.

“그럼, 또 보지.”

“응, 나중에 봐.”

간결하게 작별인사를 나눈 뒤, 미라는 집무실을 뒤로했다.

복도로 나와 ‘그럼 가볼까’ 하고 미라가 몸을 돌린 순간이었다. 집무실 옆방의 문이 열리더니 거기서 릴리가 모습을 드러냈다. 미라가 성에 묵었던 날, 아침에 깨우러 왔던 시녀였다.

“아…….”

“어머!”

미라의 입에서 반사적으로 쉰 목소리가 흘러나오고 뺨이 씰룩거렸다. 그에 반해 릴리의 표정은 꽃이 핀 듯 밝아졌다.

“오랜만입니다, 미라 님. 볼일은 다 보셨나요?”

릴리는 정예 시녀답게 바른 자세로 인사를 하더니 환한 미소를 띤 채 고개를 들었다.

“음, 그만 돌아가려던 참이었다.”

“그런가요. 그럼 지금 시간은 있으신가요? 시녀들이 혼신의 힘을 다해 걸작을 완성했거든요!"

"뭐어…… 시간이 있긴 하다만."

릴리와 조우한 시점에 분명 이렇게 되리라 예상한 미라는, 그렇다면 빨리 끝내버리자는 생각에 고개를 끄덕였다.

미라는 시키는 대로 복도를 나아가 막다른 길에 자리한 방으로 향했다. 릴리로 말하자면 완성된 옷을 가지러 방 안쪽으로 들어갔다.

릴리의 안내로 도착한 곳은 재봉 전용실로, 미라의 시야에는 만드는 중인 의복이며 둘둘 말린 옷감이 빽빽하게 늘어서 있었다.

왕성에는 생산구획이라는 장소가 있었다. 이곳도 그중 하나로, 일부 시녀들이 밤마다 끝없는 욕망을 형태로 빚어내는 방이었다.

주중인 탓인지 지금은 조용한 그 방에서 미라는 마음을 졸이며 벽에 걸린 무수히 많은 시녀복을 바라보았다. 그곳에 걸려 있는 시녀복은 같은 디자인이 하나도 없어서 각각 다른 매력으로 넘쳐났다.

'위에서 둘째 줄의 오른쪽에서 세 번째. 아니, 가장 아랫줄의 왼쪽에서 네 번째도…….'

미라는 진지한 눈빛으로 시녀복을 음미했다. 그리고 머릿속으로 이건 에멜라, 저건 플리카에게 입혀보며 즐기고 있었다.

"미라 님은 시녀복에도 관심이 있으신가 보죠?"

"윽……?! 그게, 뭐어, 뭣이냐. 싫지는 않다."

등 뒤에서 갑자기 말을 붙여오는 바람에 화들짝 놀란 미라는 엉겁결에 본심을 털어놓고 말았다.

"그렇다면, 입어보시겠어요?"

"아니, 그건 됐다."

미라는 다소 냉정함이 돌아와 곧장 대답했다. 자신이 입어서는 의미가 없다고 한탄하며.

"그런가요. 흥미가 생기시면 언제든 말씀주세요. 마음에 드시는 디자인으로 지어 보일 테니."

약간 유감이라는 표정을 짓기는 했으나 릴리는 포기한 눈치가 아니었다. 미라는 아주 잠시 시녀복을 걸친 자신의 모습을 떠올려 보고서는, 감상하기에는 최고겠다며 자화자찬을 했다.

"그럼 미라 님, 여길 봐주세요. 이게 미라 님 전용 마도 로브 세트랍니다!"

릴리가 주의를 환기시키는 듯한 말투로 그렇게 말하며 펼친 의상을 본 미라는, 순간적으로 말문이 막혔다.

지금까지의 경향대로 고스로리 마법소녀 스타일의 극을 추구한 물건이리라. 그렇게 잔뜩 긴장하고 굳혔던 각오를 단칼에 베어낸 옷이었기 때문이다. 좋은 의미로.

"호오……호오, 호오호오!"

미라는 한껏 들떠 옷을 쳐다보며 몇 번이고 고개를 주억거렸다.

릴리가 가져온 옷은 고스로리 마법소녀풍(風)이라는 콘셉트는 유지한 채, 지나치게 눈에 띄는 프릴과 리본은 배제하고 군데군데 원포인트로만 배치시킨 것이었다. 그리고 무엇보다도 귀여우면서도 스타일리시하게 지어진 그 옷에는, 한때 푹 빠졌던 SF스러운 마법소녀의 분위기가 묻어나 있었다.

간단히 표현을 하자면 어느 마법사 조직의 소녀 간부가 입고 있을 법한 디자인의 옷이었다. 검정과 하양으로 된 노슬리브 원피스와 검정색 바탕에 보라색 선이 들어간 코트가 세트로 되어 있었다.

"마음에 드시나요?"

"흠, 이건 나쁘지 않구나."

그 옷은 미라의 취향과 일치했다. 처음에 억지로 입었던 옷의 업그레이드 버전이겠거니 하고 있던 미라는 그 의외성 탓에 자신이 입을 옷이라는 사실조차 깜박하고 솔직하게 대답했다.

"그거 다행이네요. 지난번 작품을 건네 드렸던 밤에 솔로몬 님께서 미라 님의 취향을 말씀해주셨거든요."

"그러했군."

솔로몬이라면 자신의 취향을 알 법도 하다는 생각이 들어 납득이 갔다. 아닌 게 아니라 함께 SF스러운 마법소녀물에 푹 빠졌던 사이였다. 그 사실을 생각해낸 미라는, 이번 옷이 솔로몬이 추천했던 캐릭터의 복장과 비슷하다는 사실을 알아챘다.

'그 녀석…… 자기 취향도 섞었군그래…….'

미라는 원피스와 하나가 된 하얗고 커다란 가죽 벨트와 앞쪽만 기장이 짧아 싸매도 다리가 가려지지 않게 된 코트에 주목했다. 이 부분은 완전히 솔로몬의 취향이리라고 미라는 확신했다.

"그럼 미라 님, 어서 이리 오시죠."

릴리는 그렇게 말하며 커튼이 쳐진 곳으로 미라를 안내하여 의상을 건네주었다.

"도와드릴까요?"

"아니, 필요 없다."

릴리가 방긋 웃으며 묻자 미라는 옷을 받아들며 대답하고는 그대로 커튼 안으로 들어갔다.

탈의실로 사용되고 있는지라 그곳에는 커다란 거울이 설치되어 있었고, 양옆에는 선반과 행거 몇 개가 걸려 있었다.

미라는 손에 든 옷을 선반에 내려놓고서 지금 입고 있는 로브 자락을 들추어 옷을 갈아입기 시작했다.

"아주 잘 어울리세요, 미라 님!"

"그런가……?"

옷을 다 갈아입은 미라가 모습을 드러내자 릴리는 흥분된 말투로 찬사를 보냈다. 미라도 아주 싫지는 않은지 손발을 움직여 자신의 복장 상태를 확인하며 실실 웃었다. 정예 시녀 부대가 혼신의 힘을 쏟아 만든 옷은 한 치의 오차도 없이 몸에 맞았고, 팔다리를 움직이기에도 지장이 없는 매우 품질이 높은 작품이었다.

"그럼, 기능에 관해 말씀드릴게요."

미라는 그렇게 말한 릴리를 따라 몇 장의 종이가 펼쳐진 테이블 앞에 섰다.

"우선 이쪽은 미라 님 전용 마도 로브 세트를 작성하는 데 있어 협력해주신 분들의 이름이랍니다."

"많기도 하군."

릴리가 말을 하며 보여준 종이에는 솔로몬과 루미나리아를 필두로 수없이 많은 이들의 이름이 적혀 있었다. 너무 많은 탓에 대충 훑어보게 되었는데, 그중에는 어코드 캐논의 설계자인 토마의 이름도 있었다.

"다음은 이쪽이에요. 명칭을 통해 알 수 있듯 이번 의상에는 마도공학이 사용되었는데, 여기에는 그 기능이 적혀 있어요."

"마도공학이라고……? 위험하지는 않은 게냐?"

마도공학이라는 단어를 들은 미라는 그 즉시 아머드 지프가 생각나 자신이 입은 옷을 흘끔 쳐다보았다. 그러자 릴리는 전혀 문제없다며 자랑스럽게 고개를 가로저었다.

"걱정하실 것 없어요. 걱정은커녕 혜택이 너무 많아서 미라 님이 앞으로도 저희의 옷 갈아입히기 인………… 의상을 애용하게 되시리라고 장담할 수 있을 정도인 걸요."

"음……? 옷 갈아입히기, 뭐라고?"

"아무것도 아니랍니다."

미라는 허둥지둥 말을 고친 릴리를 노려보았다. 릴리는 고개를 홱 돌린 채 딴청을 피웠다. 뭔가 신경 쓰이는 단어가 들린 것 같기는 했지만, 미라는 대수롭게 여기지 않고 다시 시선을 옮겼다.

"으음, 그럼 설명을 계속할게요. 우선 가장 중요한 점부터. 원피스의 벨트에 작은 케이스가 있는데, 거기에는 마동석이나 속성 계열 마봉석을 넣을 수 있답니다."

릴리는 그렇게 말하며 미라의 코트를 살짝 벌려 원피스와 일체화 된 허리 벨트 중앙에 자리한 검은 버클을 열었다. 그곳에는 돌하나 정도는 넉넉히 들어갈 듯한 공간이 있었다.

"호오. 호오. 이거 제법 본격적이로군."

미라는 버클을 열었다 닫았다 하며 신이 난 투로 중얼거렸다.

"그 장치가 바로 마도 로브 세트에 마도라는 이름이 붙은 이유랍니다. 무려, 돌에 담긴 마력을 원동력으로 여러 가지 혜택을 받을 수 있거든요!"

릴리는 자랑스럽게 설명을 시작했다. 하지만 그녀가 참여한 것은 옷감 선정과 재단까지였던지라 마도에 관한 설명은 토마에게 들은 것의 재탕이 되었다. 평소 마도공학을 접할 일이 전혀 없는 릴리는 오늘 이 날을 위해 토마를 스승으로 받들며 연일 가르침을 구하기까지 했다.

"그럼 효과에 관해 설명 드릴게요. 우선 원피스와 코트는 불연(不燃), 부동(不凍) 처리가 이루어졌어요. 단, 극단적인 온도에서는 효과를 장담할 수 없으니 주의해주세요. 하지만 마동석을 사용하면 그 성능이 강화되어요. 효과가 작동 중일 때는 옥염조(獄炎鳥)의 화염도 막을 수 있다는 모양이에요. 그리고 자동수복 기능이 부여되어 있어요. 하지만 한계도 있는지라 지나치게 많이 찢어지면 완전히 수복되지 않는다는 모양이에요. 그리고 마봉석을 넣었을 경우에는 그 속성에 따라 방어력이 강화된다고 해요."

틀리지 않고 끝까지 말한 모양인지 릴리는 의기양양한 표정을 지은 채 미라를 쳐다보았다. 미라는 미라대로 흥미진진하다는 표정으로 입고 있는 옷을 주물러댔다.

"호호오. 참으로 편리할 것 같군."

상상을 뛰어넘는 성능에 미라는 순순히 놀랐다. 듣자 하니 재미있는 효과가 잔뜩 탑재된 듯 했다. 물론 현자의 로브는 그 이상의 성능을 자랑하지만 마도 로브 세트도 양호한 수준이었다. 효과를 발동시키면 방어면에 한해서는 현자의 로브를 상회할 가능성마저 엿보였다.

뭐어, 번갈아가며 입으면 되겠지. 미라는 그렇게 생각하며 마음에 들기 시작한 현재 의상의 성능을 머릿속에서 반추해보았다.

"그나저나 이렇게 비싸 보이는 걸, 받아도 되는 게냐?"

이만한 성능을 부여한 장비는 값이 꽤 나갈 것이다. 미라는 그 사실이 신경 쓰여 눈치를 살피듯 릴리를 올려다보았다.

"당연하죠. 비용은 모두 솔로몬 님과 루미나리아 님께 받았거든요. 그건 미라 님 거랍니다."

"그랬던 겐가……."

두 사람은 그런 말을 한마디도 하지 않았다. 일련의 소란은 두 친구의 짓이었나 싶어 쓴웃음을 지으려 했지만 미라의 입술은 기쁜 듯 호를 그렸다.

'답례를 해야겠군.'

몰래 일을 진행했던 것은 사실인지라 대놓고 답례를 한들 재미가 없으리라. 다음 여행에서 돌아오는 길에 선물이라도 사다줄까 하고 미소를 지으며 미라는 거울을 쳐다보았다.

그러고 나서 재봉실을 뒤로 한 미라는 시녀 구획으로 끌려가, 결국 대기 중이던 시녀들 손에 붙들려 정신없이 귀여움을 받았다. 모두가 의상 제작에 관여했던 자들인지라 딱 부러지게 떼칠 수가 없어서 머리 모양을 이리저리 바꿔가며 노는 데도 가만히 있을 수밖에 없었다.

당사자인 미라도 슬슬 그러한 취급에 익숙해지기 시작했다. 자신을 위해 준비했다는 시녀 특제 과자를 깨물며, 주변이 소란스럽다는 것을 제외하면 충실한 간식 시간이라 생각하기로 하고 즐겼다.

점심시간이 조금 지났을 즈음이었지만 간식을 잔뜩 먹은지라 미라는 충분히 배가 불렀다.

시녀 구획에서 해방된 미라는 성문 수위와 인사를 나누고는 관광을 위해 저잣거리로 향했다. 참고로 성 관계자는 미라가 덤블프의 제자이자 귀한 손님이라는 이야기를, 솔로몬을 통해 들은지라 기본적으로 자유롭게 출입할 수 있는 상태였다.

자아, 어디로 가볼까. 그런 생각을 하던 미라의 뇌리에 집무실에서 보였던 학원 교사가 떠올랐다. 멀리서 보았는데도 압도적인 존재감을 내뿜고 있던 건축물의 모습이.

그것을 떠올린 미라는 주변을 죽 둘러보았다.

"어디였더라……."

너무 넓기도 넓거니와 거리가 지나치게 반듯해 방위를 알 수가 없는 탓에 미라는 주변을 두리번거리며 걸었다. 그러던 중, 미라의 전방에 마침 순찰 중이던 위병이 나타났다.

긴 은발머리를 두 갈래로 묶은 미라와 눈이 마주치자 위병은 가슴이 덜컥 내려앉는 것만 같았다. 하지만 그 직후, 미라가 누구인지를 알아채고 허둥지둥 경례를 했다. 아홉 현자의 제자를 자칭하고 있는 미라는 현재 군 관계자들에게도 귀한 손님으로 알려져 있었기 때문이다.

"길을 좀 묻고 싶다만, 학원으로는 어떻게 가면 되나?"

미라는 잘됐다 싶어 오종종 달려가 위병을 올려다보며 물었다.

"미라 님이 아니십니까. 학원은, 저기 뒤쪽에 있는 다리를 건너서 그대로 대로를 따라 똑바로 가시면 나옵니다."

"호오, 그런가. 고맙군."

미라는 위병이 가리킨 방향으로 몸을 돌려 확인하고는 고개만 위병에게 돌려 감사인사를 하고서 종종걸음으로 학원이 있는 방향으로 달려갔다. 간신히 냉정하게 대응했다는 사실에 안도한 위병은 나풀대는 트윈테일을 배웅하며 넋 나간 사람처럼 실실댔다.

알카이트 왕국의 상징이라 할 수 있는 초승달 모양 호수. 그 호수에 둘러싸여 있는 것이 상급 지구로, 그곳에서 호수를 건너가면 일반 지구로 갈 수가 있었다. 미라는 지금, 그 다리 중 하나를 성큼성큼 건너고 있었다. 폭이 10미터는 되는 큰 다리로, 옅은 황토색 돌바닥이 똑바로 이어져 있었다. 그곳에는 가로등이 같은 간격으로 늘어서 있어, 상급 지구와 일반 지구를 잇는 다리로서의 풍격이 느껴졌다.

호수가 넓은 탓에 미라는 10분 정도를 걷고 나서야 일반 지구 입구에 도착할 수 있었다.

"미라 님 아니십니까. 일반 지구에는 어쩐 일로 오셨습니까?"

말을 걸어온 것은 일반 지구와 다리 사이에 자리한 문의 관리인이었다. 문 자체는 그다지 크지 않아, 마차 한 대가 지날 정도의 폭밖에 되지 않았다. 문 옆에는 감시를 위한 작은 방이 마련되어 있었다.

"음, 관광을 해볼까 해서 말이지."

"그러셨습니까. 이곳만큼 근사한 도시도 드물죠. 그럼 문을 열 테니 잠시만 물러나주십시오."

관리인이 그렇게 말하며 작은 방으로 들어가자 문이 천천히 열렸다. 서서히 벌어지는 틈새로 보이는 도시의 분위기는, 상급 지구의 고상한 분위기와는 전혀 달랐다. 활기가 넘치고 수많은 주민들이 오가는, '수도'라는 단어에 걸맞는 생명력으로 가득한 광경이 펼쳐져 있었던 것이다.

미라는 감사를 표하기 위해 손을 흔들어주고는 문을 지나 알카이트 왕국 수도 루나틱레이크의 동쪽 지구에 발을 들여놓았다.

눈앞에는 폭이 넓은 도로가 똑바로 뻗어 있었다. 그 끝에 자리한 것이 바로 목적지인 알카이트 학원이었다. 미라는 그 존재감에 다시금 감탄하며 큰길을 따라갔다.

큰 길에 면한 점포는 어디 할 것 없이 규모가 크고 다양한 물품을 다루고 있었다. 특히 잡화가 많았는데, 학원이 근처에 있는 탓인지 문방구점 등도 군데군데 보였다. 하지만 미라를 가장 놀라게 한 것은 술구 계열의 점포가 압도적으로 많다는 점이었다. 어느 방향으로 고개를 돌려도 술구를 다루는 가게가 하나씩은 꼭 눈에 들어왔다.

술구란 다종다양한 술법과 관련된 도구를 뜻했다. 이에는 무기로 사용되는 지팡이, 마술사가 술법을 익히기 위한 촉매, 음양술사의 식부(式符), 성술사용 성석이나 퇴마술사용 성수. 그 밖에 마봉석이며 술법을 통해 특수한 성질을 띠게 한 도구 전반이 포함되었다.

큰길가에 자리한 점포는 그러한 물건들을 무수히 다루고 있는 듯했다.

미라는 신기하고도 즐거워 보이는 분위기에 끌려 어슬렁어슬렁 시간을 들여 점포를 돌아보며 본래의 목적대로 관광을 만끽했다.

예전부터 잘나가던 상품에 본 적도 없는 신상품이 뒤섞여 있어 미라의 눈을 즐겁게 해주었다. 처음 보는 아이템을 가리키며 "이건 뭔가?" 하고 점원에게 물어보면 어떤 사람은 미소를 지은 채, 어떤 사람은 긴장한 투로, 그리고 또 어떤 사람은 매우 친절하게 가르쳐주었다.

윈도쇼핑을 실컷 즐긴 미라는 그로부터 얼마 되지 않아 목적지인 학원 앞에 도착했다.

"크기도 하군⋯⋯."

엉겁결에 목소리가 새어 나왔다. 그 말대로 알카이트 학원의 부지는 공항만큼이나 넓었다. 교사인 커다란 건조물 세 동이 디귿자처럼 늘어서 있었다. 그 밖에도 교사만큼은 아니었지만 존재감이 넘치는 건조물이 곳곳에 보였다.

성인인 탓인지 정면에서 당당히 학교를 바라보고 있기가 다소 꺼림칙해진 미라는 교문 한구석에 붙어 고개만 내밀었다. 오히려 그 모습이 훨씬 더 수상해 보인다는 사실도 모른 채.

미라의 눈에 비친 운동장에서는 학원 학생들이 저마다 체술 훈련을 하고 있었다. 대련을 하고 있는 자부터 운동장을 달리는 자들까지 각양각색이었다.

구석에는 교사로 보이는 성인 남성 한 명과 운동에 적합한 셔츠와 반바지 차림의 아이들이 30명 정도 보였다. 보아하니 격투기 수업 같았다.

반대쪽에도 다른 집단이 있었다. 이쪽에는 남자 교사와 여자 교사가 한 명씩 있었는데, 로브 차림을 한 학생들이 60명 정도 정렬해 있었다. 하지만 운동장이 너무 넓은 탓에 실제 인원수보다 훨씬 적어 보였다.

미라는 들뜬 마음으로 그 광경을 바라보았다. 규모는 상식 밖이었지만 그곳은 분명 학원이었다.

"청춘이로군."

원래 있던 세계에서는 대학을 졸업한 지 6년이나 된 미라는 가슴에 밀려드는 향수 같은 감정에 저도 모르게 탄성을 자아내며 쓴웃음을 지었다.

"학원에 관심 있니?"

느닷없이 시야 밖에서 누군가가 말을 붙여오는 바람에 엿보기라는 꺼림칙한 짓을 하고 있던 미라는 반사적으로 몸을 움찔 떨었다. 그리고 녹슨 기계처럼 쭈뼛쭈뼛 뒤를 돌아보았다. 뒤에서는 커다란 가방을 어깨에 맨, 고양이 귀가 달린 여성이 허리를 굽힌 채 미라에게 다정한 미소를 보내고 있었다.

4

학원 앞에서 만난 고양이 귀가 달린 여성은 어깨보다 조금 아래까지 내려오는 밤색 머리에 둥글둥글하고도 파란 고양이 눈과 둥그스름한 얼굴에 순수함이 느껴지는, 붙임성 있는 미소를 짓고 있었다.

이 세계에는 여러 종족들이 존재한다. 엘프족인 에멜라나 요정족인 마리아나와 같이. 그리고 눈앞에 있는 여성은 메오우족이라고 하는, 동체시력과 민첩성이 뛰어난 종족이었다. 기본적으로는 사람과 큰 차이가 없지만 고양이 귀와 꼬리를 지녔으며 키는 그다지 크게 자라지 않고 밤눈이 좋다는 특징이 있었다. 그야말로 고양이 같은 종족이었다.

"아, 놀랐어? 나는 이 학원에서 교사 일을 하는 히나타라고 해. 너는?"

"이 몸은, 미라다."

자신을 히나타라 소개한 미인이라기보다는 귀여운 인상을 풍기는 메오우족 여성은 기쁜 듯이 미소를 지었다. 미라는 메오우족을 꽤 많이 봐왔다고 생각했지만, 환한 히나타의 미소를 봤을 때는 순간적으로 가슴이 뛰었다.

현재, 처음 만난 여성들은 누구 할 것 없이 소녀인 미라에게 솔직하고 무방비한 표정을 보내왔다. 원래는 볼 기회가 적은 표정이었던 탓에 미라에게는 아직 면역이 없었다.

"미라라고 하는구나아. 귀여운 이름이네."

히나타는 한층 더 귀여운 미소를 띤 채 시선을 내려 미라의 차림새에 주목했다.

"그거, 요새 유행하는 마법소녀 계열 옷이구나. 로브 타입인 걸 보니, 혹시 술사가 되고 싶어서 왔니?"

히나타는 여전히 미소를 지은 채 친근하게 물었다.

알카이트 학원은 술사를 목표로 하는 자들 사이에서는 최고의 교육기관으로 유명했다. 술사를 동경해 학원을 훔쳐보는 소녀. 그것이 히나타가 느낀 미라에 대한 첫인상이었다.

"아니, 이미 술사이다만."

자신에 관한 인상이 어떠한지 알 방도가 없는 미라는 섭섭하다는 투로 부정했다. 당사자인 히나타는 예상이 어긋나자 어라라, 하고 눈살을 찌푸렸다.

"그랬구나. 미안해, 아, 무슨 술사인지 물어봐도 될까?"

히나타는 얼버무리듯 그렇게 말을 고쳤다. 미라도 딱히 기분이 상하지는 않았는지 자세를 고치며 자신만만하게 히나타를 바라본 채 "소환술사다"라고 말했다. 그러자 그 순간, 히나타가 미소를 지은 채 굳어버렸다. 소환술은 현재 학원에서 가장 쇠퇴한 장래성 없는 술법이라 여겨지고 있었기 때문이다.

"그렇구나……. 응, 힘내자."

히나타는 어째서인지 자기 자신을 타이르듯 미라를 격려했다.

"나도 소환술사야. 알카이트 학원 소환술 교사지. 지금은…… 그게…… 상황이 좀 그렇지만. 하지만, 크레오스 님이 지금 잘 시

간도 아껴가며 과거의 계약법을 실천해나가고 있어. 성공 확률도 엄청 높대. 그러니까, 그게, 힘내자."

히나타도 미라와 같은 소환술사였던 것이다. 애초에 학원에서는 수업이 한창임에도 교사가 밖에 있다는 것은, 요컨대 그런 뜻이리라.

소환술에 적성이 있는 학생은 다른 적성도 있으면 그쪽으로, 없으면 소환술 수업은 받지 않고 일반교양 수업으로 학점을 벌어 졸업하는 것이 최근의 풍조라는 모양이었다. 알카이트 학원의 졸업생이라는 칭호 자체만으로도 충분히 가치가 있는지라 굳이 도움도 안 되는 술법 수업을 받을 필요는 없기 때문이다.

소환술 수업은 주에 2, 3회. 다른 술법의 적성은 없지만 술사라는 재능을 완전히 포기하지 못한 고집쟁이, 혹은 괴짜로 분류되는 자들이 받고 있을 뿐이었다. 그런 탓에 히나타는 수업이 없는 시간에 다른 교사들의 부탁으로 비품을 사러 가거나 심부름을 하는 일이 많았다. 그런 탓에 소환술과(召喚術科) 이외의 교사나 학생들은 그녀를 사무원처럼 여기고 있었다.

"으~음. 학원에서도 마찬가지인가."

히나타의 말을 통해 미라는 소환술 쇠퇴라는 이름의 그림자가 학원에까지 드리웠음을 알게 되었다. 그리고 그것은 그림자가 앞날이 창창한 아이들에게도 영향을 미치고 있음을 뜻했다.

하지만 미라가 크레오스에게 맡긴 장비와 마봉폭석은 아무래도 도움이 되고 있는 듯했다. 지금은 그것들이 있으면 소환술의 기본이라 할 수 있는 다크나이트, 홀리나이트와 어렵지 않게 계약할 수 있으리라. 그 이상은 얼마나 계약한 소환체를 성장시키느냐에 달린 일이었다.

"지금은 아직, 안전성 확보를 위해 한 명씩만 진행 중이지만, 무구정령을 소환할 수 있게 된 학생들도 늘고 있어. 분명 머지않아 우리의 시대가 올 거야."

미라가 얼굴을 찌푸린 채 복잡한 표정으로 끙끙대자 히나타는 애써 긍정적으로 말했다.

무구정령을 쓰러뜨리는 것뿐이라면 마봉폭석으로도 충분했지만 아무런 도움도 없는 상황에서는 상응하는 위험이 따르기 마련이다. 그것을 보충하기 위한 것이 체력을 강화하는 장비였지만, 그 장비는 한 명이 쓸 것밖에 없었다. 게다가 아직 학생인 자들을 위험에 빠뜨릴 수도 없는 노릇이었다.

크레오스는 현재 희망자를 모아 한 명씩 무구정령과 계약을 시키고 있었다. 그 광명에 매달리고자 하는 희망자는 많았지만 아직 대다수의 학생들은 대기할 수밖에 없는 상황이었다.

"이 몸도 소환술사로서 뭐든 할 수 있는 일이 있으면 좋으련만."

그렇게 말한 미라는 왼손으로 턱을 쓸며 고심스러운 표정으로 눈을 감았다. 자신이 후진을 위해 할 수 있는 일이 무엇일까. 가장 먼저 꼽을 수 있는 것은 마봉폭석을 양산하는 일이리라. 하지만 많은 양을 작성하려면 그만한 금액이 필요했다. 하지만 그것은 솔로몬이나 크레오스에게 상담해보면 어찌어찌 해결될 듯했다.

문제는 신체 강화 장비였다. 기성품이 있으면 단번에 해결되겠지만, 미라의 수중에 있는 것 중 무구정령과 마음 놓고 싸울 만큼의 보정치를 지닌 장비는, 크레오스에게 건네준 것 말고는 탑에 만들어뒀던 것이 조금 있는 정도였다.

"미라! 미라야!"

정련으로 억지로 만드는 수밖에 없으려나 생각한 순간, 누군 가가 미라의 어깨를 세게 흔드는 통에 현실로 돌아왔다.

"무……무슨 일이냐?"

미라가 눈을 떠보니 히나타의 얼굴이 코앞까지 다가와 있었다.

"이거, 이거 조자의 팔찌지? 상급 모험가의 증표인!"

히나타는 그렇게 말하며 미라의 왼손을 잡고서 다소 흥분한 것 인지 둥그런 눈을 더욱 휘둥그렇게 뜬 채 팔에 끼워진 팔찌를 쳐 다보았다.

"뭐어, 그렇다만."

정확히 말하자면 아니었지만 설명하자니 귀찮아서 미라는 긍 정했다. 실제로도 모험가 랭크는 조자의 팔찌를 빌릴 수 있는 조 건을 충족시킨지라 문제없을 듯했다.

"나는 지금 있지, 다크나이트, 홀리나이트, 헬하운드, 샐러맨 더, 카벙클, 와이번하고 계약했는데, 미라는 이거 말고 다른 소환 체하고도 계약했어?"

히나타가 한 질문의 의도는 알 수 없었지만, 기대로 가득한 눈 동자와 소름 돋는 기세에 밀린 미라는 반사적으로 "있다"고 대답 했다. 그러자 히나타는 먹잇감을 발견한 고양이 같은 눈빛을 하 고 미라의 손을 두 손으로 움켜쥐더니 기도라도 하듯 무릎을 꿇 었다.

"부탁이야. 조금만 힘을 빌려줘!"

무릎을 꿇은 탓인지 미라보다 다소 눈높이가 낮아진 히나타가 눈을 흡뜬 채 애원했다. 원래대로였다면 그 동작은 미라에게 미미한 효과만을 주는 데서 그쳤을 테지만 이번에는 절대적인 위력을 발휘했다. 귀여운 고양이 귀가 꼬물꼬물 눈치라도 살피듯 처졌다가 튀어 오르기를 반복하고 있었기 때문이다.

"무슨 일인지는 모르겠다만, 이 몸만 믿거라."

이야기의 흐름상 소환술에 관한 일인 듯하여, 후진(後進)들을 걱정하는 마음이 큰 미라는 고개를 끄덕이며 승낙했다.

히나타의 손을 잡고 학원 부지 내로 발을 들인 미라는 그대로 중앙 교사의 안쪽에 자리한 건물로 안내를 받았다.

그러던 도중, 히나타가 부탁에 관한 설명을 했다.

들자 하니 오늘은 술기(術技) 심사회라 하는, 한 달에 한 번 실시되는 이벤트가 있다는 모양이었다. 그것은 이름 그대로 술법을 심사하기 위한 것으로, 이것의 결과에 따라 이용할 수 있는 시설이며 술구를 마련하기 위한 경비가 정해진다는 듯했다. 심사의 대상은 각 술법의 대표자가 선보이는 술법이라는 모양이었다.

참고로 순위를 정하기 위해 심사를 하는 것은 아니었지만 득점이 발표되는지라 자연스럽게 순위가 매겨진다고 한다. 그리고 소환술은 매달 당당히 최하위를 내달리고 있다는 모양이었다. 그 원인은 학생 중 실용 가능한 수준의 소환술을 사용할 수 있는 자가 없어서 그 대신 지금까지 계속 히나타가 대표자가 되어 술법을 선보여온 탓에, 레퍼토리도 적고 참신성도 없어서 다들 질려 버렸기 때문이라고 한다. 참고로 학원에는 히나타 이상의 소환술 사가 없다는 모양이었다. 대행자인 크레오스를 제외하면.

그래서 히나타는 자신이 지닌 소환체 말고 다른 것과 계약을 했느냐고 물어본 것이다.

요컨대 처음에 말했던 여섯 종류 이외의 것을 소환해내면 그만이었지만, 이는 소환술의 위신을 되찾을 기회라는 생각에 의욕에 불이 붙은 미라는 이야기를 다 듣고 나서 머릿속에 상급 소환을 늘어놓고는, 되도록 화려해 보일 듯한 것들을 추리기 시작했다.

'소환술이야말로 최강의 술법이라는 걸 널리 알려야지. 그러면 황룡(皇龍) 아이젠파르드가 좋을까. 얌전하고 착한 아이였으니. 하지만 화려함으로 말하자면 무지개 정령 트윙클 팜이……. 하지만…… 으음……. 30년이 지났다지만……. 으으음…….'

곰곰이 생각하던 중, 미라는 문득 생각이 나서 고개를 들었다.

"그런데, 학원 행사에 외부자가 참가해도 되는 게냐?"

미라는 가장 중요한 의문을 입에 담았다. 학원의 한 달 운용을 결정하는 일에 학생도 아닌 모험가가 나서면 문제가 되지는 않을까 싶었던 것이다.

"응, 그건 문제가 되지 않을 거야. 애초에 심사회는 술법의 가능성을 가늠하기 위한 목적으로 열리는 거니, 외부인이라도 엄청난 술법을 사용할 수 있다면 장래성은 증명한 셈이 되니까."

"흐음~ 그렇게 간단한 문제일는지."

"괜찮대도. 그러면 대표자를 변경하고 올 테니까, 여기서 기다려."

"음."

커다란 건물 중 한 방으로 안내를 받은 미라는 그곳에 있던 소파에 앉아 가볍게 주변을 둘러보았다. 바닥에는 회색 융단이 깔려 있고, 하얀 벽에 걸린 아날로그시계는 4시 20분을 가리키고 있었다. 천장은 그다지 높지 않았고, 하얀 조명등이 은은히 빛을 내뿜고 있었다. 어딜 보아도 무난한 객실이었다. 구석에 화이트보드가 놓여 있는 것만 빼고.

미라는 아이템박스에서 평소처럼 애플오레를 끄집어내서 한 모금을 들이켜고는 "후우" 하고 한숨을 내쉬었다.

"이 몸도 분발해야겠군."

미라는 크레오스가 잘 시간도 아껴가며 노력 중이라는 이야기를 떠올리며 혼잣말을 했다. 그 표정은 소환술의 탑을 대표하는 현자의 표정 그 자체였다.

"오래 기다렸지!"

시간이 5시 2분 전을 가리키고 홀짝홀짝 마시던 애플오레를 마침 다 비웠을 즈음, 히나타가 돌아왔다.

"등록은 끝났어. 잘 부탁할게."

"뭐어, 이 몸만 믿어라."

미라는 자신만만하게 일어나 히나타의 안내로 심사가 이루어지고 있는 회장으로 향했다.

회장 옆, 간이 좌석이 설치된 대기실. 그곳에는 심사를 받을 예정인 술자와 그를 보조하기 위한 이들이 늘어서 있었다. 미라가 흥미진진한 눈으로 긴장감이 감도는 대기실을 둘러보고 있자니 술자 중 한 명이 히나타를 알아보고 말을 붙여왔다.

"오호, 과연 잘나가는 소환술사님. 제일 나중에야 오시다니, 꽤나 여유가 넘치시는군요."

마술사임을 뜻하는 푸른 로브를 입은 기생오라비 같은 남자가 비아냥으로 가득한 미소를 지은 채 말했다. 그 말을 듣고서야 히나타가 왔음을 알아챘는지 다른 자들도 고개를 돌려 그녀를 보더니 연민이나 동정을 담아, 혹은 기가 막히다는 표정을 지어 보였다. 히나타는 가볍게 손을 흔들어 답하고는 "이쪽이야" 하고 말하며 미라의 손을 잡아끌고 빈자리에 앉혔다.

푸른 로브를 걸친 남자는 작은 소리로 혀를 차고는 구석진 자리에 앉은 미라의 모습을 보며 눈살을 찌푸리고서 말했다.

"아가씨, 거긴 경기자 자리인데여~."

남자가 천박한 미소를 지은 채 그렇게 말하자 옆에 있던 보조자도 비슷한 표정을 지었다. 다른 로브를 입은 자들은 "굳이 상대하지 말라고", "품위 없긴", "거참, 질리지도 않나" 등, 반응은 제각각이었지만 시비를 거는 푸른 로브를 걸친 남자처럼 비아냥거리는 자는 없는 듯했다.

미라는 그 분위기를 통해 소환술에 대한 인식이 어디까지 추락했는지를 실감했다. 그리고 그것을 비웃고 유열(愉悅)에 젖는 자가 나타나는 것도, 사람들이 모이는 장소에서는 자연스러운 흐름이라는 사실도 납득했다.

"괘, 괜찮아요. 얘가, 이번 대표니까요."

히나타는 그렇게 말하며 좀 전까지 다정한 미소를 짓고 있었던 입을 한일자로 다물었다. 분한 듯 몸을 떠는 히나타의 모습이 미라의 눈에 들어왔다. 좋은 의미로도 안 좋은 의미로도 실력주의. 이곳에는 이미 상하관계가 형성되어 있었던 것이다.

"오호라. 배움터란 어딜 가나 마찬가지로군. 우위에 있다고 주장하지 않으면 자신의 가치를 헤아리지 못하는 범속한 자가 있는 것을 보니."

"뭐라고?"

미라는 푸른 로브를 걸친 남자를 흘끔 쳐다보며 범속한 자라 평했다.

만년 최하위에 어딜 가나 없는 사람 취급이나 받는 소환술사에게 그런 말을 들은 남자의 눈에 희미한 어둠이 깃들었다.

"어린애가 한 말을 뭘 그렇게 신경 써요."

"흥, 그래서 더 불쾌한 거야. 말버릇도 안 되먹은 애새끼에게 상식을 가르쳐주는 것도 어른의 의무라고."

더더욱 기분이 상했는지 푸른 로브를 걸친 남자는, 의자 두 개를 사이에 두고 앉은 하얀 로브를 걸친 여성의 조언에도 귀를 기울이지 않고 미라를 위압하듯 노려보았다.

"이것 봐, 그쯤 해두라고."

그는 재차 만류에 나선 검은 로브를 걸친 남자의 손을 뿌리치며 한층 더 표정을 구겼다.

그 상황에 히나타는 쩔쩔매고 있었다. 미라가 정면으로 반박하리라고는 생각지도 못했던 것이다.

"이 안에서 가장 상식이 없을 듯한 자가 입은 잘 놀리는군. 차라리 고블린이 더 분별력이 있겠어."

"너, 적당히 해라. 내가 누군지 알기나 해?!"

"어른스럽지 못한 어른이겠지."

"이놈이!"

자신을 깔보고 있다고 느낀 남자는 약이 바싹 올라 벌떡 일어났다. 그 바람에 히나타가 움찔 몸을 떨자 남자는 그 모습을 흘끔쳐다보고는 일그러진 미소를 지어 보였다.

"오래 기다리셨습니다. 회장으로 와주십시오."

분위기가 잔뜩 가라앉은 가운데, 문이 열리더니 심사회 스태프를 맡은 고등부 여학생이 대표자를 부르기 위해 나타났다. 남자는 미라에게 살기 어린 시선을 던지고서 작은 소리로 혀를 차더니 문이 있는 방향으로 향했다.

'뭐어, 이 몸도 어른스럽지 못한 어른이었군.'

미라가 허탈하게 어깨를 으쓱하자 히나타가 미안한 표정으로 고개를 숙였다.

"미안해, 미라야. 불쾌하게 해서……."

억지로 미소를 지은 히나타의 고양이 귀는 축 쳐졌고, 꼬리도 힘없이 늘어져 있었다. 그러던 중, 옆에 하얀 그림자가 나타났다. 올려다본 미라의 시야에 히나타의 옆으로 다가선 하얀 로브를 걸친 여성이 비쳤다.

"메리 씨……."

히나타가 고개를 들어 그 여성을 보며 말했다. 메리라 불린 여성은 20대 정도 되어 보였다. 아쿠아블루 빛을 띤 긴 머리와 원안에 십자가를 본뜬 문양이 박힌 은제 머리장식, 그리고 목에는 전문학부생의 징표인 거목의 가지를 형상화한 펜던트를 건, 어른스러워 보이는 여성이었다.

"이렇게 되리라는 것은 알았을 텐데요, 히나타 선생님. 이렇게 어린아이를 앞에 내세우다니, 선생님답지 않군요."

분위기와 달리 메리는 강한 어조로 히나타를 나무랐다. 그러고는 곧장 고개를 돌려 미라에게 "저 사람 말은 신경 쓰지 말렴" 하고 미소 지었다. 그 말을 들은 미라는 "문제없다"라고 대답하며 일어났다.

"그리고, 정말로 이 아이를 대표로 세울 건가요?"

메리는 가장 신경 쓰였던 일을 입에 담았다. 최근 십여 년 동안 젊은 소환술사는 거의 육성된 바가 없었으니 미라를 보고 의문스러워하는 것도 무리는 아니리라.

"미라는 상급 모험가고, 제가 쓸 수 있는 소환술 말고 다른 것도 쓸 수 있다고 해서……."

"아무리 모험가라지만……."

"뭐어, 되었다. 이 몸은 딱히 기분이 상하지 않으니, 히나타 선생과 그대도 신경 쓸 것 없어."

미라는 메리의 말을 가로막고는 고개를 푹 숙인 히나타에게 미소를 지어줬다. 말을 중간에 멈춘 메리는 겉보기보다 크게 느껴지는 미라에게 흥미가 생겼다.

'뭘까, 이 아이는. 말투도 그렇지만, 어쩐지 어린애 같지가 않네.'

메리는 그렇게 생각하면서도 국왕인 솔로몬이 떠올라 빙긋 웃었다. 어쩌면 동족일지도 모른다는 생각이 들었던 것이다.

"그나저나 뭐어, 꽤나 자신만만해 보였다만, 저 녀석은 뭐 하는 녀석이냐?"

미라는 타인을 깔보고 으스대는 태도가 몸에 밴 듯 보였던 푸른 로브를 걸친 남자에 대해 물었다. 무슨 일이 있었기에 저렇게까지 오만해질 수 있는 걸까 싶어서.

"그게 있지……."

히나타가 고양이 귀를 다소 세우며 간결하게 설명했다.

그의 이름은 카이로스 베를랑. 마술사의 명문가 태생으로 알퐁스 베를랑 후작의 아들. 고등부 3학년으로 그 귀족 특유의 태도는 둘째 치고, 마술 실력은 뛰어나다. 카이로스가 심사회에 출장한 뒤로 마술과는 늘 1위를 차지했고 그런 탓에 다른 술사들을 깔보는 경향이 있다고 한다. 참고로 후작가의 후계자이기도 해서 평민 출신 교사는 그의 행동거지를 보고도 주의조차 주지 못하는 상황이라는 모양이었다.

'전형적인 가문만 믿고 설치는 귀족이로군.'

미라는 마음속으로 한숨을 내쉬고는 역시 이 나라에도 이런 귀족이 있구나 하고 쓴웃음을 지었다.

대기실에서 나와 다소 커다란 문을 지나자 콜로세움 같은 원형 광장이 나타났다. 발로 직접 디뎌보니 흙바닥에서 적절한 반발감이 느껴졌고, 높이가 3미터 정도 되는 벽이 주변을 에워싸고 있었다. 그 바깥은 객석으로, 번듯한 옷차림을 한 남녀가 수십 명 늘어서 있었다.

고요한 분위기가 감도는 가운데 광장 중앙에는 흰 가운을 걸친 남자가 서 있었고 입구 정면 안쪽에는 기사처럼 갑주를 걸친 인형이 세워져 있었다. 천장은 완만한 호를 그리듯 굽어져 돔처럼 회장을 뒤덮고 있었다. 동서남북 공중에는 유달리 밝은 빛의 구슬이 밝혀져 있어, 땅바닥에 생겨야 할 그림자는 사방에서 쏟아지는 빛 속으로 모습을 감추었다.

먼저 대기실을 나선 대표자들은 입구를 통해 회장에 입장해 양쪽 벽을 따라 늘어섰다. 그중 카이로스만이 미라에게 짜증스러운 시선을 보내고 있었다.

미라와 히나타, 그리고 메리는 카이로스의 반대쪽 벽을 등지고 섰다. 그 결과, 맞은편 벽에는 카이로스와 보조자 둘만 남았다. 척 봐도 따돌림을 당하는 듯한 그 광경에 미라는 작은 소리로 웃음을 터뜨렸다.

하지만 그 일은 곧 아무래도 좋은 일이 되었다. 왜냐하면 심사 회장이 실내인 데다 예상했던 것보다 훨씬 좁았기 때문이다.

경기를 치를 원형 광장은 직경이 15미터 정도로, 객석을 합쳐도 25미터 정도밖에 되지 않았다.

미라는 초조함을 감추며 주변을 둘러보아 넓이를 눈대중으로 재보았으나 역시 좁다는 생각밖에 들지 않았다.

'제1후보인 아이젠파르드를 부를 수가 없지 않으냐! 하지만 무지개 정령은 좀……. 위엄을 생각하자면 오히려 소환술의 숨통을 조이는 격이 될지도 모르고……. 좀 더 생각을 해봐야…….'

"오래 기다리셨습니다. 지금부터 술기 심사회를 개최하겠습니다."

미라가 혼자서 끙끙대던 중, 심사회 개최 선언이 울려 퍼졌다.

5

흰 가운을 걸친 남자가 술기 심사회의 개요를 설명했다. 그것은 주로 관객석에 늘어선 관중들을 위한 것인 듯했다.

우선 대표자 한 명에게 주어진 시간은 10분으로, 그 시간 안에 술법을 선보인다.

공격계 술법은 속성방어에 특화된 갑옷을 걸친 인형을 타깃으로 행사한다.

이상 두 가지가 주된 내용이었다.

그리고 히나타에게 들은 보충 설명에 의하면, 이 심사회의 주심사원은 국가의 교육위원회와 알카이트 학원에 투자를 하고 있는 귀족, 그리고 박사와 학원장이라고 한다. 그 밖에는 학생회와 학원 보호자 모임, 졸업생 등이 포함되어 있다는 모양이었다.

심사기준은 술법의 난이도, 효과, 발동속도였지만 몇 년 전부터 여기에 모양새도 추가되어 중요시되고 있었다. 그 이유는 술법에 관한 이해도가 낮은 심사원이 많아졌기 때문이다. 아무리 고도하고 난해한 술법이라 해도 모양새가 시원치 않으면 점수를 짜게 받을 수밖에 없었다.

심사회는 향후 술사육성의 척도가 되는 것과 동시에 경비 분배의 지표가 되기도 한다. 히나타는 처음에 이 심사회의 결과에 따라 이용할 수 있는 설비가 결정된다고 했는데, 실은 힘 관계에 따른 이용 우선도가 암묵적으로 정해진다는 뜻이었다.

심사회에는 유력한 귀족이며 상인, 모험가 등이 관객으로 초대된다. 능력을 증명해 보이면 그만큼 힘이 있는 후원자가 붙거나 강력한 뒷배를 얻을 기회가 되기도 하는 것이다.

대표자는 주로 재학생 중에서 해당 술과(術科) 학생의 추천으로 선출되고, 후보자가 여럿일 경우에는 선정 시험이 치러진다. 그리고 해당자가 없을 때는 교사가 대표를 맡게 되어 있었다. 요컨대 히나타가 달마다 대표를 맡았다는 이야기는, 소환술사 중에서는 해당자가 그녀뿐이었음을 뜻하기도 했다.

하지만 알카이트 왕국은 술법 연구의 최고기관이 있는 나라였다. 해당자가 없으면 있는 곳에 부탁하면 그만이다. 과거에 딱 한번 이야기가 그렇게 흘러가 요청을 받은 은의 연탑 연구자가 심사회장에 선 적이 있었다.

그 심사회는 당연히 연구자의 독무대가 되었다.

그 탓인지 다음 달 심사회 때는 모든 술과가 연구원을 대표자로 세우는 사태가 발생했다. 그리고 심사회장은 연구자들의 실험장으로 전락하였고, 그 이후로 탑에 소속된 자는 대표 대상자에서 제외시키기로 했다.

이번에 미라는 모험가로서 대표자로 추천을 받아 출장을 하게 되었다.

참고로 무형술은 모든 술사가 다룰 수 있는 계통인 탓에 늘 일정한 경비가 분배되는지라 심사는 받지 않는다는 모양이었다.

"그러면, 지난번에 가장 평가점이 높았던 마술과부터 심사를 시작하도록 하겠습니다. 대표자, 앞으로 나와 주십시오."

심사회 진행자 역할을 띤 흰 가운을 걸친 남자가 카이로스를 불렀다. 한 박자 후, 카이로스는 객석을 향해 미소를 날리며 중앙으로 걸어 나갔다. 동시에 회장 내에 박수소리가 울려 퍼졌다. 심사원과 관객은 무엇을 보여줄지, 무슨 일이 일어날지 기대하며 카이로스에게 주목했다. 카이로스에 대한 평가는 그토록 높았다.

"지난번에는 근사한 물의 마술로 타 술과를 압도하는 고득점을 거뒀던 마술과입니다. 이번 심사에서는 어떤 술법을 보여주실지, 저도 기대가 큽니다."

흰 가운을 걸친 남자는 객석을 향해 간단한 설명을 하더니 회장 옆으로 이동했다. 하지만 그러던 도중에 카이로스가 그를 불러 세웠다.

"이봐, 너. 지난번'에는'이 아니라 지난번'에도'라고 해야지."

"아…… 네. 그랬죠. 죄송합니다."

"조심하라고."

작은 목소리로 이루어진 그 대화는 객석은커녕 다른 대표자들의 귀에도 들리지 않았다. 하지만 표정을 통해 또 돼먹지 못한 소릴 한 것이리라 생각한 미라는 흰 가운을 입은 남자를 동정했다.

카이로스는 "이래서 서민은 안 된다니까" 하고 중얼거리며 설치되어 있던 갑옷 인형과 마주했다. 마술은 거의 모든 술법이 공격계열인 데다 화력에 특화된 술법 계통이었다. 단순한 공격력으로 말하자면 술사 계열 최강이라 해도 과언이 아니리라. 필연적으로 마술은 갑옷 인형을 상대로 행사해야만 했다.

"오늘은 바쁘신 와중에 모여주셔서 감사합니다. 대표로서 심사의 첫 번째 시연자를 맡은 카이로스 베를랑이라 합니다."

카이로스는 객석을 향해 우아하게 예를 갖췄다. 왜 모두의 대표라도 되는 양 말을 하는 것이냐고 지적하는 자는 아무도 없었다. 다른 대표자들은 아예 포기해버린 데다, 미라로 말하자면 그럴 겨를이 없었기 때문이다.

'알피나라도 부를까? 아니 하지만, 구경거리로 삼았다가는 토라지고 말 텐데. 이렇게 된 거 천장을 부수고…….'

"으음…….."

미라는 상급 소환 중, 겉보기에도 화려하고 심사에 적합한 성격의 소유자를 계속해서 생각하고 있었다.

"그럼 보여드리겠습니다. 마술의 광채를!"

카이로스는 큰 소리로 선언하며 왼발을 반걸음 뒤로 무르고 오른손을 갑옷 인형을 향해 내밀어 자세를 취했다. 그러고 나서 응축한 마나를 손에 집속시키자 정면에 마법진이 떠올랐다.

"스치는 것 모두를 불태우는, 천상의 업화여!"

목소리의 울림과 동시에 마법진이 붉게 빛났다. 그리고 손바닥에 작고 붉은 불꽃이 모여들더니 크게 부풀어 올랐다. 그것은 인간의 머리 정도 되는 크기까지 확장되더니 일렁이는 꼬리를 늘어뜨리며 갑옷 인형을 향해 날아갔다. 그러던 도중, 불덩이가 무수히 확산되어 갑옷 인형을 덮쳤다. 착탄과 동시에 굉음이 울려 퍼지더니, 약간 탄 자국이 남은 갑옷 인형을 장식하기라도 하듯 불똥이 흩날렸다.

그 광경에 객석에서 탄성이 터져 나왔다.

미라는 귀에 남은 잔향(殘響)에 얼굴을 찌푸리며 무슨 소리인가 하고 회장 중심으로 시선을 던졌다.

카이로스는 객석을 향해 손을 흔들어주고는 이제 시작일 뿐이라는 듯한 태도로 다음 마술을 준비하기 시작했다.

이번에는 카이로스의 두 손에 마력이 모이기 시작했다.

"첫 번째 데몬스트레이션은 만족스러우셨던 모양이군요. 그럼, 여러분을 더욱 격렬한 불꽃의 향연에 초대하겠습니다!"

객석의 반응에 기분이 좋아졌는지 카이로스는 의기양양하게 소리치며 호들갑스럽게 두 손을 치켜들었다.

"하늘을 수놓는 불꽃의 군세여, 왕의 명령에 따라 적을 쳐라!"

다시금 목소리가 울림과 동시에 마법진이 떠올랐다. 불덩이가 카이로스를 기점으로 출현하더니 일정 크기까지 부풀어 오른 뒤, 순서대로 전방을 향해 발사되었다. 불덩이는 요란한 소리를 내며 갑옷 인형을, 벽을 후려쳐 끊임없이 폭음을 내고 불똥과 폭연(爆煙)으로 회장을 뒤덮어 나갔다.

'흠. 요란한 술법이로군……. 착탄위치도 타이밍도 엉터리야. 범위공격이라면 '마술 : 작열'이 더 효율적일 터인데.'

미라가 속으로 지적한 바와 같이 카이로스의 마술은 상당히 비효율적이었다. 수준 낮은 마물을 상대할 때는 효과가 있을지도 모르지만, 술법 자체를 간파당하는 일이 흔한 실전에서 활용하기에는 부적절했다.

하지만 객석에 자리한 심사원들은 유성군처럼 번뜩이는 무수한 화염탄을 넣을 놓고 쳐다보고 있었다. 육체만으로는 실현할 수 없는, 술사만이 자아낼 수 있는 현상. 눈앞에서 펼쳐진 광경은 그야말로 불꽃의 향연이란 표현을 그대로 현실로 옮겨놓은 듯한 것이었다. 하지만 미라가 보기에 그것은 돈이 남아도는 귀족의 파티 광경 같았다. 있는 대로 사치를 부려 한순간의 광희(狂喜)를 추구하기 위해 돈으로 부풀린 풍선에 비할 수 있으리라.

카이로스의 마술은 효율과 실전은 도외시하고 눈에 띄는 일에 특화한 것이었다. 이것이 부전조약이 체결된 지 십 년 남짓이 지난 현재 심사회의 실태인 듯했다.

카이로스의 시연이 끝나자 심사원들이 각각 점수를 매겨 나갔다. 이 점수는 모든 대표자의 시연이 끝나고 나서 집계되어 발표되게끔 되어 있었지만, 일부를 제외한 모든 이가 최고점에 가까운 점수를 매기고 있었다.

카이로스는 돌아가던 도중, 자신만만한 표정으로 히나타와 미라를 쳐다보며 입술을 일그러뜨렸다. 완전히 기가 죽었는지 히나타의 고양이 귀가 축 쳐져 있었다. 그 모습을 보고 한층 더 기분이 좋아진 카이로스는 만족스러운 표정으로 자리로 돌아갔다.

그 후, 지난번 심사회의 순위대로 대표자가 중앙으로 나와 술법을 선보였다.

두 번째 시연자는 성술사. 오프닝 데모로 일정 속성 대미지를 무효화 할 수 있는 '성술 : 실드 스킨'을 자신에게 건 채 보조자에게 술법 공격을 하도록 시켜 멀쩡하다는 사실을 어필했다. 그러고는 '성술 : 아크 게이트'를 통해 강렬한 빛을 내쏘아 갑옷 인형을 공격했다.

단순하기는 했으나 눈부신 빛의 격류는 심사원들에게도 좋은 인상을 남긴 듯했다.

세 번째 시연자는 음양술사. 처음 선보인 것이 '성부술(星符術) : 목지일식(木之一式) 수목림(樹木林)'이었다. 눈 깜짝할 새에 광장에 몇 자루나 되는 나무가 돋아나자 이어서 행사한 것은 '성부술 : 화지일식(火之一式) 호호천(狐々茜)'. 술법으로 발생된, 불꽃으로 된 새끼 여우가 나무와 나무 사이를 종횡무진으로 날아다니다가 갑옷 인형에게 돌격해 폭발했다.

네 번째 시연자는 선술사. 초반은 '선술 지(地) : 염전(焰纏)'으로 두 손에 불꽃을 일으킨 채 무술의 품새를 선보였다. 본래 술법보다 압축 정도를 낮춘 불꽃이 주먹의 움직임에 따라 홍련의 띠를 그리며 공간을 물들였다. 끝으로 갑옷 인형에 주먹을 질러 넣은 채 불꽃을 개방함과 동시에 '선술 충(衝) 천 : 충파'를 지근거리에서 작렬시켜 불꽃이 요란하게 흩날리게 했다.

다섯 번째 시연자는 퇴마술사. 성수가 든 병을 하나 꺼내 뚜껑을 열더니 머리 위로 던졌다. '결계술 : 퇴마진'을 발동시킴과 동시에 병이 깨져서 안에 든 성수와 함께 병조각이 주변에 퍼져나가 쏟아졌다. 그리고 성스러운 힘이 쏟아져 내린 땅바닥이 빛나기 시작하는가 싶더니 희미한 빛의 막이 나타났다. 이어서 몇 개의 성수병을 들고서 그것을 갑옷 인형에게 던지며 '퇴마신법(退魔神法) : 속죄의 창염(蒼炎)'을 발동시켰다.

푸른 불꽃이 갑옷 인형을 땅과 함께 뒤덮더니 조용히 일렁였다.

여섯 번째 시연자는 강마술사. '강마술 충(蟲) : 거미'를 통해 몸에 거미의 능력을 강림시켰다. 갑옷 인형을 향해 무수히 많은 실을 뿜어내서 동여매고는 즉시 '강마술 마(魔) : 염렵견(炎獵犬)——블레이즈 하운드'로 전환하여 두 손에 불꽃으로 된 발톱을 발생시켰다. 그 발톱으로 실을 건들자 도화선이 타들어가듯 불꽃이 번져나가 홍련의 불꽃이 갑옷 인형을 휘감아버렸다.

일곱 번째 시연자는 사령술사. '사령술 : 바위인형——록 골렘'으로 등신대의 골렘을 만들어내어 갑옷 인형에게 돌진시켰다. 그리고 격렬한 격돌음이 울림과 동시에 '추장술(追葬術) : 융해윤회'을 발동시켜 불기둥과 함께 일대를 불태워버렸다.

이렇게 일곱 명의 대표자가 시연을 마쳤다.

광장에서는 다소 그을음이 남은 갑옷 인형이 마지막 대표자를 기다리고 있었다.

"이어서 소환술 대표, 앞으로 나와 주십시오."

미라를 부르는 흰 가운을 걸친 남자의 목소리가 회장에 울려 퍼졌다. 드디어 소환술과 차례였다. 미라는 그 목소리에 고개를 들며 무엇을 불러낼지를 결정했다.

'좋아, 그 녀석으로 할까. 다소 걱정이 되긴 한다만……. 뭐어, 지금으로서는 최선일 테지.'

"미라야……."

히나타가 걸음을 뗀 미라를 걱정스러운 눈으로 바라봤다. 미라는 그런 히나타에게로 고개를 돌려 올려다보며,

"걱정할 것 없다. 이 정도는 어린애 놀이나 다름없으니."

그렇게 말하며 히나타의 불안감을 불식시키기 위해 웃음을 지었다. 미라의 자신만만한 미소를 보고 숨을 죽였던 히나타는, 교사가 돼서 한심하게 기죽어 있을 수는 없다는 생각에 다시금 자신에게 활기를 불어넣었다.

"응, 부탁할게, 미라야!"

미라는 히나타의 성원을 등지고 광장 중앙에 섰다.

흰 가운을 걸친 남자가 구석으로 이동하자 회장 내의 모든 시선이 한 소녀에게 집중되었다. 주목을 받는 것이 질색인 미라는 약간 쓴웃음을 지은 채 오른손을 무심하게 옆으로 내밀어 '아르카나 제약진'을 공중에 출현시켰다.

동시에 객석이 술렁거리기 시작했다. 소환술사인 히나타까지도 그 광경을 보고 눈이 휘둥그레졌다.

아르카나 제약진은 상급 소환술사가 다루는 고등 소환체 강화 기술이었다. 히나타에게도 존재는 알아도 완벽히 다루지는 못하는 힘 중 하나였다. 요컨대 현재, 학원에는 사용할 줄 아는 자가 없는 기술이었다.

이 자리에 있는 거의 모든 자들이 본 적도 없는 술법. 미라는 그것을 매우 간단히 행사해 보였다.

그런 가운데 학원장과 교사와 박사, 졸업생들 중 몇 사람만이 감탄한 눈으로 다음 전개를 기대하기 시작했다.

미라는 그대로 오른손을 뒤집어 제약진을 소환진으로 승화시켰다. 그 순간, 비명과도 같은 목소리가 곳곳에서 터져 나왔다. 소환진에 터무니없는 양의 마력이 담겨 있었기 때문이다.

"이럴 수가…… 로사리오 소환진인가?!"

뜻밖의 광경에 학원장은 무심결에 자리에서 일어나 놀라움으로 가득한 눈을 한 채, 아무렇지도 않게 자세를 취한 소녀에게 경외심 섞인 시선을 보냈다.

"이봐…… 저건 뭐지? 소환술사 아니었나?"

"그럴 겁니다. 정확하지는 않지만, 저건 상급 소환진으로 보입니다."

관객 중 한 사람이 놀라서 옆에서 대기 중인 집사에게 묻자, 집사는 동요하면서도 대답했다. 일찍이 전장을 내달린 적이 있는 집사는 당시, 상급 소환술을 직접 본 적이 있었다. 흐릿했던 기억이 지금 눈앞에 펼쳐진 광경을 통해 선명하게 되살아난 것이다. 기억 속에 있던 소환진과 너무나도 흡사한 눈앞에 있는 마법진을 통해.

곳곳에서 상황을 이해하지 못한 자들의 목소리가 피어났다. 그에 반해 미라는 전혀 개의치 않고 소환진과 마주한 채 작은 입술로 말을 자아냈다.

『이 목소리가 들리면, 이 마음이 닿으면, 너는 눈을 떠줄까. 그 목소리를 들려다오. 그 목소리로 노래해다오. 방울처럼 울리는 음색을 지금 이 자리에서 한 번 더 듣기를 바라노라.』

'소환술 : 디바'

미라의 영창이 끝남과 동시에 소환진이 태양처럼 번쩍이더니 다음 순간, 유리 깨지는 듯한 소리를 내며 흩날렸다. 눈부신 조각이 별이 되어 쏟아지는 가운데, 그 존재는 모습을 드러냈다.

하얀 피부에 하늘빛을 띤 얇은 옷을 두르고 질 좋은 비단처럼 선명한 라이트 블론드빛 머리를 나풀거리는, 어쩐지 덧없는 인상을 풍기는 여성. 하지만 강한 의지가 깃든 눈동자는 귀여운 얼굴에 늠름함과 예리함을 더해주고 있었다.

"아아, 드디어 만났네요오, 주주(奏主)님."

소환진에서 나타난 여성은 눈앞에 있는 소녀를 보자마자 즉시 소환주로 인식하고는 숙녀의 예에 따라 인사하며 촉촉이 젖은 눈으로 미라를 바라보았다.

"음, 오랜만이구나. 레티샤."

레티샤라는 것이 눈앞에 있는 여성의 이름이었다. 그리고 디바라는 이름이 말해주듯, 노래와 그 연장선에 있는 선율을 관장하는 상급 정령이기도 했다.

"오랫동안, 외로웠어요오. ……주주님…… 줄어들었어요?"

"아니, 줄어들었다기보다는, 그냥 많이 변한 것뿐이다만……."

"그런가요오……? 아, 참. 주주님에 관한 노래를 만들었어요오."

레티샤는 가볍게 고개를 갸웃했지만 금방 관심이 수그러들었는지 무구한 어린애처럼 미소를 지은 채 콧노래를 흥얼거리기 시작했다.

'역시…… 이게 본성이었나.'

고민 끝에 디바를 선택하기는 했으나 미라는 이런 점이 걱정이었다. 레티샤는 상당히 맹한 성격의 소유자였던 것이다. 맥락도 없거니와 전후관계도 따지지 않는다. 게임이었던 시절에 소환했을 때도 상황, 상태를 가리지 않고 맹하니 중얼거리거나 노래를 흥얼거리거나 했었다.

그 여전한 모습을 본 미라는 당시의 계약 이벤트가 생각나 쓴 웃음을 지었다.

하지만 그런 미라와는 달리 주변에 자리한 이들은 완전히 압도된 상태였다. 레티샤가 내포한 높은 마력에 놀라기도 했지만, 그보다는 가볍게 흥얼거리고 있을 뿐인 콧노래가 일찍이 들어본 적이 없을 정도로 마음 깊숙한 곳까지 울려 퍼지는 선율을 띠고 있었기 때문이다.

"아~ 그건 다음번에 들려다오. 그보다는 '심록의 멜로디아'를 들려주지 않겠느냐."

"주주님의 요청, 접수했어요오."

레티샤는 몸을 좌우로 흔들며 흥얼거리던 콧노래를 그치고는 미라의 요청을 바로 받아들였다. 객석에 자리한 자들뿐 아니라 대표자들도 꿈에서 갑자기 깨어난 듯한 감각에 사로잡혀서 원망 섞인 눈으로 미라를 쳐다보았다. 왜 멈춘 것이란 말인가.

하지만 다음 순간, 그런 생각을 했던 자들은 경솔하기 그지없게 그러한 감정을 품었던 자신들이 어리석었다고 자책하게 되었다.

미라의 요청을 받은 레티샤가 마력으로 만들어낸, 무지개처럼 일렁이는 날개를 펼쳐 그것을 통해 무수한 음색을 자아내기 시작했기 때문이다. 그 선율의 물결은 콧노래와는 달리 몇 중으로 수없이 포개어져 깊은 조화감을 띤 하나의 곡이 되었다. 그리고 곡에 맞춰 레티샤가 노래했다. 노랫소리는 포근하면서도 힘차게 대기를 흔들어 여신과도 같은 선율을 자아냈다.

레티샤의 능력은 다크나이트나 발키리와는 달리 주로 후방 지원에 특화되어 있었다. 노래를 통해 치유하거나 고무시키는 등, 효과는 가지각색이었다.

현재 레티샤가 부르고 있는 심록의 멜로디아는 마나 회복, 요컨대 정신을 치유하는 효과를 지녔다. 현실이 된 세계에서 그 노래는 듣는 자에게 안식을 가져다주는 부가효과를 발휘하고 있었다.

레티샤가 노래하기 시작하고서 약 4분 정도 만에 노래는 피날레를 맞이했다. 그러자 자연스럽게 객석에 앉아 있던 모두가 자리를 박차고 일어나 힘차게 박수를 치며 마음에서 우러난 찬사를 회장 중심에 자리한 두 사람에게 보냈다.

'이거, 상당히 평가가 좋군. 아, 그러고 보니…….'

박수갈채가 빗발치는 가운데, 지금까지 대표자들이 선보였던 시연이 미라의 머릿속을 스쳤다. 우선 처음에 무언가를 선보인 뒤, 갑옷 인형에게 공격을 가해 마무리를 지었던 일이. 그것을 보고 심사회는 그런 흐름으로 이루어졌구나, 하고 생각했던 미라는 객석을 향해 손을 흔들며 "고마워요요" 하고 칭찬에 보답하는 레티샤에게 다음 지시를 내렸다.

"레티샤, 갑옷 인형에게 '격정의 레퀴엠'을 선사해주거라"

미라가 그렇게 말하자 레티샤는 그 즉시,

"요청, 접수했어요오."

하고 대답하며 갑옷 인형을 향해 몹시 짧은 단음을 토해냈다.

이번에는 무슨 일이 일어날까 싶어 손뼉을 멈춘 자들은 다음 순간, 파열음과 함께 산산조각으로 박살난 갑옷 인형의 잔해를, 입을 다문 채 눈으로 좇았다.

"뭐야…… 방금 그건."

누군가가 간신히 쥐어짜낸 목소리를 듣고 겨우 평정심을…… 되찾기까지는 하지 못했으나 최소한의 사고를 할 만큼의 판단력을 되찾은 자들이 답을 구하는 눈빛으로 학원장을 바라보았다. 일곱 술사들의 공격을 견뎌냈던 갑옷 인형이 흔적도 없이 날아간 것이다. 그 정도로 위력적인 술법은 본 적이 없었다.

미라가 지시한 '격정의 레퀴엠'은 공명을 통해 대상을 파괴하는, 레티샤가 지닌 유일한 공격수단이었다. 매우 강력하기는 하지만 목에 부담이 가는 탓에 사용횟수는 하루에 세 번으로 제한되어 있었다.

상상을 초월한 광경에 학원장은 전율하면서도 솟구쳐 오른 감정을 억누를 수가 없어 "멋지군!" 하고, 이 자리에 있는 자들 모두의 가슴속에 담겨 있던 말을 입에 담았다.

그리고 다시금 박수갈채가 일어나, 이제 끝났음을 알아챈 미라는 "수고 많았다" 하고 말하며 레티샤를 송환했다. 레티샤는 돌아가며 "주주님에 관한 노래, 아직 못 불렀어요오" 하고 떼를 썼지만 미라가 "다음에 차분한 곳에서 들으마"라고 말하자 미소를 지은 채 고개를 끄덕이며 돌아갔다.

$\langle 6 \rangle$

그치지 않는 박수갈채 속에서 한 사람이 유일하게 짜증스러운 눈으로 회장 중심에 선 소녀를 노려보고 있었다. 카이로스였다. 만년 최하위인 소환술이 자신보다 눈에 띄었다는 사실을 용납할 수가 없는 것이었다.

"잠시 기다려주십시오, 여러분."

배알이 꼴려 견딜 수가 없는지 카이로스는 회장 중앙으로 뛰쳐 나와 호들갑스럽게 손을 펼치며 소리쳤다. 그러자 일동은 무슨 일인가 하고 손을 멈추고 고개를 돌렸다.

카이로스는 자신이 아닌 자를 칭찬하는 잡음이 그치자 미소를 지으며 객석을 흘끔 쳐다보았다.

"다소 이상한 것 같지 않습니까? 심사회 당일에 느닷없이 대표 자 변경하다니요. 게다가 이렇게 어린애가 정말로 히나타 선생님 도 쓰지 못하는 고도의 술법을 다룰 수 있을 거라 생각하십니까?"

'……이 녀석은 또 뭐라는 게야.'

미라의 귀에는 카이로스의 말이 지리멸렬하게 들리기만 했으 나 심사원들은 그렇지 않았다. 지금까지 보아온 소환술과는 명백 히 다른 광경, 그리고 현상을 목격하고 흥분했던 자들의 마음에 카이로스가 던진 한마디가 파문을 일으켰다.

"듣고 보니…… 그건 정말 소환술이었나? 소환술이라는 건 검 은 기사며 하얀 기사를 대신 싸우게 하는 것이 아니었던가?"

심사원 중 한 명이 의문을 입에 담았다. 그것은 히나타의 소환술밖에 본 적이 없는 귀족 중 한 명으로, 말하자면 본래의 소환술을 모르고 자란 젊은 세대였다. 아닌 게 아니라 카이로스의 말에 넘어간 심사원은 모두 20대 중반 이하의 젊은이들뿐이었다. 하지만 현재 심사원의 태반을 차지하고 있는 것은 그 세대에 속하는 자들인지라 채점에 미칠 영향은 상당할 듯했다.

"이곳은 술법에 있어서는 대륙 최고를 자부하는 알카이트 학원입니다. 이곳의 교사보다 뛰어난 소환술사는 탑에나 가야 찾을 수 있을 겁니다. 그런 수준의 술법을 이런 어린애가 다루다니, 뭔가 속임수를 부린 것이 틀림없습니다. 분명 번번이 최하위만 하는 것이 분했던 히나타 선생님이 겉보기가 그럴 듯한 어린애로 주의를 끈 틈에 뭔가 수작을 부린 걸 겁니다. 지금까지 소환술이 심사회에서 어떠한 결과를 거둬왔는지는 여러분도 기억하실 겁니다."

카이로스의 말을 들은 심사원들은 의문 섞인 시선을 미라에게 던졌다.

현재 소환술의 입지는 이 정도 말로 선동을 당할 만큼 약하다는 말인가, 하는 생각에 미라는 골치가 아파오는 것을 느끼며 속으로 발을 동동 굴렀다.

미라의 실력을 의심하는 목소리가 들려오는 가운데, 미라와 같은 문제로 골머리를 썩고 있는 초로의 남자가 있었다. 그는 한숨을 한 차례 내쉬고는 큰 소리가 나도록 손뼉을 쳐서 회장 내의 주목을 끌었다.

"정 그렇다면 심사가 아니라 시합으로 결판을 내는 게 어떤가."

그렇게 제안한 것은 학원장이었다. 순간, 웅성거리는 소리가 퍼져나가더니 금세 "그거 좋은 생각이군"이라는 소리가 들려왔다.

그 제안은 만장일치로 수용되어 항의를 한 카이로스와 미라의 심사 시합이 특별히 개최되게 되었다.

준비를 위해 15분의 휴식 시간이 주어졌다. 하지만 그사이 자리를 뜨는 자는 없었다. 모두가 이례적인 시합을 앞두고 흥분한 투로 잡담을 즐기고 있었다.

"성가시게 됐군……."

"정말 미안해. 계속 민폐를 끼쳐서."

미라는 일단 벽 근처로 돌아와 중얼거렸다. 히나타는 미안해 죽겠다는 듯이 고개를 숙였다. 그러자 어떤 인물이 그런 두 사람 곁으로 다가왔다.

"이것 참, 미안하게 됐군. 이런 말이라도 하지 않으면 수습이 안 될 것 같아서 말일세."

그렇게 말한 것은 시합의 계기를 만든 장본인, 학원장이었다. 훤칠한 키에 잿빛 로브를 두른 그는 미간을 잔뜩 찌푸린 채 정말로 면목이 없다는 듯한 표정을 짓고 있었다.

그 모습을 보자마자 히나타와 다른 대표자들이 허리를 꼿꼿이 세우고서 묵례를 했다. 학원장은 그들에게 가볍게 답례하고는 미라에게 시선을 던졌다.

"미안하네만, 잠시 어울려주게나."

학원장은 그렇게 말하며 쓴웃음을 지었다. 미라는 땅이 꺼져라 한숨을 쉬면서도 "뭐어, 그러도록 하지" 하고 대답했다. 학원장은 "고맙네" 하고 한마디만을 남긴 채 객석으로 돌아갔다.

학원장은 심사회의 현황이 개탄스러웠다. 최근 심사회의 지지 부진한 수준과 술법을 모르는 귀족들의 경향, 양쪽 모두가. 하지만 학원에 투자를 하는 유력 귀족들의 수는 많았고 30년 전 **격동의 시대**를 모르는 자들이 차례로 사회에 나오고 있었다. 거기에 술자들의 수준 저하가 겹쳐, 지금의 학원이 된 것이다.

학원장뿐 아니라 몇몇 나이가 든 이들은 눈앞에서 펼쳐진 광경을 보고 들뜬 마음을 감출 수가 없었다. 마치 아홉 현자가 모여 있던 시절로 돌아온 듯한 기분이 들었기 때문이다.

학원장은 조금 전 시연만으로 미라의 실력을 알아보았다. 눈앞에 있는 소녀는 이곳에 있는 그 누구보다 뛰어난 실력의 소유자이리라. 풍문으로 들었던 덤블프의 제자가 나타났다는 이야기가 뇌리를 스친 탓도 있었다.

'겉모습은 소문과 일치하는군. 그리고 이 실력⋯⋯.'

혹시나 싶었다. 그는 이번 일을 계기로 그 힘을 확인할 생각이었다.

소문의 주인공이 맞다면 이 학원의 상황을 타파할 수 있을지도 모른다. 그런 생각에 학원장은 계략을 세운 것이다. 현대 술사의 상징이기도 한 카이로스를 격파하고 일찍이 알카이트 왕국에 존재했던, 모든 면에서 최적화되어 있던 진짜 술사의 이미지를 부활시킬 계략을. 그리고 그를 추구하는 과정에서 생겨나는 즐거움을 떠올려내줬으면 하는 바람으로 심사 시합을 제안한 것이었다.

"한 방 먹여다오."
"콧대를 납작하게 해줘."
"저도, 이렇게 부탁드릴게요."

학원장이 자리로 돌아간 뒤, 대표자 중 한 명이 미라에게 그렇게 말하자 그를 계기로 다른 대표자들도 쌓였던 울분을 토해내듯 격려를 해주었다.

이곳에 있는 자들은 자신이 속한 과의 입장을 좌우하는 중책을 맡은 실력자들이었다. 믿기 어려운 일이기는 했지만, 그들은 척 보고 미라가 보통내기가 아님을 알아챘다.

평상시였다면 카이로스도 그렇게 판단했을 것이다. 하지만 학원 최강이라는 긍지가 술사라면 누구든 알 수 있을 정도의 실력 차에서 눈을 돌리게 한 것일지도 모른다.

"뭐어, 이 몸만 믿어라."

미라는 그렇게 말하고는 광장을 향해 걸음을 떼었다.

휴식시간이 끝나고 두 사람이 광장 중앙에서 마주 보고 섰다. 심판을 맡은 흰 가운을 걸친 남자가 두 사람 사이에 서서 시합 규칙을 설명했다.

정정당당히 싸울 것. 승패는 전투불능 상태가 되거나 전의 상실,

항복 의지를 심판이 확인했을 때 확정된다는 것. 목숨을 빼앗을 여지가 있는 행위는 금지한다는 것 등이었다. 원래 심사 시합이라는 것 자체가 없는 탓에 대회 시합 규칙이 적용된 모양이었다.

"누가 히나타 선생님을 감시해주십시오. 또 수작을 부릴지도 모를 일 아닙니까."

카이로스는 모든 사람에게 들리도록 일부러 큰 소리로 외쳐 히나타의 동향을 주의하게끔 했다. 그리고 사전에 논의했던 대로 카이로스의 보조자가 자청해 히나타의 옆으로 이동했다. 조금이라도 수상한 움직임이 있으면 곧장 그것을 지적하며 규탄할 셈이었다.

'이제 끝장난 거나 다름없어. 타이밍을 살피다 이걸로 나 자신을 묶으면 끝장이지. 어떻게 한 건지는 모르겠지만, 소환술사 주제에 건방을 떨다니.'

카이로스가 흘끔 눈짓을 하자 보조자가 살짝 고개를 끄덕였다. 이 포석에는 한 가지 의도가 더 있었다. 카이로스는 미라를 쓰러뜨리는 데서 그치지 않고 부정을 날조하여 소환술사의 지위를 완전히 땅바닥에 떨어뜨릴 셈이었다.

카이로스의 손에는 '주박(呪縛)의 쇠사슬'이라는 술구가 쥐어져 있었다. 승리하기 직전에 그것을 자신에게 걺과 동시에 보조자가 히나타의 부정을 호소한다는 작전이었다. 미라가 패배할 위기에 처한 순간, 히나타가 참지 못하고 시합을 방해했다. 그렇게 보이게 함으로써 완전히 끝장을 내주리라는 생각에 카이로스의 눈동자가 검게 물들었다.

"그럼, 특별 심사 시합을 개시하겠습니다. 양측, 경례."

카이로스가 우아한 동작으로 인사를 하는 것을 본 미라도 순간적으로 레티샤를 떠올리며 스커트 양쪽을 살며시 집어 인사를 했다. 그러자 그 동작을 본 객석에서 다소 웅성거리는 소리가 들려왔다.

정형적인 동작을 좋아하는 미라는 시합이나 일대일 대결에서 이루어지는 통성명 등의 격식을 갖춘 행위를 중시하는 경향이 있었다. 남성과 여성의 예법에 어떠한 차이가 있는지 모르는 미라는, 일단 직전에 보았던 레티샤를 흉내 낸 듯했다. 하지만 한 가지 실수를 들자면, 그 인사법은 기장이 짧은 스커트를 입은 채로 하기에는 부적절한 것이었다.

흰 가운을 걸친 남자는 양측을 흘끔 쳐다보고는 뒤로 물러나 일정 거리까지 떨어지고 나서 오른손을 높이 들었다.

"준비. ……시작!"

시합 개시 신호와 동시에 카이로스가 움직였다. 크게 뒤로 물러나 두 손에 마나를 응집시켰다.

"하늘을 수놓는 불꽃의 군세여, 왕의 명령에 따라……?!"

그것은 카이로스가 느긋하게 영창을 하던 도중이었다. 카이로스는 말 그대로 눈 깜짝할 새에 여섯 명의 검은 기사들에게 에워싸였다. 여섯 개의 칼날이 목 주변을 포위하듯 바짝 다가와 있었다.

"이건!"

눈앞에서 그런 광경이 벌어지자 객석에서 탄성이 퍼져 나갔다.

그것은 전체를 내다볼 수 있는 객석에서도 현재 상황의 발단을 파악할 수가 없을 정도로 순식간에 일어난 일이었다.

발단이라 함은 요컨대 영창과 마나 집속과 같은 술법 발동 전의 예비동작을 말했다.

카이로스는 두 손에 마나를 집속시키며 뒤로 펄쩍 뛰어 착지했다. 하지만 다음 순간에는 그 주변에 마법진이 나타났고, 그곳에서 압도적인 위압감을 내뿜는 검은 기사가 출현해 칼을 휘두른 것이다. 엉겁결에 눈을 깜박인 자가 다시 눈을 떴을 때는 이미 여섯 개의 검은 칼날이 원을 그리듯 카이로스의 목 근처에서 정지되어 있는 상태였다. 그리고 그 누구도 미라의 예비동작을 확인하지 못했다.

'뭐야……. 대체 뭐냐고, 이게. 무슨 일이 일어난 거야?! 이 자식들은 대체 어디서 나타난 거냐고! 그래, 그 녀석이로군. 그 교사!'

목 주변을 완전히 제압당한 카이로스는 한계까지 목을 돌려 눈알을 부라리며 히나타를 노려보았다. 그 눈에 비친 것은 다른 사람과 마찬가지로 깜짝 놀란 히나타와 대표자들, 그리고 눈이 휘둥그레져서 필사적으로 고개를 가로젓는 카이로스의 보조자의 모습이었다.

'젠장! 어떻게 된 거야. 무슨 짓을 한 거냐고, 이 애새끼는!'

카이로스는 짜증스러운 눈으로 눈앞에 있는 소녀를 노려보았다. 그에 반해 미라는 카이로스에게 눈길도 주지 않은 채 완전히 굳어버린 심판에게 판정을 재촉하기 위해 다가갔다.

"자아, 이에 대한 판정은 어떠하냐~?"

미라가 흰 가운을 걸친 남자의 뺨을 쿡쿡 찌르자 그제야 그는 정신을 차리고 허둥지둥 오른손을 치켜들었다.

"승자, 소환술사 대표!"

그의 목소리가 울려 퍼지자 드문드문 박수소리가 들려왔다. 객석에 자리한 젊은이들은 아직도 상황을 이해하지 못하고 멍하니 있었다. 그에 반해 나이가 든 중년과 고령층은 진심 어린 칭찬을 미라에게 보내고 있었다.

"웃기지 마!"

승패가 정해져 미라가 다크나이트 여섯을 귀환시키자 해방된 카이로스가 격노한 표정으로 고함을 쳤다.

"왜 그러나, 카이로스 베를랑. 뭔가 납득이 안 가는 점이라도 있나."

순식간에 고요해진 회장 안에 차분한 학원장의 목소리가 울려 퍼졌다. 하지만 말을 포장할 여유조차 사라진 카이로스의 감정적인 고함은 그칠 줄을 몰랐다.

"방금 전 건 아무리 봐도 이상하잖아! 예비동작도 없이 소환체를 여섯이나 소환할 수 있을 리가 없어! 대체 지금까지 뭘 보아온 거야, 고작 소환술사 한 명이 이런 짓을 할 수 있다는 게 말이 돼?! 보고도 모르겠냐고! 이런 짓은 협력자가 없는 한 불가능해! 그래, 협력자, 협력자가 있을 거야! 어디 숨어 있냐! 모습을 드러내라!"

카이로스가 광장 중심에서 마구 소리를 쳐대자 그 자리에 있는 모두가 싸늘한 시선으로 그를 쳐다보았다. 출현했던 다크나이트는 보기만 해도 소름이 돋을 정도로 심상치 않은 박력을 내뿜고 있었다. 만약 협력자가 있었다 해도 일개 학원 교사가 그만한 소환술을 다룰 수 있는 자들을 모을 수 있을 리 없었다. 조금만 생각해보면 과대망상이라는 것을 알아챌 수 있으리라.

"비겁한 놈! 날 뭘로 보고! 나는……!!"

그럼에도 카이로스는 자신이 잘못되었다는 것을 인정하지 않고 계속해서 호소해댔다. 하지만 다음 순간, 다시금 회장 전체가 눈앞에 펼쳐진 광경을 보고 말을 잃었다. 또다시 순식간에 다크나이트가 유령처럼 모습을 나타냈기 때문이다.

"우……우와아아아~~!!"

공포로 몸이 움츠러들어 무심결에 뒷걸음을 친 카이로스는 발이 꼬여 엉덩방아를 찧었다.

그럴 만도 하리라. 대검을 찬 20명의 흑기사가 40개의 붉은 눈을 번뜩이며 카이로스를 정면으로 바라보고 있었으니.

"이 정도일 줄이야……."

학원장이 탄성을 자아내며 중얼거렸다. 빠른 소환속도에 동시 호환이라는 고난이도 기술, 나아가 소환과 동시에 행동에 돌입하는 다크나이트의 반응. 무엇을 보아도 비상식적이었다.

"이만하면 아무리 꽉 막힌 녀석이라도 알아먹었을 테지?"

미라는 어이가 없다는 표정을 지은 채 턱을 손으로 쓸었다.

소환술을 행사하는 데는 몇 가지 과정이 필요했다.

우선은 출현위치 지정. 범위는 자신을 중심으로 한 주변으로,

실력에 비례해 넓어진다. 미라의 경우에는 20미터 이내에서라면 어디로든 소환할 수 있었다.

다음 단계는 소환체 선택이다. 무엇을 지정된 위치에 소환할지를 이 타이밍에 결정한다.

소환체를 결정하면 소환에 필요한 마나를 쏟아붓는다. 여기까지 마치면 언제든 소환이 가능한 상태가 된다.

그리고 마지막 단계는 소환 후, 지시를 내려 소환체의 행동을 제어하는 것이었다.

이 일련의 흐름이 소환술의 기본이라 할 수 있었다. 하지만 이것은 어디까지나 일반적인 소환술사가 거치는 과정이었다. 미라는 이를 한 공정으로 압축하여 행사했다. 시간을 들여 구축한 술법적 이치에 따라 다크나이트는 사전에 행동을 개시하며 소환되게끔 되어 있었다.

발동 과정의 간략화는 모든 술법의 최고위 술사가 되기 위한 등용문이라 할 수 있는 기술이었다. 때문에 사용자도 지극히 적었고, 모르는 자가 그 현상을 이해하려면 우선 상식의 벽을 허물어뜨릴 필요가 있었다.

그리고 이는 시발점에 불과하며, 이러한 기술의 극에 달한 자가 바로 아홉 현자라는 존재였다.

미라는 이를 조금 더 개선해 출현 위치를 여럿 지정해서 단숨에 같은 무구정령을 소환하는, 동시 소환까지 습득했다. 갑자기 검을 내리치는 다크나이트에게 둘러싸이는 상상을 해보면 그것이 얼마나 무시무시한 일인지 알 수 있으리라.

"멋지군."

학원장이 자리에서 일어나 찬사를 던지자 다른 자들도 그제야 정신을 차리고 장중이 떠나갈 듯한 박수갈채를 한 소녀에게 보냈다.

그 후, 심사원들은 각각 집계를 시작했다. 카이로스는 대기 시간 중에 보조자와 함께 모습을 감췄다.

대표자들은 미라를 성대하게 환영함과 동시에 그녀의 실력에 관해 물었다. 예상했던 바인지라 평소와 같은 변명을 입에 담으려던 순간, 어떤 인물이 심사회장을 찾아왔다.

"어라, 심사회는 벌써 끝난 걸까?"

"그런 모양이네."

나타난 것은 두 남녀였다. 남자는 어깨까지 오는 눈부신 금발에 파란색과 검정색으로 된 로브를 두른 엘프족 미청년이었다. 여자는 붉은 두건이 인상적인, 마법소녀풍 의상에 금발머리를 지닌 소녀였다.

두 사람 모두 빼어난 용모를 지니고 있기는 했으나 그와는 다른 이유에서 회장의 분위기가 요동쳤다. 학원장과 교사진은 허둥지둥 회장으로 뛰어 내려갔고, 다른 면면들도 긴장한 표정으로 직립자세를 취했다. 그중에서도 히나타와 사령술 대표자는 눈에 띄게 당황한 눈치였다.

"음. 뭐냐, 크레오스 아니냐."

미라는 그 엘프 남성 쪽으로 시선을 돌리며 오랜만이라고 말했다. 목소리가 들려온 쪽으로 고개를 돌린 남자는 미라를 보더니 놀람과 동시에 기쁜 미소를 지은 채 다가갔다.

"미라. 돌아왔다는 이야기는 들었지만, 이런 곳에서 만날 줄은 몰랐어."

그렇게 말하며 대표자 측에 끼어 있는 미라에게 인사를 한 남자는 자리에 없는 덤블프 대신 현재 소환술의 탑의 엘더 대행을 맡고 있는 크레오스였다.

"어머, 아는 사이야?"

크레오스에 이어 빨간 두건을 쓴 소녀가 고개를 내밀었다. 소녀는 뚱한 눈으로 미라를 쳐다보더니 "어머, 귀엽기도 해라" 하고 잠깐 미소를 짓기는 했으나 그 표정은 금방 사라졌다. 미라로 말하자면 빨간 두건을 쓴 소녀를 어디선가 본 것 같기는 했으나 기억이 나지 않아 크레오스에게 슬쩍 눈짓을 해서 답을 구했다.

"그러고 보니 그때, 제대로 이야기를 나눴던 건 나뿐이었지. 이쪽은 나와 마찬가지로 엘더 대행 중 한 명으로 사령술의 탑을 관리하고 있는 아마라테 씨야. 그리고 이 애가 전에 이야기했던 미라고."

크레오스는 빨간 두건을 쓴 소녀를 엘더 대행인 아마라테라 소개하더니 아마라테에게도 미라를 소개했다. 히나타와 다른 대표자들은 그들이 대화를 나누는 모습을 멍하니 쳐다보고 있었다. 속으로는 '왜 아무렇지도 않게 대화를 나누는 건데?'라는 생각을 하며.

"어머, 네가 그 애구나. 만나서 반가워, 아마라테야."

"미라다."

소개를 받은 아마라테는 한 걸음 앞으로 나서 가볍게 묵례를 했다. 그러고는 미라의 코앞으로 다가가 그녀가 두른 옷에 주목했다.

"그런데 이건, 무척 잘 만들어진 옷이네. 어디서 맞췄는지 말해 줄 수 있을까?"

아마라테의 키는 미라보다 조금 큰 정도였다. 그런 그녀는 몸을 앞으로 굽히더니 무표정한 얼굴로 미라의 마도 로브 세트를 뚫어져라 쳐다보았다. 그녀 역시 마법소녀 패션 마니아인 듯했다. 그런 탓에 미라의 마법소녀풍이기는 하나 스마트하고 세련되며 우아한 의상에 관심이 동한 모양이었다.

"이건 릴리…… 아, 성에 있는 시녀들이 지은 옷이다."

"성에 있는 시녀, 릴리. 이런 옷도 지을 줄 알았구나. 나도 부탁해볼까. 고마워, 미라 양. 매우 유용한 정보였어."

아마라테는 고개를 들어 살며시 미소를 짓더니 구석에서 말을 걸 타이밍을 살피던 학원장 일동에게 다가갔다.

"또 보자, 미라. 잠깐 인사하러 다녀올게. 아, 그리고 하고 싶은 말이 많으니 나중에 잠시 시간 좀 내줬으면 하는데."

"그래. 이 몸도 이래저래 묻고 싶은 것이 있었으니 그러도록 하지."

몇 마디를 더 나눈 후, 크레오스는 아마라테를 쫓아 학원장이 있는 쪽으로 향했다. 아마라테는 달려온 학원장과 이미 합류해 무언가 이야기를 나누고 있었다.

크레오스가 저쪽에 합류하고 나서야 오늘만 몇 번째 경험하는 것인지 모를 경직에서 풀려난 히나타가 미라에게 찰싹 달라붙었다.

"어째서! 미라는 어째서 그렇게 크레오스 님과 친해 보이는 거야?! 아니, 그 이전에 어떤 관계야?!"

히나타는 이성을 잃은 사람처럼 마구 말을 쏟아냈다. 하지만 옆에 있는 대표자들은 아무도 말리지 않았다. 그것은 자신이 묻고 싶은 바이기도 했기 때문이다.

"전에 만난 적이 있었거든. 그렇게 흥분하지 말거라. 그보다도, 그대들은 인사하지 않아도 되겠느냐?"

미라가 그렇게 말하자 히나타의 고양이 귀가 바짝 곤두섰고, 다른 대표자들도 "앗!" 하고 신음소리를 흘렸다. 놀란 나머지 완전히 깜박하고 있었던 것이다.

히나타 일행은 허둥지둥 학원장이 있는 곳으로 달려갔다. 미라는 그 뒷모습을 쳐다보며 애플오레를 끄집어내어, 겨우 한숨을 돌렸다.

두 사람은 밖에 나온 김에 심사회를 살펴보러 왔다고 했다. 크레오스는 소환술 습득 희망자를 인솔하고 나서 돌아가는 길이었고 아마라테는 성에서 볼일을 처리한 뒤, 학원에 용무를 보러 왔다는 모양이었다.

느닷없이 중역이 나타나 순간적으로 분위기가 어수선해지기는 했으나 그럼에도 집계는 무탈하게 끝나, 결과적으로 소환술은 역대 최고점으로 1위라는 빛나는 성적을 거두었다.

그 후, 심사회가 해산되어 각자 본연의 업무를 보기 위해 돌아갔다.

미라는 현재, 대행자 둘과 함께 학원 객실에 놓인 소파에 느긋하게 앉아 있다. 정면에는 들뜬 표정의 크레오스, 그리고 무표정한 아마라테가 있다. 미라의 옆에는 히나타가 왜 자신이 이 자리에 동석한 것인지 이해가 되지 않아 초조한 기색이 역력한 표정으로 앉아 있다.

'어째서~! 어째서 미라는 그렇게 당당한 건데~.'

교사인 히나타에게도 눈앞에 있는 두 사람은 까마득히 높은 존재였다. 같은 눈높이에서 마주 앉아 있자니 황공하기 그지없다는 생각이 들어 지금 당장 땅바닥에 바싹 엎드리고 싶은 기분이었다.

히나타는 긴장으로 떨리는 손으로 찻잔을 집어 입가로 옮겨서 기울였다.

"아 뜨허!"

방금 끓인 허브티는 아직 뜨거워서, 히나타는 엉겁결에 비명을 질렀다. 빳빳해진 고양이 귀와 꼬리를 보고 있자니 마음이 절로 누그러지는 듯했다. 미라는 물이 든 유리잔을 건넸다.

"고마워."

히나타는 유리잔을 받아 물을 홀짝거리며 혀를 식혔다. 하지만 다음 순간, 현재 자신이 어떠한 상황에 놓였는지를 기억해내고는 허둥지둥 시선을 이리저리 돌렸다.

크레오스는 밝은 표정으로 히나타를 바라보고 있었다. 아마라테는 입가에 손을 댄 채 눈웃음을 짓고 있었다.

"괜찮아, 히나타 선생?"

"괜……괜찮아여."

크레오스가 말을 걸자 히나타는 고양이 귀를 크게 부풀리며 더듬더듬 대답했다. 미라는 히나타의 모습을 보고 미소를 지으며 테이블에 놓인 다과용 쿠키를 집어다가 히나타의 입에 쑤셔넣었다.

"자, 히나타 선생. 왜 그렇게 긴장한 게야."

"우읍."

히나타는 허둥지둥 쿠키를 씹어 물과 함께 삼켰다.

"나 참, 그보다 미라는 왜 그렇게 태연한 건데~."

다소 긴장이 풀린 히나타가 미라에게 말했다. 현자 대행 두 사람을 어째서 그렇게 태연하게 대할 수 있는 것이냐고.

"어째서냐고 한들……."

미라는 그렇게 말하며 고개를 갸웃했다. 솔직히 말해서 아직 신분이나 지위 관계에 관해서는 어두운 탓에 물음을 받은들 답할 수가 없었다. 최소한의 정보는 알지만 나라의 왕은 친구에, 현자 대행인 크레오스는 옛 종자이다보니 알게 모르게 위화감이 느껴지기는 했다.

'앞으로 좀 더 생각을 해봐야겠군.'

원만한 인간관계를 위해 확실하게 매듭을 지어두는 편이 나으리라고 미라는 생각하기 시작했다.

"히나타 선생, 그렇게 신경 쓰지 마. 몇 번이나 말했지만 우리는 그냥 대행자니, 그렇게까지 어렵게 생각할 것 없어."

크레오스의 말은 본심에서 우러난 것이었다.

"하……하지만."

어릴 적부터 존경해온 상대인 탓인지 히나타는 갑자기 태도를 바꿀 수가 없다는 생각에 말끝을 흐렸다.

"뭐냐, 히나타 선생. 몇 번이나 그런 소리를 들었던 게냐?"

그러자 미라가 추가 공격을 가했다.

그 결과, 히나타는 눈이 휘둥그레진 채 머릿속이 새하얘졌다. 까마득히 높은 지위에 있는 상대가 몇 번이나 타일렀음에도 행동을 고치지 않은 자신이 몹시 큰 죄를 지은 것처럼 느껴져서.

"죄송해요오~~!"

히나타는 더 참지 못하고 바닥에 넙죽 엎드렸다. 크레오스가 쓴웃음을 짓자 미라는 히나타의 목덜미를 잡아 소파에 도로 앉혔다.

"난감하게 됐네에. 나는 좀 더 평범하게 이야기를 하고 싶은데. 소환술 수업이나 향후 예정에 관해서도 이것저것 이야기할 것도 많고. 미라와는 평범하게 이야기하면서 왜 나는 안 되는 걸까."

약간 서운한 표정으로 크레오스가 말하자 히나타는 면목이 없다는 듯 고양이 귀를 축 늘어뜨린 채 크레오스의 말 중 일부에 반응했다.

"네? 저기, 미라가 뭐 어쨌는데요?"

왜 거기서 미라 이야기가 나오는 것이라는 말인가. 히나타는 고개를 갸웃하며 미라를 쳐다보았다. 그 시야에 비친 소녀는 매우 귀엽고, 터무니없는 실력을 지닌 소환술사였다. 실력으로 말하자면 분명 땅바닥에 바싹 엎드려도 이상할 것이 없을 정도다.

하지만 상대는 모험가다. 자유를 중시하는 모험가는 그러한 것들과는 거리가 먼 존재였다. 상위층에는 상당한 권력을 지닌 자들도 있지만 그 역시 극소수에 불과했다.

"미라는 덤블프 님의 제자거든. 아마 실력도 나보다 훨씬 뛰어날 거야."

크레오스는 약간의 선망이 섞인 눈빛으로 미라를 바라보며 말했고, 그 말을 들은 히나타는 이번에야말로 완전히 사고 정지 상태에 빠져들었다.

7

히나타가 제정신을 되찾는 데는 십여 분이라는 시간이 필요
했다.

미라는 그동안 크레오스와 소환술 습득 상황에 관해 이야기했
다. 마봉폭석은 또 만들 수 있으니 사정을 마치고 경비가 들어오
면 일정 분량을 그 소재를 구입하는 데 쓰라고 권했다. 크레오스
는 흥분한 투로 감사인사를 하고는 성심성의껏 노력하겠다고 약
속했다.

그 이야기가 끝나고 나자 아마라테가 마도 로브 세트에 관해 재
차 물었고, 미라도 성의껏 상세하게 대답했다. 마동석과 마봉석으
로 인한 효과를 들은 아마라테는 눈을 빛내며 미라의 옷을 뚫어져
라 쳐다보았다. 최종적으로는 아마라테 몫도 만들어줄 수 있는지
다음에 릴리에게 물어봐주기로 하고 이야기를 매듭지었다.

히나타는 세 사람이 그런 대화를 나누는 도중에야 겨우 재기동
하기는 했으나 차마 덤블프의 제자와 현자 대행의 이야기에 끼어
들 수가 없어, 입을 다문 채 상황을 지켜보고 있었다.

'덤블프 님의 제자?! 그런 말은 안 했잖아. 하지만 그만한 술법
을 쓸 수 있는 데다, 크레오스 님이 그렇다고 하시니……. 아! 그
러면 덤블프 님은 역시 은거 중이신 걸까. 제자를 육성하느라 여
념이 없으셨던 걸지도 몰라. 아, 경비를 쓸 데가 벌써 정해져버렸
네~. 뭐, 미라 덕분이니 딱히 상관은 없지만. ……미라라고 부르

는 건 좋지 않으려나. 하지만 크레오스 님도 그렇게 부르는 걸. 아니, 크레오스 님이라 괜찮은 거 아닐까. 그러면, 미라 님? 어째서일까…… 의외로 위화감이 없네. 저 말투 때문일까. 늘 당당하게 구니까. 아마라테 님의 옷은 최근 유행 중인 마법소녀 계열, 이었던가? 엄청 예쁘다. 미라…… 미라 님 것은 분위기가 조금 다르긴 하지만, 같은 종류일까. 나도…… 아니, 안 어울리려나. 아니 근데, 난 왜 여기 있는 건데~?!'

히나타는 한참을 혼자 끙끙댄 끝에 결국 여기는 자신이 있을 곳이 아니라는 생각으로 돌아와 고뇌했다.

눈앞에 있는 크레오스가 자신은 현자 대행에 불과하다고 말했다. 하지만 그래도 대륙 최상위 술사라는 사실에 변함은 없었다. 십 년 전에 있었던 삼신국 방위전 당시, 알카이트 왕국을 습격했던 악마를 루미나리아와 함께 전선에서 토멸했던 최고 전력이었다는 점 역시 분명한 사실이었다. 그리고 그런 사람이 옆에 앉은 미라가 자신보다 실력이 뛰어날 것이라 했다. 그 힘의 일부는 분명 자신의 눈에도 또렷이 새겨져 있었다.

히나타는 지금, 그런 국가급 전력이 세 명이나 모인 현장에 있는 것이다. 진정할 수 있을 리가 없었다.

"흐~음, 역시 효율을 높이려면 육체강화 정련품이 필요할 것 같군."

"응. 학생들을 위험에 빠뜨릴 수는 없는 일이니까. 미라한테 받은 장비를 쓰면 안전하기는 하지만 희망자가 많아서 시간이 걸리지 뭐야. 나도 전에 이런저런 장비들을 보아보기는 했지만, 강력한 게 없어서 성과가 영 시원찮았어."

미라 일행의 이야기는 돌고 돌아, 신인 소환술사 육성에 관한 대화가 오가고 있었다. 그 내용은 역시 계약의 난이도와 효율에 관한 것이었다.

"호오. 그 장비는 신체강화 계열의 부가 능력이 있는 것이냐?"

"주로 힘과 체력을 높여줘. 하지만 상승효과가 미미해서 안전을 장담할 수는 없어."

"호오라. 그 정도면 어떻게 될지도 모르겠구나."

미라는 잠시 생각하더니 정련으로 어떻게 할 수 있을 것 같다고 결론을 내렸다. 효과가 미미한 장식품이라도 수량이 많다면, 정련으로 그것을 추출하여 응축해나가면 그만인 것이다.

"정말로?!"

"음, 이 몸만 믿거라."

크레오스가 기대 섞인 말투로 되묻자 미라는 자신만만하게 답했다. 그러한 대화를 히나타는 꼭 남의 일인 양 듣고 있었다.

객실을 뒤로한 네 사람은 소환술과 창고로 향하기 위해 교사 안을 거닐었다. 세밀한 세공이 들어간 조명이며 곳곳에 배치된 집기는 학원이 아니라 귀족의 저택을 연상케 했다.

미라는 크레오스와 아마라테에게 학원의 역사 등을 들으며 자신이 아는 학원다우면서도 조금은 다른 이런저런 사정에 흥미를 보였다. 히나타는 긴장한 기색이 역력한 얼굴로 그런 세 사람의 뒤를 따랐다.

그 주변에서는 일행의 모습을 발견하고는 허둥지둥 복도 가장자리에 늘어서서 자세를 바로 하고 고개를 숙이는 학생들의 모습이 줄을 이었다. 그것을 본 크레오스는 "소란스럽게 해서 죄송합니다" 하고 사과했다. 이 부드러운 태도와 지위가 높다고 거들먹거리지 않는 성격 덕분에 크레오스는 학생들뿐 아니라 모든 이에게 사랑받고 있었다.

그리고 그것은 크레오스에 국한된 이야기가 아니었다. 아홉 현자의 대행자는 모두 다 별난 점은 있어도 겸허하고, 지위를 사리사욕을 위해 이용할 생각은 조금도 없는 자들뿐이었다. 하지만 그런 탓에 일부 귀족들에게는 눈엣가시였다. 대행자님이라면 그런 말씀은 안 하실 거다, 대행자님이라면 이렇게 하실 거다, 하고 사사건건 비교를 당하기 때문이다.

하지만 알카이트 왕국의 귀족들은 강직한 성품을 지닌 자가 많아서 그런 귀족은 정말로 일부에 불과했다.

일행이 지나간 뒤에 학생들이 일제히 떠들어댔다.

"히나타 선생님은 둘째 치고, 또 한 명 있던 여자애는 누구였지?"

"그러게, 엄청 귀엽던데."

"아마라테 님도 좋지만, 그 애도 좋더라."

"그래서, 결국 누구였을까?"

물론 아는 자가 없어 추측만 수없이 오갔다. 크레오스의 숨겨둔 자식, 세 사람 중 누군가의 여동생, 신입생, 탑의 연구원, 아마라테의 마법소녀 동료. 모두 다 아무런 맥락도 없는 망상에 불과했지만 학생들은 신이 나서 예상 대결을 즐겼다.

전문학부 지하. 각 술법학과의 창고가 늘어선 가운데, 다소 초라해 보이는 창고 앞에 크레오스가 멈춰 서자, 히나타가 오는 도중 교무실에서 빌려 온 열쇠로 문을 열었다.

창고 안은 그럭저럭 정리정돈이 이루어지고 있는 것인지 먼지가 많다거나 폐쇄적인 인상은 없었고, 그저 다소의 금속과 종이 냄새가 감돌고 있을 뿐이었다. 이는 히나타가 정기적으로 정리와 청소를 했기 때문으로, 소환학과의 현황 탓에 빈 시간을 유용하게 활용한 결과였다.

"히나타 선생. 전에 내가 가져왔던 장식품을 전부 꺼내줄 수 있을까?"

"네, 잠시만 기다려주세요!"

히나타는 허리와 꼬리를 꼿꼿이 편 채 창고 한구석으로 돌격했다. 그동안 크레오스는 구석에 세워져 있던 대를 끄집어내서 중앙에 펼쳤다. 그것은 정련대로 보였다.

"오래 기다리셨죠!"

히나타는 두 손으로 끌어안고 온 상자를 정련대 위에 올려놓았다. 안에는 무수히 많은 반지며 목걸이 등이 들어 있었다. 흔해빠진 소재들이었지만 전부 신비한 힘을 지닌 물건들로 보였다.

"그리고…… 이걸."

크레오스는 창고에 있던 작은 자루를 집어서 내용물을 정련대 위에 늘어놓았다. 그것은 터콰이즈와 문스톤, 크리스털 등의 보석들로 정련에 필요한 소재 중 일부였다.

"흠, 그럼 바로 끝내도록 할까. 이 장식품은 전부 정련해버려도 괜찮은 게냐?"

"괜찮아."

미라는 크레오스의 승낙을 얻어 정련대의 정해진 장소에 보석을 늘어놓고 작업을 개시했다. 어코드 캐논 건으로 성에 모였을 때, 한 번 본 적이 있는 크레오스와 아마라테는 역시 굉장하다는 생각이 들어 감탄하며 그것을 지켜보았다. 하지만 히나타는 무슨 일이 일어나고 있는지조차 이해가 되지 않았다.

원래 정련이라는 것은 차분히 시간을 들여 하는 작업이다. 적어도 히나타는 그렇게 인식하고 있고, 그렇게 배웠다. 여러 개의 보석을 정련석으로 바꾸는 데만도 30분은 걸리기 마련이었다.

미라는 지금, 보석을 정련석 몇 개로 가공하는 작업을 마치고 곧장 다음 작업을 시작한 참이었다. 이 작업은 미미하게 힘을 상승시키는 장식품에서 그 효과를 추출해내어 그것을 정련석에 축적해나가는 과정이었다. 그렇게 함으로써 힘 상승효과가 응축된 마봉석을 만들 수 있다. 효과가 덧셈을 하듯 온전하게 합쳐지지는 않아 효율은 떨어졌지만, 그래도 반복해나가면 착실히 효과가 오르기는 했다.

이래저래 미라는 벌써 열 개 정도 되는 목걸이에서 추출해낸 힘 상승효과를 정련석에 응축한 상태였다. 목걸이는 정련으로 인해 모래로 변했고, 그 양은 성과와 비례하게 차근차근 늘어갔다.

'이거…… 정련 맞지?! 실습에서 몇 번인가 본 적은 있지만, 전혀 다르잖아?! 점점 모래 더미가 커지고 있…… 가만.'

"제가, 할게요!"

히나타는 그렇게 말하며 장식품의 잔해를 치우던 크레오스를 제지하고 대신 모래 더미 철거 작업을 맡았다.

크레오스가 "일을 뺏겨버렸네" 하고 어깨를 으쓱하자 아마라테는 "히나타 선생 입장도 좀 생각해줘" 하고 무표정하게 충고했다. 크레오스는 눈치가 빠르고 무슨 일이든 혼자서 해치우는 성격이었지만, 압도적으로 높은 지위에 있는 인물이 그러하면 아래 있는 자는 마음 놓고 있을 수가 없기 마련이었다. 아마라테는 그런 변별력을 좀 익히라고 몇 차례나 타일렀고, 크레오스도 그래야겠다고 생각은 했지만 타고난 성격을 바꾸기란 그리 쉬운 일이 아닌 모양이었다.

미라가 정련을 시작하고서 30분 정도가 지났을 무렵. 모든 장식품은 모래로 변했고, 그 효과를 응축한 마봉석이 정련대 위에 12개 만들어져 있었다.

"역시 굉장한걸."

"응, 그러게."

한 번 보기는 했지만 크레오스와 아마라테는 새삼 탄성을 자아냈다. 히나타는 상식을 벗어난 현상 앞에서도 차분한 현자 대행 두 사람을 보고 자신의 상식을 밑바닥부터 뒤엎는 중이었다.

"이쪽이 힘 강화고, 이쪽이 체력 강화다. 이제 이 힘을 견뎌낼 수 있는 장식품만 있으면 되겠군."

"장식품이라. ……아, 그거라면 분명 이 근처에……."

크레오스는 뭔가가 떠올랐는지 창고에서 가장 커다란 선반을 뒤져서 몇 가지 금속 조각이며 작업도구 등을 끄집어내기 시작했다.

그리고 발치에 잡동사니가 산을 이루기 시작했을 즈음, 가장 깊숙한 곳에 있던 작은 상자를 꺼내들고 돌아왔다.

상자는 두 손 안에 들어갈 정도의 크기였다. 정련대에 놓고 뚜껑을 열어 보니 그 안에는 투박하게 생긴 반지와 목걸이가 들어 있었다.

그것은 크레오스가 새로운 소환술 습득법을 모색하던 때 제작했던 것이었다. 선반 깊숙한 곳에 처박아둔 것을 통해서도 알 수 있듯 결과적으로는 실패였지만, 드디어 도움이 될 날이 온 것이다.

정련기술의 진가는 장식품에 깃든 특수효과를 추출하고 정착시키는 데 있었다.

"투박하게 생기긴 했지만, 소재는 순금이니까 토대로 쓰기에는 충분할 거야."

금은 정련에 의한 부가 허용량이 커서 정련 장비를 제작할 때는 빼놓을 수 없는 소재였다. 크레오스가 말한 바대로 정련품의 기초 소재로는 충분하리라.

"흠, 맞는 말이로군. 그럼 정착시켜버리도록 할까."

미라는 그렇게 말하며 금반지와 목걸이를 받아 하나하나 꼼꼼히 정련하기 시작했다. 축적된 효과가 장비품으로 옮겨가자 마봉석은 색을 잃고 먼지가 되어 사라졌다.

정착작업은 순조롭게 진행되었고, 그렇게 열두 번을 반복하자 정련 장비 제작 작업이 완료되었다.

"고마워, 미라! 이제 더 많은 희망자가 계약할 수 있겠어. 정말로 고마워."

크레오스는 몇 번이나 감사인사를 하고는 정련 장비를 집어 들고서 무척 기쁜 듯한 미소를 지어 보였다.

그리고 이것은 히나타에게도 반가운 일이었다. 눈앞에서 무슨일이 일어났는지, 완전히 이해할 수는 없었지만 그래도 소환술계약을 할 때 도움이 되는 신체 강화 장비품이 완성되었다는 사실만은 이해할 수 있었다.

"저도 소환술 교사로서 감사인사를 드려야겠네요. 미라 님."

"…………히나타 선생, 어찌된 게냐? 여러모로 이상하다만."

"이상하긴요. 저는 지극히 냉정하답니다."

덤블프의 제자였다는 충격적인 사실을 알게 된 히나타는 미라를 어떻게 대하면 좋을지 결론을 내리지 못했고 그 결과, 혼란스러운 마음이 언동에 영향을 미치고 말았다.

"으~음, 역시 나 때문이려나."

크레오스가 쓴웃음을 지으며 말했다. 따지고 보면 아무것도 몰랐던 히나타에게 대뜸 내뱉은 한마디가 원인이었기 때문이다.

"흐~음. 애초에 이 몸은 이 녀석들처럼 거창한 칭호도 붙지 않은 평범한 모험가니 어려워할 필요는 전혀 없다만."

미라가 눈썹 끄트머리를 늘어뜨리며 그렇게 말하자, 히나타는 그 말 중 어려워한다는 말을 통해 무엇이 문제인지를 생각해냈다. 크레오스가 몇 번이나 타일렀음에도 태도를 고치지 않았던 자신의 어리석음이 문제였다.

얼마간 고민한 끝에 히나타는 결심을 굳히고 입을 열었다.

"미……라야…….".

"왜 그러느냐?"

히나타의 말에 미라는 미소를 지으며 응답했다. 교사라는 직업 탓인지 히나타에게는 어린애의 미소에 약하다는 약점이 있었다. 엉겁결에 미소를 지은 뒤, 금방 정신을 차리고 고양이 귀를 쫑긋 세웠다.

"고마워, 미라야. 나도 수업 열심히 할게."

히나타는 만족스러워 하는 미라의 표정을 보고 이게 정답이구나, 하고 안심하고는 마음을 다잡고 다시 한 번 감사인사를 입에 담았다.

"음, 이 몸도 현재 상황을 그냥 두고 볼 수는 없는 처지니. 도움이 필요할 때는 언제든 말하거라."

미라도 협력을 아끼지 않을 셈이었다. 소환술사 후진을 육성하는 일은 같은 소환술사로서 몹시 마음에 걸리는 안건이기도 했다.

이 날, 소환술과에 얼마나 강력한 연줄이 생겼는지 히나타는 충분히 이해하지 못했다. 결국 그 사실을 알게 된 것은 좀 더 시간이 흐르고 난 뒤였다.

"미라는 이제 어쩔 거니?"

지하에서 1층으로 돌아오는 계단 중간에서 크레오스가 물었다. 미라는 심사회에서 있었던 일을 떠올리며 잠깐 생각을 해보았다. 30년간 누적된 성과인지 심사회에서 선보였던 술법 중에는 미라가 모르는 것도 포함되어 있었다. 그 밖에도 효과가 변화한 술법들도 있었는데, 대표의 실력은 아직 미숙하다지만 조금은 싹수가 보이는 부분이 있었던 것이다. 그래서 그러한 30년간의 변화에 관해 자세히 알고 싶다는 생각이 싹튼 참이었다.

"가능하다면, 이대로 학원을 견학하고 싶은데 말이지."

그 말을 들은 크레오스는 기쁜 투로 "그러면……" 하고 말하다 그쳤다. 내가 안내해줄게, 하고 말을 이으려 했지만 조금 전 아마라테가 했던 말이 생각난 것이리라.

"으음, 히나타 선생. 오늘은 수업이 없었지? 미라를 안내해줄 수 있을까?"

크레오스는 미소를 지은 채 히나타에게 말을 붙였다. 당사자인 히나타는 크레오스가 직접 부탁을 하자 표정이 환해졌다.

히나타의 소환술 수업을 받는 학생은 크레오스가 현재 분투 중이니 차차 늘어날 테지만 현재로서는 일주일에 몇 번, 심지어 손으로 헤아릴 수 있을 정도였다. 시간은 남아돌았다.

"맡겨만 주세요, 충분히 만족시켜 보일 테니!"

힘차게 대답한 히나타의 고양이 귀는 의기양양하게 쫑긋 서 있었다.

대행자 두 사람과는 1층에서 헤어졌다. 크레오스는 몇 번이나 인사를 하며 교사를 뒤로했다. 아마라테는 릴리에게 안부를 전해

달라고 못을 박고서 "그럼" 하고 말하며 다른 교사로 향했다.

고개를 숙인 채 두 사람을 배웅한 히나타는 마음을 다잡으며 미라에게로 몸을 돌렸다.

"미라야, 어디 보고 싶은 곳이라도 있어? 어디든 안내해줄게."

고양이 귀와 꼬리를 살랑거리는 히나타의 모습에 미라는 다소 마음의 평안을 느끼며 가장 보고 싶다고 생각했던 것을 입에 담았다.

"가능하다면 술법 실기나 모의전 같은 것을 보고 싶은데 말이지."

"실기나 모의전이라. 그러면 실습 훈련이 좋을 것 같네. 지금 시간이면 마술과가 수업 중이겠지만."

"호오, 듣던 중 반가운 소리군. 그리로 데려다다오."

마술과라 하니 카이로스가 떠올랐지만 눈에 띄는 매력적인 점에 주목하자면 카이로스의 마술은 상당히 독자적이라 할 수 있었다. 30년 동안 크게 바뀐 술법의 양상을 대변하고 있다 할 수도 있으리라. 그 점에 흥미를 느낀 미라는 어서 가자고 히나타를 재촉했다.

"응, 이쪽이야."

히나타는 의기양양하게 걸음을 떼어 전문학부에 인접하게 세워진 훈련동으로 미라를 안내했다.

전문학부 1층을 가로질러 뒷문으로 나가자 교사의 절반 정도 되는 건물이 정면에 나타났다. 체육관에 가깝게 생긴 건물 안에서는 희미하게 사람의 목소리와 술법에 의한 굉음이 울려 퍼지고 있었다.

훈련동 정면 현관을 지나 안으로 들어간 두 사람을 맞이한 것은 꼭 이벤트 회장처럼 생긴 로비였다. 무수히 많은 간이 의자가 늘어서 있는 데다 매점까지 있어, 여러 학생들이 땀을 닦으며 마실 것을 구입하고 있었다.

"어라, 히나타 선생님. 어쩐 일이십니까. 소환술과가 오늘 이곳을 쓸 예정이 있었던가요?"

히나타를 보고 로비 안쪽에서 다가온 중년 남자가 그렇게 말을 붙였다. 이렇다 할 특색이 없는 평균적인 얼굴에는 단순한 의문과 희미한 긴장감이 떠올라 있었다.

하지만 그런 것보다도 미라가 가장 먼저 주목한 점이 있었다.

'체육복이로군. 아무리 보아도 체육복이야. 좋군그래, 저토록 편안한 차림새는 없고말고.'

중년 남자는 푸른 체육복을 위아래로 착용하고 있었다. 운동할 때, 그리고 실내복으로, 나아가 가볍게 장을 볼 때에도 입을 수 있는 옷. 그런 이유에서 미라는 몹시 편리한 옷이라고 인식하고 있었다.

"아, 지크프리드 선생님. 수고 많으세요. 예정은 없지만, 여기 있는 미라가 학원을 견학하고 싶다고 해서 안내를 하고 있는 중이에요."

"오오, 그랬습니까."

그 말을 들은 지크프리드 선생이라 불린 중년 남자는 시선을 히나타의 옆에 있는 소녀에게로 옮겼다.

'체육복 차림의 지크프리드…… 풉.'

무엇이 웃음주머니를 건드린 것인지, 미라는 고개를 돌린 채 웃음을 참으며 실례되는 생각을 하고 있었다.

"그건 그렇고 히나타 선생님. 제 이름은 기니까, 저를 그냥 지크라 부르십시오."

"네, 하지만 선생님은 저 같은 신참보다 훨씬 선배시잖아요."

히나타는 소심하게 대답했다. 이러한 이야기를 하는 것은 사실 오늘이 처음이 아니었다. 지크프리드는 애칭으로 불리고 싶어 했으나, 히나타는 선배를 애칭으로 부르기를 부담스러워하는 구도였다.

지크프리드는 유감이라는 듯 어깨를 늘어뜨리더니 다시금 미라에게 시선을 던졌다. 미라로 말하자면 로비를 둘러보는 척, 고개를 홱 돌리고 있었다.

"으음, 견학이라고 하셨나요. 하지만 지금은 보시다시피 마술과가 술법 훈련 중인데 괜찮을까요. 여자애에게는 위험하지 않을까 싶은데."

지크프리드는 다시 히나타를 쳐다보며 말했다. 실제 그의 말대로 마술과 훈련에 쓰이는 것들은 공격적인 술법들뿐인 탓에 견학에는 위험이 따랐다. 미라에게는 별것 아닌 수준의 위험에 불과했지만.

히나타는 미라의 실력을 알았지만 지금 막 만난 지크프리드는 그렇지가 않았다. 그래서 이렇게 귀여운 여자애를 위험에 빠뜨릴 수는 없다고 충고한 것이다.

"그 점은 걱정하지 않으셔도 돼요. 미라는 강하니까요."

히나타는 자신만만하게 그렇게 대답하며 마치 자기 일인 양 가슴을 폈다. 그제야 지크프리드는 조금 전에 들었던 보고가 생각나 말을 받았다.

"오오, 그렇다면 이 아이가 느닷없이 소환술과의 대표자로 나서 1위를 거머쥐었다는 그 소녀입니까."

지크프리드는 그렇게 말하며 미라에게 달려가 손을 내밀었다.

"만나서 반갑다, 미라. 마술과 교사를 맡고 있는 지크프리드라고 한단다. 마술과가 진 건 분하지만 정말 잘했다."

"으, 음. 별거 아니었다."

체육복 차림의 지크프리드는 사람 좋아 보이는 미소를 짓고 있었다. 미라는 웃음을 참으며 악수에 응했다. 미라로서는 자신 때문에 마술과가 2위로 내려앉은 것이나 다름없어, 설마 칭찬을 해올 줄은 몰랐던지라 당황스러울 뿐이었다. 하지만 지크프리드는 자신의 일처럼 기뻐하며 손을 잡고 붕붕 흔들고는 만족스러운 표정으로 히나타와 마주했다.

"이야~ 축하합니다, 히나타 선생님. 크레오스 님도 여러모로 움직이고 계신 듯하니, 앞으로 소환술의 앞날이 밝겠군요!"

"네, 고맙습니다."

지크프리드의 축사에 히나타는 기뻐하며 감사인사를 했다. 그리고 그 미소를 본 지크프리드는 얼굴이 아주 새빨개졌다.

히나타는 현재, 소환술사의 입지가 약해 이래저래 고생 중이었고 지크프리드는 그런 그녀를 여러모로 걱정해주고 있었다.

그러한 모습을 본 미라는 알아챘다. 아무래도 지크프리드는 히나타에게 반한 것 같다는 사실을. 그래서 졌음에도 기뻐한 것이구나, 하고 납득했다. 절로 미소가 지어졌다. 좋아하는 사람이 심사회에서 매번 최하위를 거둬 풀이 죽어 있으니, 걱정이 될 만도 하지 않겠는가.

"아무튼 뭐어, 그렇다면 괜찮을 것 같군요."

미라의 실력은 의심할 여지가 없다. 지크프리드는 그 사실을 인정하고 견학을 허락했다.

"고맙습니다. **지크프리드** 선생님."

히나타는 고개를 숙이고는 미라와 함께 훈련동 안쪽에 자리한 실기장으로 향했다. 지크프리드는 히나타의 뒷모습을 배웅하며 이번에도 성과를 거두지 못했다는 사실에 낙담해 땅이 꺼져라 한숨을 내쉬었다.

8

학생들의 청춘과 노력, 그리고 마술에 의한 직접적인 열량이 더해져 실기장은 열기로 가득했다. 젊은 활력이 흘러넘치는 그곳에서는 현재 2인 1조로 실전을 방불케 하는 모의전투 훈련이 이루어지고 있었다.

"좋구먼, 청춘이야!"

미라는 실기장 구석에서 한껏 들떠 그 광경을 지켜보았다. 마술사 대 마술사. 용솟음치는 섬광과 폭염, 몰아치는 바람과 솟아나는 토벽. 현실의 학원에서는 있을 수 없는 마법학교 특유의 한 장면이 그곳에 있었다.

히나타에게는 일상적인, 평범한 수업 풍경이었다. 하지만 그것을 즐거운 표정으로 지켜보는 미라의 모습을 보고 있자니, 제자로서 수업을 받던 시절에 어떤 생활을 했기에 저럴까 싶어 다소 표정이 어두워졌다. 덤블프라는 영웅에게 가르침을 받아 이토록 어린 나이에 저만한 실력을 얻기란 보통 힘든 일이 아니리라. 분명 미라는 놀지도 않고 하염없이 수행에 매진했으리라고 히나타는 생각했다.

'그래서 학원을 들여다보고 있었던 걸까…… 하지만 지금은 자유로워 보이니, 이제부터 삶을 즐겨나가면 되겠지. 내가 즐거운 일을 잔뜩 가르쳐줘야지.'

히나타는 훈련 풍경을 넋을 놓고 쳐다보는 미라의 옆얼굴을 보며 다시금 기합을 불어넣으며 결의가 담긴 눈을 살며시 가늘게 떴다.

히나타가 혼자서 오해의 싹을 틔워나가던 그때, 미라는 학생들의 술법 사용법 중 일부를 흥미진진하게 쳐다보고 있었다.

그것은 페인트처럼 사용되고 있는 마술이었다. 학생 중 한 명이 내지르는 불덩이에는 커다란 폭염을 일으키는 것과 갑자기 수그러들어 사라지는 것, 두 종류가 있었다.

수그러들어 사라지는 불덩이를 무수히 내쏘아, 그 안에 공격용 한 발을 섞어놓는다. 혹은 사라지는 쪽으로 견제를 해서 상대의 움직임을 유도한다. 때로는 속성을 바꾸고 표적을 변경하기도 하며.

종류 자체는 기초인 몇 가지 저급 마술이었다. 불덩이를 내쏘아 대상을 공격하는 등의 매우 간단한 것이었다. 하지만 미라는 그처럼 불덩이가 도중에 사라지는 현상은 본 적이 없었다.

"이봐라, 히나타 선생. 저 녀석들이 사용하고 있는 마술은 '화염'이냐?"

이런 건 물어보는 게 더 낫다. 그렇게 생각한 미라는 옆에서 의욕을 불사르고 있는 히나타에게 물었다.

"맞아. '화염'은 마술사의 기초니까. 지금 하고 있는 것과 같은 실전 훈련의 목적은 기초를 단단히 다지는 거야."

히나타는 크게 고개를 끄덕이며 대답했다. 소환술 교사이기는 하지만 수업 수가 적은 히나타는 다른 과의 일을 돕는 일이 많은 탓에, 학원 전체에 관한 지식을 많이 익힌 모양이었다.

히나타의 답을 들은 미라는 역시 술법의 종류는 맞았구나 생각하며, 그 확신으로 인해 두드러진 납득이 되지 않는 점에 주목했다.

"도중에 사라지는 것과 폭발하는 것, 두 종류가 있는 듯 보인다만 다른 술법이 아닌 게냐?"

미라가 그렇게 의문을 입에 담자 히나타는 살며시 고개를 갸웃하고서 얼마간 생각하더니 입을 열었다.

"미라는 마술의 기본 발동 공정에 대해 알아?"

"음. 선택, 지정, 소비, 발동이 아니냐."

마술의 기본 발동 공정. 그것은 마술을 실제로 발동시킬 때까지 행하는 일련의 흐름을 뜻한다.

우선 사용할 마술을 선택. 이어서 마술을 발사할 대상을 지정. 그리고 필요한 마나를 소비. 끝으로 발동하는 식이었다. 소환술과는 다소 공정이 달랐고, 영창이 필요한 상급 마법 역시 다른 공정으로 운용되기는 하지만.

"소환술뿐 아니라 마술에 관한 지식도 있구나. 맞았어. 폭발하는 쪽은 일반적인 거지만, 도중에 사라지는 쪽은 완전발동에 필요한 마나를 사용하지 않은 상태에서 발동했을 때 일어나는 현상이야. 본래 필요한 마나량에 미치지 못하는 상태로 발동하면 술법은 끝까지 유지되지 않고 도중에 사라져버려. 하지만 그 대신, 소비 마나는 적어지고 발동 시에 마나가 빠른 속도로 현상으로 변환돼서 페인트나 견제로 사용되기도 해."

히나타는 드디어 교사다운 일을 했다는 생각에 다소 득의양양한 표정으로 설명했다.

"오호라. 그러한 기술이 있었다니 놀랍군그래!"

미라는 설명을 듣고 큰 감명을 받았다. 게임이었던 시절에는 마나의 소비량을 억제해 발동하는 일 자체가 불가능했기 때문이다. 사용하느냐 마느냐로만 갈렸다. 술법을 사용할 때는 예외 없이, 반드시, 정확히 마나코스트 만큼의 양이 소비되었다. 하지만 현실이 된 지금, 그 법칙까지 무너져 있었던 것이다. 술사라는 족속이 거기서 새로운 가능성을 추구하지 않을 리가 없었다.

"그러면 소환술은, 소비량을 억제하면 어찌 되지?"

미라는 기대감이 그득한 눈으로 다시금 물었다. 그러자 히나타는 고양이 귀를 축 늘어뜨린 채 미소를 흐리며 먼눈을 하고서 살며시 입을 열었다.

"머리나…… 팔이나…… 다리나…… 일부가 나왔다가 그대로 사라져버려."

일부가 나타났다가 사라질 뿐. 타이밍을 맞추면 방패 정도로는 사용할 수 있을지도 모르지만, 움직이지 않아 위협조차도 되지 않는 오브제가 순간적으로 소환되는 것이, 소비 마나량을 억제하여 소환술을 행사했을 때 일어나는 현상이었다.

"그런……겐가……."

히나타의 답을 들은 미라는 유감이라는 듯 고개를 떨궜다. 하지만 모처럼 신기술에 관한 정보를 얻기도 했겠다, 마나 소비를 억제한다는 감각을 알기 위해 미라는 구태여 다크나이트를 불러

내보기로 했다.

'흐~음, 절반. 아니, 4분의 1정도면 되려나.'

미라는 그 자리에서 조금 떨어져서 아무도 없는 곳으로 몸을 돌렸다.

'소환술 : 다크나이트'

미라는 약간 마나 소비를 억제하는 감각을 평소 공정에 끼워 넣는 이미지를 머릿속에 그렸다. 그러자 평소보다 작은 마법진이 떠오르더니 그곳에서 여전히 강력한 존재감을 내뿜는 다크나이트의 머리만 출현했다. 다크나이트와 눈이 마주친 히나타가 순간적으로 작은 비명을 지른 직후에 머리는 사라졌다.

'이게 소비를 억제하는 감각인가. 그다지 어렵지는 않군.'

미라는 한 번의 실험으로 소비 경감의 감각을 파악했다. 그 감각이 단순히 소비량이 다른 술법을 사용할 때와 비슷했기 때문이다. 무수히 많은 술법을 습득한 미라의 인식으로는 그 목록에 새로운 술법이 추가된 것에 불과했다.

이 정도면 문제없겠다고 느낀 미라는 그 이외의 가능성도 시험해보기로 했다. 한 번 신경이 쓰이면 해봐야 직성이 풀리는 성격이었다.

'소환술 : 다크나이트'

이번에는 검은 대검을 든 다크나이트의 오른팔이 작은 마법진에서 나타났다. 두 번째 실험은 나타나는 부위의 지정을 염두에 둔 것이었다. 그리고 결과는 미라의 의도대로 성공이었다.

'흠, 이것도 성공인 듯하군. 그러면.'

"히나타 선생. 조금 위험할지도 모르니 물러나 있어다오."

"어? 으, 응."

일부분이라지만 무시무시한 박력을 띤 다크나이트를 보고 다소 겁을 먹은 히나타는 조금이 아니라 멀리 물러섰다.

미라는 실험 결과를 고려하며 술법의 공정을 짜 맞춰나갔다. 그리고 아무도 없는 공간을 노려보며 그것을 형상화하기 위해 마나를 응축시켰다.

'소환술 : 다크나이트'

미라의 뜻대로 공중에 나타난 다소 작은 마법진에서 다시금 대검을 든 검은 팔이 나타났다. 하지만 이번에는 방금 전과 조금 달랐다. 팔이 검을 크게 치켜든 것이다.

"엑!"

히나타는 그 광경을 보고 무심결에 탄성을 자아냈다. 그리고 다음 순간, 팔은 대검을 바닥으로 세차게 내려치더니 몇 초 후에는 흔적도 없이 사라졌다.

"흠, 성공한 것 같군."

만족스러운 결과를 얻은 미라는 그렇게 중얼거리며 턱을 손가락으로 쓸었다.

지금까지의 상식이 산산이 부서지는 광경을 본 히나타는 저도 모르게 뛰쳐나가 검은 팔이 나타났던 부근에 시선을 떨어뜨렸다. 그곳 바닥에는 크게 도려진 흔적이 소환의 증거로 또렷이 새겨져 있었다.

소환술의 발동 공정은 출현 위치 지정, 소환체 선택, 마나 소비, 발동.

해당 공정을 거쳐야만 다크나이트 등을 불러낼 수가 있었다. 하지만 말 그대로 불러내기만 가능했다. 이후에 행동 지시를 내려야만 소환체는 공격이나 방어를 행하게 되어 있었다. 그리고 이것이 다른 술법과의 차이점이기도 했다. 마나 소비를 억제할 경우, 지시를 내리기 전에 사라져버리는지라 전혀 쓸모가 없는 것이다.

하지만 미라는 달랐다. 지정에서 지시까지를 한 공정으로 해내는 탁월한 기술을 지닌 미라의 경우, 다크나이트는 소환되기 전부터 행동지시를 받은 상태인 탓에 나타난 팔은 그 즉시 검을 내리치는 행동을 취할 수가 있었다.

"미라, 방금 그건?!"

"히나타 선생, 아직 끝나지 않았는데 말이지."

놀란 표정으로 히나타가 달려오자 미라는 아직 실험 중이라 말하고서는 다시금 아무도 없는 공간으로 시선을 던졌다.

'소환술 : 다크나이트'

다음에 펼쳐진 광경은 히나타의 상식을 더욱 위태롭게 하는 것이었다. 이번에는 여섯 개의 팔이 원을 그리듯 나타나 중심에 자리한 지점에 검을 내려친 것이다. 그 충격의 힘은 절대적이어서 폭염에 가까운 흙먼지를 일으켰다. 그 외 거의 동시에 원인은 모습을 감추었다. 보다 커다란 크레이터를 남겨둔 채.

이 실험을 보고 말문이 막힌 것은 히나타뿐이 아니었다. 같은 훈련장 안에 있던 모든 마술과 학생들이 그 심상치 않은 위력을 보고 어안이 벙벙해졌다.

학생들은 처음에 다크나이트의 머리가 나타났을 즈음부터 미라를 주목하고 있었다. 느닷없이 막대한 마력을 띤 물체가 나타났으니 신경을 안 쓸 수가 없었다. 그리고 차례로 일어난 현상을 보고 완전히 넋이 나가고 말았다.

그들은 알아챈 것이다. 눈앞에 있는 소녀가 바로 심사회에서 1위를 거머쥐었던 소환술과의 대표자라는 사실을. 히나타가 옆에 있다는 사실도 그 예상을 뒷받침해주고 있었다.

마술과 학생들은 이미 심사회 결과를 들은 상태였다. 그리고 재수 없는 카이로스가 진 것이 내심 기쁘기도 했다. 마술과가 2위를 한 것이 약간 씁쓸하기는 했지만, 그 이상으로 카이로스는 같은 과에 속한 자들을 상대로도 오만하게 굴었으니 그 정도는 감안해야 하리라.

눈앞에 있는 소녀는 그런 카이로스에게 한 방 먹여준 인물이었다. 실제로 보니 귀여운 생김새도 한몫 거들어 호감이 끝도 없이 부풀어 올랐다.

'이거, 조금만 더 시험해보면 실전에서도 쓸 만하겠군. 흠, 마나 소비 조정이라. 게임 시스템이 소멸함으로 인해 오히려 가능한 일이 늘어났군. 다음에 이것저것 시험해보도록 할까.'

만족스러운 실험 결과를 얻어낸 미라는 마음속으로 이를 향후 연구 과제로 삼기로 결심했다.

그러고 나서 또 얻어낼 만한 것이 없을까 싶어 훈련장으로 고개를 돌린 미라는, 모든 학생들이 자신을 쳐다보고 있음을 알아채고는 엉겁결에 뒷걸음질을 쳤다.

그제야 주목을 받고 있다는 사실을 알아챈 미라는, 그대로 발걸음을 돌려 허둥지둥 훈련장에서 뛰쳐나갔다.

멍하니 미라의 뒷모습을 배웅하던 학생들을 지크프리드가 독려했다. 다음 달에는 저 소녀를 제치고 1위를 되찾으라고.

개중에는 의문스러워하는 자들도 있었다. 애초에 방금 전에 봤던 그것이 정말 소환술이 맞긴 한 걸까. 그런 생각이 들 정도로 지금까지 보아온 소환술과 미라가 보인 소환술은 수준이 달랐다. 하지만 눈앞에서 실제로 일어난 일을 부정할 수는 없는 일이라 다시 훈련을 개시했다. 최소한 방금 전에 본 것을 능가해야만 한다. 시간이 아무리 있어도 부족하다.

학생들은 미라의 실력을 보고도 포기하지 않고, 지크프리드의 목소리로 의지를 끌어올리며 훈련을 재개했다. 이대로, 진 채로 꽁무니를 뺄 수는 없다며. 그 눈동자에는 하늘보다 높은, 까마득히 먼 경지를 목표로 하는 마음이 담긴 빛이 깃들어 있었다. 이것이 마술과의 본모습이었다. 루미나리아를 동경하며 그 뒤를 좇는 학생들의 마음은, 눈앞에서 펼쳐진 압도적인 광경을 보고 뜨겁게 달아올랐다. 기가 죽기는커녕 기력이 샘솟았다.

도망치듯 훈련장을 뒤로한 미라는 그 후, 히나타의 안내로 술사들의 학원 생활을 구경하며 다녔다.

학원은 하급 술법 습득 방법 말고도 일반 교양이며 이런저런 전투 기능에 생산 기술까지 가르치고 있어, 온 대륙의 지식이 응축된 듯한 장소였다. 학생들은 그곳에서 자신에게 맞는 것을 선택하여 배워나갔다. 전문학부까지 올라가면 내용은 더욱 심화되었다. 그렇듯 세밀한 과정은 술사를 목표로 하는 자들을 위한 최고의 교육기관이라는 사실을 증명해주고 있었다.

술법에 관해서도 여러 가지 연구가 이루어져 미라가 모르는 술법이 발견되었거나, 나아가 술법을 조합하는 등의 방법으로 신기술이 연구되고 있는 모양이었다. 카이로스가 사용했던 술법도 기존의 술법을 합치고 겉보기에 화려하게 강화한 '합성술'이라 불리는 것이었다.

미라는 현재 술법의 존재방식이며 그 진보, 새로운 기술을 보고 눈을 빛내며 히나타에게 질문을 거듭했다. 저건, 이건, 어떻게, 어떻게 하면. 그런 질문 공세에 히나타의 교사 혼이 꿈틀댔고, 심부름을 하고 돌아다니며 얻은 다른 술과에 관한 지식을 상세히 설명해주었다.

마술과에서는 합성술 개발에 열을 올리고 있다.

성술과에서는 현재, 성지순례를 준비 중이었다. 성술을 습득하기 위해 각지를 돌아다니며 신들의 신전을 방문한다는 모양이었다.

음양술과에서는 식부(式符) 제작에 사용하는 정령 잎이 부족해서 중급 이상의 음양술 훈련에 지장이 생겼다고 한다.

퇴마술과에서는 마도공학으로 만들어진, 공기압으로 성수를 발사할 수가 있는 성수총이라는 것이 개발되었다.

강마술과에서는 술사의 적성뿐 아니라 성격도 강마술의 동화율에 영향을 미친다는 사실이 판명되어 그 영향 정도를 연구 중이었다.

사령술과에서는 작성한 바위인형에게 도구를 쥐어주는 일과 사용 가능한 도구 자체를 개발하고 있었다.

선술과에서는 입학하자마자 근접격투술을 배웠다. 결과, 누구 할 것 없이 탄탄하게 단련된 몸을 지니게 되었고 현재는 무기를 사용한 전투법을 모색 중이었다.

무형술과에서는 기후를 조종하는 술법과 채소를 키우는 데 도움이 되는 광원 술법이 연구 중이었다.

소환술과는, 알다시피 크레오스가 소환술 강습 희망자를 모아 매일같이 고전장에서 무구정령과 계약을 추진 중이었다.

히나타는 각 과를 돌아다니며 의기양양하게 설명했다. 그리고 대강 안내가 끝났을 즈음에는 방과 후가 된 지 오래라, 학원이 붉게 물들어 있었다. 학원답게 동아리 활동도 있는지 운동장에서는 운동부가 청춘의 땀을 흘렸고, 석양이 들이치는 동아리방에서는 학생들이 저마다 시간을 보내고 있었다.

"하루 만에 다 돌아보지는 못했지만, 어땠어?"

"유익한 시간이었다. 고맙다, 히나타 선생."

히나타가 약간 긴장한 투로 묻자 미라는 만족스러운 미소를 지은 채 답했다.

"아니, 이쪽이야말로 심사회를 도와줘서 고마워. 이건 그 답례야.”

히나타가 내민 손바닥에는 은으로 된 반지 하나가 있었다. 미라는 히나타의 손을 살며시 오므려주었다.

“이번 일은, 소환술의 미래를 위해 한 일이다. 답례를 받으려고 한 일이 아니야.”

“하지만, 내가 부탁한 일인걸.”

“그렇다면, 또 시간이 맞을 때 학원을 안내해다오. 아직 못 본 것이 많은 듯하니 말이야.”

미라는 그렇게 말하며 미소 지었다. 히나타는 안내하는 동안 보였던 미라의 표정을 떠올렸다가, 처음 만났을 때의 일을 돌이켜 보았다. 미라는 학원 안을 들여다보고 있었다.

“응, 맡겨만 줘. 구석구석 안내해줄게!”

히나타는 고양이 귀를 꼿꼿이 세운 채 미라가 다음에 올 때까지 평소 출입이 금지되어 있는 구역도 안내할 수 있도록 허가를 받아놓자고 결심했다.

“그럼 이만.”

“또 봐. 기다리고 있을게.”

그렇게 작별인사를 나눈 미라는 교정 한복판을 가로질러 걸었다.

히나타는 그 뒷모습을 향해 “고마워” 하고 중얼거리고는 마음을 다잡고 소환술과로 달려갔다. 미라가 신체 강화 정련 장비를 작성해줬으니 앞으로는 바빠질 것이다. 그에 대비하기 위한 준비를 해야만 한다. 그러는 것이 분명 미라의 마음에 답하는 일로 이어지리라 믿으며.

강한 의지의 빛이 깃든 눈을 한 채 히나타는, 교사라는 입장도 잊고 복도를 질주했다. 몹시 상쾌한 말투로 함께 저녁 식사를 하지 않겠느냐는 권유를 해온 지크프리드의 존재도 알아채지 못하고.

미라는 운동장에서 동아리 활동에 열을 올리고 있는 학생들을 쳐다보다 문득 시선을 돌려 붉게 물든 하늘을 올려다보았다. 학원은 잠시만 들여다볼 생각이었지만 이런저런 일이 겹쳐서 거의 하루 종일 시간을 보내고 말았다. 이제 곧 밤의 장막이 드리울 시간이라 다른 곳을 관광하기에는 늦은 듯했다.

어쩔까 하며 미라가 교문을 막 지난 참에 작은 그림자가 오종종 달려와 그대로 지나쳐 가더니만 불쑥 몸을 돌렸다.

"아직, 있었구나."

빨간 두건을 쓴 소녀가 담담히 말을 건넸다. 아홉 현자 대행자의 일원인 아마라테였다. 그녀도 학원에서의 용무를 마치고 지금 돌아가는 참인 모양이었다.

"음, 어쩌다 보니 말이지."

아마라테는 다소 놀란 눈치인 미라는 아랑곳 않고 상체를 내밀어 지근거리까지 얼굴을 들이민 채 고개를 갸웃했다.

"그런데 미라 양. 너는 속옷은 안 입는 주의니?"

미라의 가슴께를 응시한 뒤, 아마라테는 그 자세 그대로 눈을 홉뜨고서 "아니면, 그쪽 방면의 취미가 있는 거니?" 하고 말을 잇더니 그대로 미라의 스커트를 들춰 올렸다.

"이쪽은 입었네."

아마라테는 다소 유감이라는 듯 미소를 지으며 자세를 바로 하더니 '어째서?' 하고 묻는 듯한 시선을 미라에게 던졌다. 그러자 미라는 스커트를 들춰 올린 상대를 보고 태연하게 어깨를 으쓱하며,

"입는 법을 몰라서 말이지."

하고 솔직하게 대답했다. 뜻밖의 이유를 들은 아마라테는 살며시 미소를 지었다. 갑작스럽게 스커트를 들추는 바람에 주변은 어수선해졌지만, 그런 쪽으로 둔감한 두 사람은 그 사실을 알아채지 못했다.

"그랬구나. 그럼, 내가 가르쳐줄게."

말하자마자 아마라테가 웃옷 단추를 풀기 시작하여 미라는 허둥지둥 그녀의 손을 잡아 제지했다.

"무슨 짓을 할 셈이냐?!"

"말했잖아. 가르쳐주겠다고. 일단 내가 끌렀다가 다시 차는 걸 봐."

아무리 그래도 그건 받아들일 수는 없는 일이었다. 그것은 다시 말해, 아마라테의 가슴을 직접 지켜봐야 한다는 뜻이었다.

원래는 기뻐할 일이었지만 장소가 지나치게 좋지 않았다. 길한복판에서 소녀가 상체를 훤히 드러내게 둘 수는 없다고 미라의 신사적인 마음이 충고를 했다.

미라가 다음에 릴리에게 배우겠다고 말하자 아마라테는 간신

히 납득한 모양이었다.

"아까 부탁했던 거, 잊지 말아줘."

"알았대도."

시녀 부대 특제 마법소녀복에 대한 집착이 엿보이는 아마라테의 말에 미라는 가볍게 손을 흔들며 대답했다.

조금 기쁜 듯한 표정을 지어 보인 다음 순간, 아마라테는 '사령술 : 바위곰──록 베어'를 발동시켰다. 미라의 눈앞에 눈 깜짝할 새에 커다란 바위곰이 만들어졌다.

"그럼, 또 만나자."

아마라테는 그렇게 말하더니 그 등에 올라탔다. 그러자 바위곰은 느긋하게 길을 따라 걷기 시작했다. 도시 주민들은 딱히 놀라지도 않고 흥미로운 눈으로 그 모습을 좇을 뿐이었다.

너무도 갑작스러운 일에 멍하니 아마라테를 배웅하고 난 미라는 게임과 현실의 차이를 재인식하게 되었다.

발키리인 알피나와 소리의 정령 레티샤 때 확인한 바와 같이 자유롭게 대화를 나눈다거나 하는 일은 원래 불가능했었다.

게임에서는 불가능했던 일이 가능하다. 방금 전 아마라테의 행동을 보고 미라는 소환체에도 탈 수 있을지 모른다는 사실을 알아챘다. 사령술사에게는 당연한 이동수단이라고 여기는 듯한 주민들의 반응 덕분이었다.

'이거 어쩌면, 이동수단 걱정은 안 해도 될지 모르겠군.'

소환술에 기승용(騎乘用)이라는 종류는 존재하지 않았다. 하지만 그것은 게임이었을 때의 이야기였다. 타고자 하면 탈 수 있는 모습을 지닌 것은 얼마든지 있었다.

이건, 시험을 해봐야겠다. 그렇게 생각한 미라였지만 불과 조금 전 봤던 아마라테의 모습이 머리를 스쳤다. 주변의 반응은 둘째 치고 상당히 눈에 띄었던 것이다.

그런 상황이 질색인 미라는 충동을 간신히 억누르며 다음에 눈에 띄지 않는 곳에서 실험해보자고 결론을 내렸다.

'어디, 그러면 어떻게 할까나.'

미라는 새로운 지식을 잔뜩 얻었으니 일단 정리를 하고 싶었다. 그래서 시간도 시간이니 침상을 확보하기로 했다.

가장 먼저 머릿속에 떠오른 장소는 성이었다. 하지만 모처럼 소설 속에나 나올 법한 세계에 왔으니, 우연히 눈에 든 여관에 훌쩍 들러보는 것도 정석이 아니겠는가 하는 생각이 미라의 흥미를 자극했다.

더 자세히 말하자면 평범한 여관이어야 한다. 에카르라트 카리용이 단골 여관으로 삼았던 춘담설처럼 주점과 숙소가 붙어 있는 흔한 여관. 미라는 지금까지 탑에 있는 자신의 방, 성의 객실, 왕족 전용 잠행 마차로 노숙, 그랜드 호텔 뺨치는 하등롱이라는 곳에서 머물렀다. 모두 다 평범함과는 거리가 먼 곳들이었다.

'무심하게 들른 여관에서 1박. 그것 역시 모험의 묘미지.'

소설 등에서 곧잘 묘사되는 여관 점주와의 시답잖은 대화, 시끌벅적한 식당에서의 식사. 그러한 일에 동경에 가까운 감정을 품고 있었던 미라는 일반적인 여관을 찾아 어둠이 밀려든 하늘 아래를 달렸다.

9

미라는 학원에서 다소 떨어진 곳에서 찾은, 작은 여관에서 밤을 보냈다. 커다란 석재 기둥이 특징적이고 외벽이 목조로 된 그 여관은, 따뜻하면서도 풍격을 내포하고 있었고 작으면서도 독특한 존재감을 내뿜고 있었다. 주인은 덩치 좋은 중년 남성으로 아내, 그리고 두 딸과 함께 경영 중인 여관이었다.

미라가 바랐던 대로 1층이 식당이라 그곳에서 저녁식사를 마쳤다. 아담한 여관이었지만 요리의 맛은 매우 좋았고, 주인과 멋스럽게 이야기를 나눈다는 목적도 달성했다. 딸보다 어려 보이는 소녀에게, 남자 하나에 여자가 셋이라 이래저래 입지가 약하다는 푸념을 늘어놓는 것을 보니 어지간히 마음고생이 심한가 보다 싶어 미라는 그를 아주 조금 동정했다.

술법의 현황을 접하고 난 다음 날 아침. 처마 끝에서 노닥거리는 새 지저귀는 소리에 기분 좋게 눈을 뜬 미라는 천천히 각성 중인 의식 속에서 오늘 예정을 세워 나갔다.

'아직 못 본 곳도 많지만, 역시⋯⋯.'

미라의 뇌리에 어제 봤던 광경이 되살아났다. 그것은 바위곰을 타고 유유히 떠나간 아마라테의 뒷모습이었다.

동시에 뜨거운 무언가가 솟구쳐 올랐다. 지금까지 불가능했던 일에 대한 새로운 시도. 다시 말해 소환체의 등에 탄다는 것은 미라의 마음속에서도 우선도가 높은 사안이 되어 있었다.

미라는 꽤나 익숙해졌다는 생각을 하며 의기양양하게 볼일을 보고 나서 마도 로브 세트를 두르고 방을 나섰다. 그리고 계단을 내려가는 도중에 코끝을 간질이는 향기에 부푼 기대를 안은 채 식당에 얼굴을 내밀었다.

숙박객 말고도 식당에서 식사를 즐기는 자는 많았다. 아침 식사 시간인 지금은 많은 자리가 메워져 있었다. 그런 가운데 미라는 아침부터 분주하게 움직이는 가족의 모습에 이루 말할 수 없는 푸근함을 느끼고는 살며시 미소를 지었다.

미라가 하룻밤 신세를 진 여관은 '월하당 풍월장'이라는 이름으로, 주인의 말에 의하면 월하당이 식당, 풍월장이 여관 이름이라는 모양이었다. 왜 나뉘어 있는 것이냐고 묻자 월하당은 주인, 풍월장은 아내가 각각 관리를 하고 있노라고 알려주었다. 그리고 딸은 양쪽 일을 모두 돕고 있다고 했다.

"아침부터 장사가 잘되는군."

미라는 어젯밤에 들었던 이야기를 떠올리며 카운터 자리에 앉아 주인에게 그렇게 말했다.

"오오, 미라구나. 좋은 아침! 뭐, 지금이 거의 제일 바쁜 시간대니 당연히 그래야지."

주인은 쾌활하게 웃으며 말했다.

"음, 좋은 아침이다."

그렇게 답한 미라는 불쑥 앞으로 다가온 머스캣오레를 보고 고개를 갸웃하고서 주인을 쳐다보았다.

"미라는 귀여우니까 서비스로 주마. 마누라랑 딸한테는 비밀이다!"

주인은 눈치를 살피듯 주변을 둘러보며 입꼬리를 치올렸다. 머스캣오레는 이 가게의 명물로, 미라도 어젯밤에 다섯 잔이나 연달아 주문했었다. 그것을 주인이 기억한 모양이었다. 가게의 오리지널 상품을 좋아해준 것을 보고 기분이 좋아져 통이 커진 것이다.

"그럼, 고맙게 마시도록 하지."

가볍게 잔을 기울이자 머스캣의 풍미와 산미가 적절히 녹아든 맛에 우유의 달콤함이 밀려들어 미라의 혀를 즐겁게 해주었다.

아침 메뉴는 식빵과 딸기잼, 호박 포타주에 베이컨 에그로 그야말로 아침식사다운 아침식사였다. 중간에 주인의 딸이 입가에 묻은 잼을 닦아줄 때까지 묻었다는 것도 모를 정도로, 미라는 만족스럽게 접시를 비웠다. 사치스러운 식사도 좋았지만 역시 이러한 일반적인 메뉴가 성미에 맞다. 미라는 그런 서민적인 감상을 품으며 머스캣오레가 든 잔을 비웠다.

아침식사를 마치고 거리로 나온 미라는 그대로 교외에 자리한 문을 향해 걸었다. 술법 실험을 하려면 넓은 장소가 필요하리라고 판단했기 때문이다. 소환체에 기승한다는 실험의 주된 목적은 이동시간을 단축하는 것이었다. 그렇다면 하늘을 날아, 가능한 빠르게 날 수 있는 것이 적절하리라고 판단한 결과였다. 그리고 그러려면 넓은 장소가 필요했다.

30분 정도를 걸어 수도 루나틱레이크를 에워싼 방벽 앞까지 갔다. 미라의 눈앞에는 한참을 올려다봐야 할 정도로 높고 중후한 금속문이 중간까지 열린 상태로 우뚝 서 있었다. 이 문은 밤에 닫히고 아침에 열린다. 지금은 마침 열리는 도중이었다.

묵직한 소리를 내며 천천히 열리는 문이 완전히 열리기를 기다리며 미라는 들뜬 마음을 주체하지 못하고 몸을 흔들고 있었다. 근처에는 미라 말고도 도시 밖으로 나가려는 행상인이며 모험가들이 늘어서 있었다. 문을 올려다보며 입을 헤벌리고 있거나, 아직 멀었나 하고 짜증으로 가득한 표정을 짓고 있는 자도 보였다.

얼마 후, 겨우 문이 완전히 열려 위병이 통행가능 신호를 하자 기다리던 사람들이 움직이기 시작했다. 미라도 그 흐름을 따라 함께 밖으로 나왔다. 조금 가다가 길을 벗어나서 넓은 초원으로 향했다.

루나틱레이크 동쪽에 펼쳐진 머스캣 초원이었다. 그 이름을 통해 알 수 있듯, 무수히 많은 머스캣 농원이 펼쳐져 있는 곳이었다.

미라는 은은히 감도는 달콤한 향기를 헤치고 쭉쭉 나아가, 인기척이 없는 장소에 도착했다. 여관을 나선 뒤로 벌써 두 시간이나 지나 있었다.

'여기까지 오면, 눈에 띄지 않겠지.'

숲속의 뻥 뚫린 공간. 미라는 주요 도로에서 떨어진 곳에 자리한, 나무들로 뒤덮인 이곳이라면 다소 눈에 띄는 것을 소환해도 문제없겠지, 하고 주변을 둘러보며 고개를 끄덕였다. 그러고는 들뜬 마음을 억누르며 오른손을 전방으로 내밀어 그대로 뿌리치듯 손을 휘둘렀다.

'소환 스킬 : 아르카나 제약진'

오른손이 그린 궤적에 네 개의 제약진이 연달아 떠올랐다. 미라는 그대로 손바닥을 뒤집어 진을 '로사리오 소환진'으로 승화시켰다.

『땅속에서 태어난 흑(黑)은 먼발치의 빛을 동경하고. 하늘 속에서 자란 백(白)은 까마득한 창(蒼)을 동경한다.

새로써 순수한 창궁에 파문을 남기고. 꿈으로써 윤회에 새겨진 패자의 기억을 불러일으키니.

수없는 시간을 초월한 정경.

한데 모은 날개가 꿈을 두르네.

자아, 천공으로 날아오르라. 사랑하는 나의 자식이여.』

목소리가 낭랑하게 울려 퍼짐과 동시에 소환진이 빛을 내뿜더니 하늘 높이 날아올라 한데 모여 하늘을 뒤덮는 빛의 고리를 형성했다. 그 빛의 고리는 서서히 넓게 퍼져 나가, 은빛 비늘을 두르고 소리보다도 빠르게 하늘을 내달리는 그것을 불러들이기 위한 문이 되었다.

'소환술 : 황룡 아이젠파르드'

방대한 마나가 빛의 고리를 에워싼 공간을 일그러뜨리더니 거목의 줄기 같은 꼬리가 불쑥 모습을 드러냈다. 빛나는 칼날 같은 꼬리 끄트머리에는 흐트러뜨린 목숨이 형상화한 듯한 둔탁한 빛이 녹아들어 있었다. 이어서 검은 발톱을 지닌 두 개의 다리가 나타나더니 은빛 비늘로 뒤덮인 몸통, 팔, 날개, 목이 뒤를 이어 나타났다. 끝으로 금빛으로 빛나는 용안(龍眼)이 매섭게 움직여 미라를 바라보았다.

빛의 고리가 박살남과 동시에 미라의 눈앞에 내려선 창궁의 패자는 사나워 보이는 머리를 내려 작게 그르렁 소리를 냈다. 황룡은 얼굴에 숨결이 닿을 정도로 바싹 다가서서 미라의 모습을 구석구석 살펴보더니 눈이 휘둥그레져서 입을 열었다.

"아버지…… 언제부터 어머니가 되셨는지?"

보기와는 달리 장난기가 많고 손이 많이 가는 황룡은 커다란 머리를 쳐들며 낮고도 차분한 목소리로 말했다.

"뭐어, 이야기하자면 길어진다만……. 솔직히 말해서 건들지 말아줬으면 좋겠구나."

"아버…… 어머니가 그러시다면 더는 안 묻겠습니다. 저도 어머니가 생겨 기쁩니다."

황룡은 그렇게 말하며 눈을 가늘게 뜬 채 미라에게 바싹 다가서서 크르르 기분 좋은 소리를 냈다. 그 모습은 마치 어머니에게 어리광을 부리는 어린애 같았다. 실제로 소환체에게 미라는 부모에 가까운 입장이기도 했다.

계기는 일찍이 용의 계곡에 자리한 유적 안쪽에서 손에 넣었던 알이었다. 수많은 위기를 넘어서서 그것을 부화시켜 키운 것이 지금 눈앞에서 기쁜 듯이 크르르 소리를 내고 있는 황룡이었다.

"그……그러냐. 뭐어…… 음, 그렇다면 됐다."

미라는 입가라고 하기에도, 눈가라고 하기에도 애매한 부분을 쓰다듬으며 눈썹 끝을 늘어뜨렸다. 호칭이 어머니로 결정된 것을 비롯해 이래저래 마음에 걸리는 점은 잔뜩 있었다. 하지만 그것들을 일단 받아들이기로 한 미라는 날개를 펼치면 가볍게 30미터는 넘어갈 황룡을 올려다보며 눈을 빛냈다. 용의 등에 타고 하늘을 나는 일은 수많은 판타지 마니아의 꿈이라 할 수 있었다. 그것이 지금, 실현될지도 모르는 것이다. 마음이 들뜨지 않을 리가 없었다.

"오랜만이구나, 아이젠파르드여. 잘 지냈더냐?"

"네. 건강에는 문제없었습니다만, 어머니를 만나지 못해 괴로웠습니다. 저를 잊으신 게 아닌가 싶어서."

미라는 다정하게 말을 붙여 교류를 꾀했다. 완전히 안심이 됐는지 몸을 뉘인 아이젠파르드는 얼굴을 바싹 붙인 채 쓸쓸한 말투로 대답했다.

"그대가 이렇게 어리광쟁이였던가?"

미라는 계속해서 몸을 들이대는 아이젠파르드를 적당히 손으로 제지하며 물었다. 아이젠파르드는 얌전하고 착한 아이이기는 했지만 어리광을 부린 적은 없었던 것 같다고 생각하며.

"어머니가 아버지였을 때, 말씀하셨습니다. 아비는 엄하게 사랑을 가르치고, 어미는 다정하게 사랑을 가르치는 법. 그러니 어리광 부리지 말라고. 하지만 지금은, 어머니가 됐으니 어리광 부려도 되는 것 아닌지요?"

"으음……."

결국 아이젠파르드에게 밀려 쓰러진 미라는 그대로 하늘을 올려다보며 옛 기억을 되짚어보았다. 그것은 아이젠파르드가 알에서 부화해, 스파르타식 교육을 하던 때였다.

원래는 필요 없는 일이었지만 단련을 할 때면 미라는 엄하게 꾸짖기도, 격려를 하기도 했다. 그것은 어디까지나 분위기를 내기 위한 것으로 별 의미는 없는 행위였으나 아이젠파르드는 그때 했던 말을 기억했던 것이다. 그래서 어머니가 된 미라에게 지금까지 받지 못했던 다정한 애정을 바라고 있는 것이다.

'말했던 것 같긴 하군……. 으음~ 그때는 분위기나 내려고 그랬던 것인데. 하지만, 일이 이렇게 됐으니 매정하게 떼칠 수는 없으려나…….'

아이젠파르드는 황룡이라는 이름에 걸맞지 않는 동작으로 미라에게 어리광을 부렸다. 미라는 루미나리아가 찍어주었던 '달빛 내린 탑을 등진 위엄 넘치는 덤블프와 위풍당당하게 날개를 펼친 아이젠파르드' 스크린 숏을 떠올리며 쓴웃음을 지었다.

"다 컸건만, 아직도 손이 많이 가는 아이로구나."

미라가 그렇게 중얼거리며 다정하게 쓰다듬은 순간, 갑자기 아이젠파르드가 은빛으로 빛나기 시작했다.

"음, 뭐냐?"

그 빛이 너무도 눈부셔서 미라는 손차양을 한 채 눈을 가늘게 떴다.

그리고 잠시 후, 섬광이 약해지는 것을 확인하고서 손을 내려보니 눈앞에는 짧고 단정하게 정돈된 은발머리를 한 청년이 서 있었다. 청년은 왕자라 해도 부족함이 없을 정도의 미남자였다. 아닌 게 아니라 천사나 신이라 해도 덜컥 믿을 정도로 완성된 미청년이었다.

청년은 갑작스러운 일에 어안이 벙벙해진 미라를 보고 어딘지 모르게 순진한 구석이 남은 미소를 짓더니 달려들어 끌어안았다. 심지어 알몸이었다.

"어머니. 이 모습으로 있는 편이 온몸으로 어머니의 사랑을 느낄 수 있을 것 같았습니다."

그 낮고도 차분한 목소리는 바로 조금 전까지 눈앞에 있던 아이젠파르드의 목소리였다. 미라를 꼭 끌어안은 채, 몹시 기쁜 듯 목에서 고롱고롱 소리를 내는 청년을 미라가 간신히 떼어냈다.

"그대, 아이젠파르드냐?"

"네, 접니다. 어머니."

만면의 미소로 대답한 미청년이 바로 아이젠파르드였다. 미라는 설마 인간의 모습으로 변할 수 있으리라고는 생각지도 못했던지라 감쪽같이 변해버린 그 모습을 뚫어지게 쳐다보았다.

'용이 인간으로 변신할 수 있다니, 역시 판타지답다고 해야 하려나. 그렇다면, 그 밖에도 변신할 수 있는 자가 있다는 뜻인가? 이거 기대되는군.'

미라는 그런 생각을 하며 겉모습은 청년이지만 어린애처럼 어리광을 피워대는 아이젠파르드의 머리를 쓰다듬었다.

'위화감은 넘쳐난다만…….'

미라는 성인 남자가 바싹 다가와 봐야 하나도 기쁘지 않다는 생각에 한숨을 내쉬며 과거 자신이 했던 말을 저주했다. 하지만 아이젠파르드는 정성껏 키운 아들 같은 존재였다. 전에 했던 말은 취소라며 걷어차고 스파르타식 교육을 재개하고 싶은 마음은 굴뚝같았지만, 30년이나 방치했던 것 역시 불가항력이라고는 하나 사실이었다. 그래서 앞으로 어떻게 얼버무릴지를 생각하며 당분간은 내키는 대로 하게 두기로 했다.

한참 어리광을 부리게 둔 미라는 때를 살피다 말했다.

"그나저나 그대에게 부탁하고 싶은 일이 있다만, 들어줄 수 있겠느냐?"

"물론입니다, 어머니. 뭐든 말씀하십시오."

아이젠파르드는 금빛 눈을 반짝이며 대답했다. 오랫동안 방치되었던 지금의 그에게 있어 자신을 의지해준다는 것은 무엇보다도 기쁜 일이었다.

"그대의 등에 타고 하늘을 날고 싶다만. 태워줄 수 있겠느냐?"

미라가 그렇게 말한 직후, 아이젠파르드는 놀란 듯 눈을 휘둥그레 뜨더니 희색만면하여 벌떡 일어섰다.

"물론입니다! 어머니를 태우고 날 수 있다니, 꿈만 같습니다!"

아이젠파르드는 덩실덩실 춤을 출 정도로 기뻐하더니 즉시 은색 빛을 내뿜으며 용 본연의 모습으로 돌아갔다. 그리고 그대로 몸을 웅크리고서 개처럼 꼬리를 살랑거렸다.

"자아, 타시죠, 어머니."

아이젠파르드가 오른손…… 오른쪽 앞다리를 뻗자 미라는 그것을 발판 삼아 아이젠파르드의 등에 올라탔다. 은빛으로 된 비늘로 뒤덮인 드넓은 대지 같은 등에 올라선 미라는, 과거에는 불가능했던 일이 가능해졌다는 사실에 감동하며 한 걸음 한 걸음을 기억 속에 새겨 넣듯 신중히 내디뎠다.

"자아, 바로 출발하도록 하죠!"

마음이 들떠 가만히 있을 수가 없는지 아이젠파르드가 일어서자 시야가 급격히 상승했다. 지진이 일어난 듯한 진동에 균형을 잃은 미라는 허둥지둥 돌기물인 비늘을 붙잡았다.

"어이쿠, 갑자기 움직이지 말거라."

"죄송합니다, 어머니. 하지만, 가만히 있을 수가 없었습니다."

사과를 하면서도 아이젠파르드의 목소리는 신이 난 듯 들렸다. 온몸에서 기쁜 기색이 넘쳐나는 듯하여 미라도 별수 없는 일이라 생각하며 앉기 좋은 위치에 자리를 잡고 앉았다.

"자아, 아이젠파르드여. 날아도 좋다."

"네, 어머니!"

미라가 흥분을 억누르며 말하자 아이젠파르드는 은빛 날개를 펼쳐 잠깐 몸을 꺼뜨리더니 도약과 동시에 날개를 퍼덕였다. 광장을 둘러싼 숲이 휘몰아친 폭풍으로 인해 드러누운 채, 항의라도 하듯 둔탁한 소리를 내며 창궁의 패자를 배웅했다.

"좋구나, 좋아. 아이젠파르드. 너는 최고로구나!"

날갯짓을 할 때마다 고도가 높아지는 것을 보고나니 미라도 더는 흥분을 억누를 수가 없어 소리쳤다.

"저도 최고로 기분 좋습니다!"

흥이 오른 미라는 주변을 둘러보며 땅바닥……아이젠파르드의 등을 찰싹찰싹 때렸다. 어머니의 칭찬에 몹시 기뻐진 아이젠파르드는 더욱 고도를 높였다.

이윽고 저 멀리 지평선이 보이자, 그 광경을 눈앞에 둔 미라의 입에서는 탄성이 흘러나왔다.

산맥이, 숲이, 집락이, 도시가, 고성(古城)이, 그리고 한없이 펼쳐진 푸르른 하늘, 그 모든 것들이 눈을 즐겁게 해주었다. 인공물로 둘러싸인 대지와는 달리 이곳에는 조화와 공존이 한없이 펼쳐져 있었다.

'이걸 본 것만으로도 불러낸 의미는 있었을지도 모르겠군⋯⋯.'

미라는 지금 살아 있는 세계를 마음에 새기고는 은의 연탑이 있는 방향으로 고개를 돌렸다. 게임 시절에는 불가능했던 기승이 가능하다는 사실이 판명되었다는 사실에 기분이 좋아진 미라는 그대로 다음 목적지로 향하기로 한 것이다.

"자아, 아이젠파르드여, 탑으로 향해다오."

미라가 천마도시 실버호른 방향을 가리키자 아이젠파르드는 승낙과 기쁨의 뜻을 담아 포효했다. 그리고 체공을 위해 퍼덕이던 날개의 각도를 바꾸자 서서히 옅은 빛을 띠기 시작했다.

"갑니다, 어머니!"

그렇게 소리를 친 아이젠파르드는 순식간에 음속을 초월했다. 실버호른과 루나틱레이크 사이에 놓인 산맥을 눈 깜짝할 새 뛰어넘어, 초음속의 충격파를 두른 채 어지럽게 지나쳐 가는 풍경 속을 질주했다.

미라를 떨어뜨린 채.

"뭣이냐~~~~!"

미라는 눈 깜짝할 새에 콩알만 하게 작아진 아이젠파르드의 모습을, 바닥이 꺼진 듯한 느낌과 함께 배웅했다. 동시에 자유낙하로 인한 부유감 속에서 나부끼는 머리카락과 옷을 거추장스럽다는 듯 뿌리치며 탄식했다.

'그럴 테지⋯⋯. 갑자기 음속을 뛰어넘으면 이렇게 되는 게 당연하지⋯⋯. 천천히 날라고 말해뒀어야 했거늘.'

습득한 소환술 중 아이젠파르드가 하늘을 나는 것들 중 최강이라는 이유로 불러낸 미라였으나 흥분한 탓에 간단한 물리법칙을 깜박했던 모양이었다. 관성이라는 개념을.

미라는 낙하하는 가운데 '공활보'로 감속했다. 자세히 보니 산맥 건너편에서 이상함을 알아채고 돌아온 아이젠파르드의 윤곽이 서서히 커지고 있었다.

"어머니~! 죄송합니다~!"

아이젠파르드는 약간 눈물이 어린 눈을 한 채 아래로 돌아들어, 미라를 등으로 받아냈다. 그리고 쭈뼛대며 고개를 돌려 등에 탄 미라에게 시선을 보냈다.

어째 풀이 죽어 보이는 그 표정을 본 미라는 미소를 지으며,

"뭐어, 이렇게 되는 것이 당연하지. 미안하구나, 즐거운 나머지 깜박했다."

하고 일소에 부쳤다.

"어머니~. 죄송합니다~."

질타의 말이 아닌 사과의 말이 들려오자 아이젠파르드도 울먹

이는 목소리로 사과했다.

"됐다, 됐어. 다음부터는 천천히 부탁하마."

"네, 어머니!"

사소한 실패를 뒤로한 채, 이번에는 서서히 가속해서 적절한 속도로 탑을 향해 비상했다.

아이젠파르드는 눈 아래로 보이는 산맥을 넘어, 갈렛이 추천한 가게가 있는 실버 원드 상공을 유유히 통과했다. 지나쳐 가는 풍경은 느려 보였지만 실제로는 천리마차보다도 빠른 속도로 날고 있는지라 미라는 풍압을 피하기 위해 아이젠파르드의 목 뒤쪽에 달라붙어 있었다.

'춥구만…….'

현재 고도는 그럭저럭 높아 지상보다 기온이 낮았다. 정면에서 불어오는 바람을 막아도 몸을 쓰다듬는 바람은 막을 길이 없었다. 미라는 다소 몸을 떨며 기분으로나마 추위를 달래기 위해 코트 앞을 여몄다.

'다음에 하늘을 날 때는 방한구를 준비해야겠어.'

미라는 그렇게 생각하며 아이젠파르드의 목 옆으로 보이는 아홉 개의 탑을 바라보았다. 생각해보니 이 세계에 온 첫날에 들르고 처음 온 것이었다. 그 말인 즉, 마리아나를 만나는 것도 그날 이후 처음이라는 뜻이었다.

'어떻게 얼버무릴지만 생각했다만……. 마리아나에게는 털어놓는 것이 좋으려나.'

솔로몬에게 들었던 마리아나가 어떻게 30년을 보냈는가에 관

한 이야기가 뇌리를 스쳤다. 덤블프를 기다리며 보낸 30년. 본래
모습으로 돌아갈 방도가 있다면 그때 말해도 상관없다고 생각했
지만, 게임의 설정상 양도가 불가능했던 화장 도구 상자는 현실
이 된 지금도 다른 이에게서 받을 수가 없었다. 그 말인 즉, 덤블
프로 돌아갈 수 있는 가능성이 거의 없다는 뜻이었다.

덤블프는 환수의 도시에 있다는 변명을 영원히 쓸 수 있을 리
가 없었다. 그리고 무엇보다도 마리아나를 안심시켜주고 싶다는
마음이 컸다. 어떻게 생각하건, 어떤 눈으로 쳐다보건, 자신을 위
해 성심성의를 다해준 소녀를 계속 속일 수 있을 리 없었다.

어머니라 불린 미라는 아들의 등 위에서 주변에 펼쳐진 지금의
세계를 온몸으로 느끼며 남자답게 결심을 굳혔다.

10

"그러고 보니 그대는 오늘까지 어떻게 지냈느냐?"

하늘 여행 도중, 미라는 문득 떠오른 질문을 아이젠파르드에게 던져보았다. 게임이었던 시절에는 그러한 배경 설명이 없어, 소환하면 나타나고 송환하면 돌아갈 뿐이었기 때문이다. 하지만 현실이 된 지금은 그렇게 단순하지가 않으리라. 각자의 생활이 있는 것이다. 그리고 미라는 소중한 동료들의 평소 생활에 관심을 가지고 있었다.

"물론 용의 도시에서 동료들과 함께 살았습니다. 인화(人化)의 법은 그때 배웠습니다. 용의 모습으로 있을 때보다 힘의 소비를 줄일 수 있다고 하기에. 에너지 절약이란 소리를 하더군요."

"호오, 그러했나. 용의 도시에, 인화라……."

미라는 두 가지 낯선 말에 주목했다. 우선 용의 도시라는 이름은 게임이었던 시절에는 없었다. 하지만 단어를 통해 대충 상상은 되었다. 분명 용이 잔뜩 있는 곳이리라. 하지만 인화의 법은 별개였다. 효과는 본 것과 같을 테지만, 그런 술법이 있다는 이야기는 전혀 들어본 적이 없었기 때문이다. 알았다면 아이젠파르드가 인간으로 변신했을 때 놀라지도 않았을 것이다.

"그, 인화의 법이라는 건 누구한테 배운 게냐?"

변신한다는 효과로 미루어 강마술에 가까운 것 같기도 했지만 적성의 문제와 술사가 용이라는 문제가 남았다. 현존하는 아홉 종의 술법은 애초에 사람만이 다룰 수 있었기 때문이다. 사람이란 요컨대 인간족이나 메오우족, 엘프족 등을 비롯한 인류를 뜻하며, 한쪽 부모가 정령이라도 크레오스처럼 사람인 엘프의 피가섞여 있는 자라면 술법 적성이 발현될 가능성은 있었다.

그에 반해 마물이나 정령, 용, 악마. 그 밖에 지능이 있는 이런 저런 존재들은 독자적인 마법체계를 보유하고 있었다. 그렇다면 용 전용이라는 소리가 되는데, 사람으로 변신하는 용이 있다는 이야기 역시 들어본 적이 없었다.

30년 사이에 새로 개발된 것으로 보였지만 그것을 가르쳐준 존재가 누구일지 미라는 다소 신경이 쓰였다.

"그건 분명…… 꽤 오래 전 일이었습니다. 용의 도시에 사람 여성이 느닷없이 찾아왔습니다. 이름은 잊어버렸지만, 우리를 보고도 전혀 무서워하지 않고 얼마간 함께 지내다, 서서히 말도 나누게 되었습니다."

아이젠파르드의 말에 의하면, 그 인물에게서 인간 모습으로 변신하는 '인화의 법'을 배웠다고 한다.

주변에 있던 사냥감을 몽땅 사냥해버리는 바람에 식량이 부족하다고 아이젠파르드가 그녀에게 푸념을 늘어놓은 것이 사건의 발단이었다.

푸념을 다 들은 그녀는, 요즘은 에너지 절약 시대라는 말을 하더니 종래보다 적은 식량으로 살아갈 수 있는 방법이 있다고 설명했다는 모양이었다. 거대한 용의 모습이 아닌 사람의 모습이 되면 낭비를 억제할 수 있다고.

에너지 절약이라는 말이 무슨 뜻인지는 알 수 없었지만, 아이젠파르드뿐 아니라 동료 용들도 그 제안에 찬동했다는 모양이었다.

그 결과, 본래 모습보다 힘은 격감하지만 소비 역시 격감하여 식량 문제는 해결되었다고 한다.

"과연⋯⋯."

아이젠파르드의 이야기를 다 들은 미라는 그 여성에 관해 생각했다. 에너지 절약이라는 표현으로 미루어 플레이어 출신자일 가능성이 높았다. 그리고 사람인 것으로 미루어 인화의 법은 통상적인 술법 계통일 것으로 추측되었다. 하지만 문제는 그 통상적인 술법을 쓸 수 없을 터인 아이젠파르드가 썼다는 것이다. 용족이나 그 계보의 전용기능일 가능성도 있었지만 그렇게 생각하자니 또 사람이 가르쳐줬다는 이야기가 마음에 걸렸다. 그 여성은용도 사용할 수 있는 술법을 개발했거나 용만이 사용할 수 있는기능을 알고 있었던 것일까. ⋯⋯아니면, 그 이외의 전혀 다른 무언가인 걸까.

어찌 되었건 미라가 전혀 모르는 기술을 알고 있었다는 것만은분명한 사실이었다.

'이것 참, 의문점투성이로군.'

대체 이 세계는 어디까지 진화한 것일까. 아직 보지 못한 기술의 존재에 대해 생각하자니 미라는 가슴이 뛰었다.

"그 뒤로는 어머니가 불러주지 않으셔서, 어머니를 찾아 인간의 도시를 돌아다니기도 했습니다."

"으음⋯⋯ 미안하구나."

아무래도 아이젠파르드에게도 걱정을 끼쳤던 모양이다 싶어 미라는 신음을 흘리며 사과했다.

"그건 괜찮습니다. 만났으니까요. 어머니는 대체, 지금까지 어디 계셨습니까?"

아이젠파르드가 불안한 말투로 물어왔지만 미라로서는 대답할 방도가 없는 질문이었다. 미라의 체감상으로는 캐릭터 메이킹을 했을 뿐인데 30년이 지나 있었으니.

"솔직히 말해서, 이 몸도 잘 모르겠다. 정신이 들어보니 30년이 지나 있더구나."

달리 대답할 방도가 없어 기억나는 대로 말했다. 그 대답을 들은 아이젠파르드는 살짝 고개를 갸웃하더니 "이상한 일도 다 있군요" 하고 대답하더니 목을 울려 크르르 소리를 냈다. 이제라도 만났으니 아이젠파르드에게는, 만나지 못했던 30년은 이제 아무래도 좋은 일인 것이다.

미라는 그런 아이젠파르드가 바람을 가르는 소리를 들으며 지평선의 경계를 바라본 채 다른 소환체들에게도 모두 인사를 해두는 편이 좋을까, 하고 생각했다.

수도 루나틱레이크에서 천마도시 실버호른까지는 보통 마차로는 이틀이 걸리는 여정이었으나, 황룡 아이젠파르드에게 걸리면 지금의 속도로도 두 시간 남짓 정도였다.

실버호른 근처. 지면에 거대한 그림자를 드리운 황룡은 숲속의 다소 트인 장소를 향해 천천히 낙하하기 시작했다. 파문처럼 퍼져 나가는 풍압에 숲의 나무들이 물결치듯 술렁였고, 곳곳에서 무수히 많은 새들이 놀라 울음소리를 내며 날아올랐다.

아이젠파르드는 햇볕을 은빛 비늘로 받으며 느긋하게 대지를 내딛고 천천히 엎드려 왼쪽 앞다리를 뻗었다.

"도착했습니다, 어머니."

"음, 고생 많았다. 착하구나."

미라는 그 목에서 왼쪽 앞다리를 타고 내려와 두 시간 만에 흙바닥을 디디고 서서 그대로 아이젠파르드의 콧등을 쓰다듬어주었다. 아이젠파르드는 기쁜 듯 크르르 소리를 내며 눈을 가늘게 떴다.

'이렇게 하면 이동하는 데는 문제가 없을 것 같군. 이제 모피 코트 같은 것만 있으면 완벽하겠어.'

"어머니, 또 불러주실 겁니까?"

"물론이지. 앞으로는 빈번히 신세를 질 것 같거든. 잘 부탁하마."

"네, 어머니!"

들뜬 목소리로 대답을 한 아이젠파르드를 송환의 옅은 빛이 감싸기 시작했다. 천천히 윤곽이 흐려지더니 안개에 비친 그림자가 꺼져 들어가는 듯한 모양새로 아이젠파르드는 용의 도시로 돌아갔다.

"걸어가면 30분 정도 걸리려나."

상공에서 본 주변 지형을 떠올리며 혼잣말을 한 미라는 미리 봐두었던 숲길을 향해 나무들이 무성하게 자란 방향으로 걸음을 옮겼다.

얼마 지나지 않아 목적한 길로 들어선 미라는 그대로 길의 종
착점에 있을 아홉 개의 탑으로 향했다.

걷기 시작해 예상했던 시간이 흘렀을 즈음, 미라는 당초의 목
적을 나중으로 미뤄둔 채 실버호른의 대로에 늘어선 가게들을 하
나하나 들여다보고 있었다.

'농축 마나 드링크를 이렇게 싸게 팔다니. 음, 이건 별부스러기
열매로군. 이런 평범한 가게에 놓여 있다니…… 30년이란 세월이
길긴 하군. 이 몸도 함께 보내고 싶었건만…….'

미라는 진열된 상품을 하나하나 확인해나갔다. 당시에 비해 가
격이 절반이 되어 있거나 반대로 비싸져 있거나, 나아가 개별 거
래가 당연하게 여겨졌던 레어한 물건까지 늘어서 있는 광경을 보
고 있자니 절로 신이 났다.

가게를 돌아보면 돌아볼수록 과거의 가치관은 완전히 버리는
편이 좋겠다는 생각이 들었다.

현재의 물가를 조사하며 요점을 모두 파악했을 즈음에는 이미
실버호른에 도착한 지 두 시간 정도가 지나 있었다.

점심시간을 넘겨 배가 고파진 미라는 근처에 있던 찻집에 들어
가 창문 너머에 자리한 대로를 오가는 사람들을 눈으로 좇으며
샌드위치로 배를 채웠다.

휴식을 겸해 느긋하게 코코아를 마시는 미라의 눈에는 많은 종
족들이 비추고, 지나쳐 갔다. 지방색 때문인지 술사가 많고, 관광
지로서도 인기인 거리 풍경을 보고 눈웃음을 지은 채, 그 광경을

가만히 가슴에 담았다.

미라는 찻집을 뒤로한 후, 보기에는 가깝지만 실제로는 한참 먼 곳에 자리한 탑을 바라보았다.

'그럼, 가보도록 할까.'

뜻을 굳히고 걸음을 뗀 미라는 이번에는 매력적인 점포들의 수많은 유혹들을 뿌리치고 곧장 은의 연탑으로 향했다.

상업구에서 떨어진 장소에 위치한 탑 지구는 낮 시간대에는 관광객으로 붐볐다. 미라가 탑의 정면에 자리한 광장에 도착한 시간은 마침 가장 붐빌 시간이어서 주변은 무수히 많은 관광객들로 넘쳐났다. 종족, 성별도 잡다한 가운데 고랭크 장비를 두른 술사도 드문드문 보였다.

그 안에서 미라는 신이 나서 뛰어다니는 아이들의 모습을 발견했다. 나무막대기를 손에 들고 흉내 내기 놀이를 즐기는 아이들의 모습을. 뜻 모를 영창의 단어를 큰 소리로 외치며 나무막대기를 휘두르자 부모로 보이는 남성이 호들갑을 떨며 쓰러졌다.

의기양양하게 나무막대기를 치켜든 그 아이는…… 현자의 로브 복제품을 당당히 몸에 두르고 있었다.

그 광경을 본 미라는 며칠 전 자신의 모습이 생각났다. 복제품을 두른 채 의기양양하게 걸어 다녔던 자신의 모습이.

'어린애들 놀이용 의상이었나~!'

진실을 깨달은 미라는 머릿속에서 마구 땅바닥을 구르며 절규했다. 냉정하게 잘 생각해보면 알 법한 일이었다. 경직된 표정으로 즐겁게 뛰노는 아이들을 보고는, 자신도 저런 식으로 보였을까 싶어 공허한 눈으로 하늘을 올려다보았다.

미라는 수치심을 뿌리치려는 듯 뛰쳐나갔다. 부지 내로 이어진 문 앞에서 멈춰 섰다. 이곳에서도 많은 관광객들이 문을 올려다보며 탄성을 흘리고 있었다.

보는 눈은 있지만 기다려 봐야 금방은 물러가주지 않으리라. 주변을 보고 그렇게 느낀 미라는 아이템 창에서 마스터키를 끄집어내서 문을 향해 내밀었다. 그것을 인식한 문이 소리도 없이 천천히 열리기 시작했다. 그러자 주변 사람들의 목소리가 웅성거리는 소리로 바뀌었다.

그럴 만도 했다. 이 문을 열 수 있는 것은 탑의 관계자, 요컨대 연구자나 보좌관, 현자 대행자, 그리고 아홉 현자 본인. 그 외에는 엄중한 검사에 통과하여 일시적으로 입장 허가를 얻은 자들뿐이었기 때문이다.

관계자를 비롯한 연구자는 모두 초일류 술사로, 소속된 나라에서도 귀족과 같은 발언력을 지녔다. 현자 대행자의 영향력은 그보다 더 컸고, 아홉 현자쯤 되면 왕족과 동등하게 여겨질 정도였다

여기까지만 들으면 엘리트 집단으로만 보이겠지만, 실제로는 술법의 매력에 매료된 기인과 괴짜들이 대부분이었다.

그런 자들이 틀어박혀 있는 소굴에 외부인이 들어가려면, 유력한 귀족은 물론이고 타국 왕족의 권력이 있어도 쉽게 허가가 떨어지지 않는 심사를 통과할 필요가 있었다. 은의 연탑에서 개발된 일부 기술은 각국에 개시되는 것도 있었으나 절반 이상은 국

외비로 철저하게 관리되고 있었다.

술기의 보물고. 그러한 이명을 지닌 탑의 문을 여는 일 그 자체가 일반인에게는 인연이 없는 일이었다.

미라는 현재의 탑이 그렇게 여겨지고 있으리라고는 생각도 못했던지라 갑자기 변한 주변 분위기에 등허리를 뻣뻣하게 경직시킨 채 마스터키를 숨기고서 고개를 돌렸다. 그리고 자신에게 시선이 쏟아지고 있음을 알아채고는 온몸을 떨었다.

'또…… 무슨 짓을 저질러버린 겐가…….'

미라는 표정에 드러나지 않도록 노력은 하고 있었지만 식은땀이 뺨을 타고 흐르는 것을 느끼며 문 안으로 뛰어 들어갔다.

소리도 없이 닫히고 있는 문 앞. 그곳에는 난생 처음 문이 열리는 것을 본 관광객들이 그 행운에 기뻐 날뛰고 있었다. 누군가가 처음으로 부지 안을 봤다고 소리치자, 다른 누군가가 탑의 연구원과 눈이 마주쳤다며 대항했다. 흥분의 파도가 광장 구석구석까지 전파되는 가운데, 직접 목격한 자들은 크게 기뻐했고, 보지 못한 자들은 성대하게 한탄을 해댔다.

아홉 개의 탑이 우뚝 선 실버호른 중심부. 은색으로 빛나는 탑은 정상이 보이지 않을 정도로 높아, 그 모습만으로 한 달에 수만 명의 관광객을 불러들이는 도시의 심벌 노릇을 했다. 과거에는 군사적으로 중요한 거점이었지만 지금은 관광지로서의 인기로도 국익에 큰 영향을 미치고 있었다. 특히 부전조약이 체결된 뒤로는 관광객들이 꽤 많이 늘어났다.

미라는 연구에 몰두 중인 연구원들을 곁눈질하며 똑바로 소환술의 탑으로 향했다.

탑으로 들어가는 미라의 모습을 몇몇 연구원들이 눈으로 좇았다. 소환술의 탑, 은발머리를 한 귀여운 소녀, 그리고 덤블프의 제자에 관한 이야기. 본래 연구 이외의 것에는 관심이 없는 자들이었지만 그때만은 덤블프라는 이름의 과거에 존재했던 아홉 현자를 떠올리며, 혹은 전해들은 무용담을 입에 올리며 흥분하기 시작했다. 설령 술법의 종류가 다르다 해도 아홉 현자라는 것은 탑에 있는 연구자들에게 있어 지고의 존재였다. 그리고 그렇기에 이곳에 있는 자들은 소환술에 대해 편견을 가지고 있지 않았다.

탑에는 서로 절차탁마했던 옛 술사들의 의지가 고스란히 남아 있었다. 그리고 지금도 그 신념은 이어지고 있었다.

"덤블프 님의 제자라. 소환술을 부흥시키는 데 보탬이 되었으면 좋겠는데."

어떤 연구원이 중얼거렸다. 크레오스와 새로운 소환술 계약 방법을 함께 모색하던 한 사람이었다. 결국은 결실을 거두지 못했지만 그는 소문으로 들었던 덤블프의 제자라는 존재에게 희망을 걸어보기로 했다.

소환술의 탑 1층. 미라는 한산한 홀을 똑바로 나아가 중앙에 자리한 엘리베이터로 최상층으로 올라갔다. 3층, 4층, 5층. 미라는 약간 긴장된 마음을 진정시키기 위해 몇 번인가 심호흡을 반복하여 결심을 굳히고는 최상층에 발을 내디뎠다.

미라는 그대로 개인실로는 들어가지 않고 보좌관실 앞에서 멈춰 섰다. 우선은 마리아나에게 모든 것을 털어놓을 생각이었다.

30년 동안 덤블프가 돌아오리라 믿고 모든 재산을 지켜주었던 마리아나. 제자를 자칭하기는 했으나 그 사실을 알아버린 이상, 재산을 멋대로 끄집어낼 수는 없는 일이었다. 말하면 허가는 해줄 듯했지만 더 이상 마리아나에게 거짓말을 할 수는 없었다. 그리고 무엇보다도 마리아나를 안심시켜주고 싶다는 마음이 컸다.

미라가 오른손을 들어 가볍게 주먹을 쥔 순간, 옆에 있는 집무실 문이 열리더니 그곳에서 크레오스가 매끄러운 금발머리를 나부끼며 모습을 드러냈다.

"어라, 미라잖아. 마리아나 씨를 보러온 거니?"

문을 두드리려 하는 미라의 모습을 통해 짐작을 한 크레오스는 기쁜 듯한 미소를 지으며 다가왔다.

"음, 뭐어, 그렇다."

"그렇구나. 응, 그러면 볼일이 끝나면 나한테도 잠시 시간을 내줄래? 학원에서 했던 이야기도 계속하고, 가능하면 덤블프 님에 관해서도 묻고 싶은 게 있거든."

"뭐어, 알겠다. 그러면 나중에……."

그렇게 말하려던 미라는 크레오스를 가만히 쳐다보고는 지금 이렇게 마주친 것도 좋은 기회가 아닐까 하고 생각했다. 크레오스가 말한 학원에서 했던 일이며, 현재 소환술사의 상황 문제에 관해서는 덤블프로서 접하는 편이 나을 듯했기 때문이다.

두 사람이 보좌관실 앞에서 대화를 나누고 있자니 문이 열렸다.

"저기, 무슨 일이…… 아, 미라 님이셨나요."

고개를 내민 것은 사파이어처럼 반짝이는 트윈테일에 메이드 복을 입은 소녀, 마리아나였다.

최상층에 올 수 있는 것은 엘리베이터의 구조를 아는 일부 사람, 혹은 그자가 데려온 손님들뿐이었다. 소환술의 탑에 크레오스가 있는 것은 당연한 일이었다. 다시 말해 이야기를 나누던 나머지 한 사람은 손님인 셈이 된다. 크레오스에게 볼일이 있다면 이런 곳에 서서 이야기를 할 리가 없다. 그렇다면 볼일이 있는 것은 자신일 것이라 생각해 마리아나는 고개를 내민 것이다.

"오랜만이구나, 마리아나. 오늘은 긴히 할 이야기가 있어서 들렀다만, 시간은 있느냐?"

"네, 괜찮은데요. 할 이야기라는 게 뭔가요?"

"다소 복잡한 이야기라 말이다. 방에서 이야기 하도록 하지. 크레오스도 같이 말이다."

미라는 그렇게 말하며 마스터키를 끄집어냈다. 마리아나는 그것을 그리운 눈으로 쳐다보고는 "알겠어요" 하고 고개를 끄덕이며 방에서 나왔다.

"나도? 알겠어, 그럼 집무실로 갈까? 맛 좋은 찻잎이 들어왔거든."

"흠, 그거 좋지."

다소 자랑을 하듯 말한 크레오스는 앞장서서 집무실 문을 열었다. 미라는 마스터키를 다시 아이템박스에 넣고 마리아나와 함께 집무실로 향했다.

미라는 정면에 마리아나와 크레오스를 두고, 크레오스가 우려 온 호박색 액체를 한 모금 홀짝였다. 그러자 상쾌하고도 향긋한 향이 입안에 퍼지더니 그대로 코로 빠져나가, 저도 모르게 한숨이 새어 나왔다.

크레오스는 그 모습을 보고 기쁜 듯 웃더니, 자신도 입에 대어 만족스러운 미소를 지었다. 그런 두 사람의 모습을 보고서 마리아나도 찻잔으로 손을 뻗어 한 모금을 마셨다. 그러고는 납득이 간다는 듯이 고개를 끄덕였다.

"그래, 이야기 말이다만, 빙빙 돌려 말하는 건 질색이라 말이다. 간결하게 말을 하자면……."

미라는 그렇게 운을 떼며 찻잔을 테이블에 내려놓았다.

'이 둘은, 이 이야기를 들으면 어떻게 생각할까……. 이런 모습이 된 이 몸을…….'

미라는 차례로 떠오르는 나쁜 상상을 중간에 떨쳐내고, 그 기세를 이어 한 호흡을 쉬었다가 다시금 입을 열었다.

"이 몸은, 제자가 아니다. 덤블프 본인이다."

진심을 담아, 진지하게 그렇게 말했다. 결의가 담긴 그 눈동자는 똑바로 두 사람을 바라보고 있었다. 그에 반해 두 사람은 그 말의 의미를 천천히 씹어 삼키듯 머릿속으로 반추해보고 있었다.

크레오스는 너무도 엉뚱한 내용에 멍한 표정을 지은 채 말했다.

"으음…… 그건 다시 말해서, 미라는, 미라가 아니라, 실은 덤블프 님이라는 뜻이니?"

"음. 애초에 미라라는 이름은 이 모습에 맞게 지은 가명 같은 게다. 뭐어, 선뜻 믿기는 힘들 테지만 말이지."

크레오스는 미라를 빤히 관찰하듯 훑어보며 곤혹스러운 표정을 지은 채 끙끙댔다.

그 옆에서 멍하니 침묵하고 있던 마리아나가 그제야 미라의 말이 정리가 된 것인지 재기동했다.

"뭔가…… 뭔가 증거가 될 만한 거라도 있나요?"

마리아나의 그 한마디는 말 그대로 시의적절한 말이었다. 아무리 주장을 한들 결정적인 증거가 되지는 못한다. 그렇다면 본인에게만 있는 무언가를 내보이면, 그 이상은 말이 필요 없으리라.

"흐음~ 글쎄……."

그러는 것이 가장 빠르겠다며 납득한 미라는 턱 끝에 손가락을 댄 채 증거가 될 만한 것을 생각하기 시작했다.

덤블프 본인이라는 유일무이한 증거. 아홉 현자만이 지닌 마스터키는 이미 물려받았다고 했으니 논외다. 요컨대 양도가 가능한 아이템류로는 증명이 불가능하다 보는 것이 좋으리라.

양도가 불가능한 물건이라 하니 가장 먼저 떠오른 것은 과금 아이템이었지만, 그것은 플레이어들에게만 통하는 수단이었다. 애초에 플레이어라면 모두가 가지고 있는 물건이니 의미가 없으리라.

덤블프로서의 힘을 내보인다는 방법도 있었지만 제자라 말한 이상, 상응하는 힘을 지니고 있는 것은 당연한 일이었다. 아무리 강력한 소환술을 선보인들 우수한 제자라는 인상만 주고 끝이리라.

덤블프라는 개인만이 지닌, 무언가. 아이템 창을 들여다보고 스테이터스를 훑어보며 미라는 증거가 될 법한 것을 찾았다.

'알피나라도 불러내서 이 몸이 이 몸이라고 발언시키는 건 어떨까. 하지만, 강제력을 사용해 말하게 시켰다고 지적을 당하면 끝일 테고. 말은 결정적인 증거가 되지 않으려나…….'

메뉴를 모두 닫고 고개를 들어보니 진지한 표정을 한 두 사람의 모습이 눈에 들어왔다. 두 사람에 관한 추억담을 말해봐야 스승에게 들은 것이 아니냐고 하면 그만이다.

미라는 자기 자신을 증명하기가 이토록 어려운 일이었단 말인가 하고 고뇌했다.

자신만, 덤블프만이 지닌 것. 그렇게 생각을 거듭하던 미라의 눈에 비친 마리아나는 어쩐지 기대 섞인 눈으로 자신을 보고 있었다.

'마리아나…… 요정족…… 요정족인 마리아나…….'

다음 순간, 하늘의 계시라도 받은 듯 미라의 뇌리에 유력한 증거가 떠올랐다.

"그래, 이게 있었다!"

"미라 님……?"

벌떡 일어난 미라는, 그대로 마리아나의 옆으로 걸어가 그 자리에 웅크려 앉아서 오른쪽 손바닥을 마리아나의 앞에 내밀었다.

"요정의 가호다. 그건, 평생 단 한 사람에게만 내릴 수 있는 것이었지? 지금 이 자리에서 그대의 가호를 갱신할 수 있으면, 그게 곧 이 몸이라는 증거가 되지 않겠느냐."

미라의 말에 담긴 의미를 알아챈 마리아나의 표정이 확 바뀌었다.

요정의 가호란 요정족이 평생을 바치겠다고 인정한 상대에게 내리는, 혼약과도 같은 특수한 계약을 말한다. 그 가호에 의한 효과는 요정 개인에 따라 다르지만, 그것은 무슨 일이 있어도 결코 파기되지 않으며 파기할 수도 없었다.

단, 이 가호에는 시간제한이 있었다.

한번 맺으면 쌍방에 연결고리가 생겨나, 가호를 내릴 수가 있게 된다. 이 가호에 따른 효과는 약 3일에 걸쳐 옅어지지만, 갱신을 통해 효과를 되살릴 수가 있었다. 그리고 이 갱신이 가능하다는 사실이야말로 한 번 가호를 받았었다는 둘도 없는 증거라 할 수 있을 것이다.

마리아나의 가호는 덤블프에게 내려진 것인지라, 미라를 상대로 가호 갱신이 가능하다면 그것은 절대적인 증거가 될 것이다.

"과연. 확실히 마리아나 씨는 덤블프 님께 가호를 내렸었지. 만약 미라에게 그 가호가 나타난다면, 그건 다시 말해서……."

눈앞에 있는 소녀가 바로 덤블프 본인임이 증명된다. 동시에 요전에 불평 같은 것을 미라에게 늘어놓았던 자신은 궁지에 빠지게 되리라는 생각에 크레오스의 표정이 살짝 굳어졌다. 크레오스는 긴장으로 떨리는 손으로 찻잔을 들고 차를 들이켜고서 냉정해지라고 자기 자신을 설득하기 시작했다.

"알겠어요."

마리아나는 작은 입술을 바르르 떨며 미라의 오른손에 왼손을 포갠 채 눈을 감았다. 손을 포개자 곧, 그 손을 중심으로 인광(燐光)이 흘러나오기 시작했다.

"······흠."

그것은 몇 번인가 본 적이 있는, 요정의 가호가 갱신되었을 때의 반응이었다. 위기가 눈앞으로 다가왔음을 알아챈 크레오스는 주변을 살펴 도주경로를 확인했다.

빛이 천천히 두 사람의 손등으로 빨려들어 집속되더니 자그마한 날개 문양이 떠올랐다.

"갱신······됐어요."

마리아나는 눈이 휘둥그레져서 자신의 손등을 가만히 쳐다보더니, 그것을 소중하게 품에 안았다. 미라는 만족스러운 눈으로 가호의 증표를 손가락으로 쓸며 "어떠냐, 이제······" 하고 말하다가 말을 그쳤다. 그 눈에 비친 마리아나가, 눈물을 뚝뚝 흘리고 있었기 때문이다.

미라는 현실이 된 세계에서 마리아나를 처음 만났을 때의 일을 떠올렸다. 양심의 가책 탓에 닦아주지 못했던 그때의 눈물을.

"미안했다."

미라는 그렇게 말하며 똑바로 마리아나와 마주한 채 뺨을 타고 흐르는 물방울을 살며시 손으로 훔쳐주었다. 그러자 마리아나는 기쁜 듯이, 하지만 조금 부끄러운 듯한 표정을 짓더니, 미라의 손에 자신의 손을 가져가더니 "드디어 만났네요" 하고 말하며 미소를 지었다.

행복에 겨워 흘러나온 눈물이 방울방울 뺨을 타고 흐르면 미라의 손바닥이 몇 번이고, 계속해서 그것을 훔쳐주었다.

11

마리아나와 크레오스에게 진실을 밝히고, 그것이 가져온 영향이 가라앉기까지는 얼마간 시간이 걸렸다.

어찌어찌 상황을 받아들인 듯한 두 사람의 모습을 보며, 미라는 어쩌다 이렇게 되었는지를 설명했다.

원인은 특수한 힘을 지닌 아이템이었다고. 그 아이템은 상자의 형태를 띠고 있었고, 열었더니 지금의 모습이 되어 있었다고. 돌아가려면 같은 물건이 필요할 것으로 보이지만, 그것은 두 번 다시 손에 들어오지 못할지도 모른다고.

그리고 이런 모습이 되어버렸다는 사실이 알려지면 두 사람이 경멸할지도 모른다고 생각해 곧장 말을 하지 못했다고.

그렇게 이야기를 한 뒤, 가장 먼저 입을 연 것은 마리아나였다. 심지어 다소 화가 난 투로.

"제가, 그 정도 일로 덤블프 님을 경멸할 리가 없잖아요. 너무해요, 섭섭해요."

"저도 마찬가지입니다, 덤블프 님."

크레오스도 마리아나의 말에 동의하며 다섯 잔째인 찻잔을 비웠다.

"저희 요정족은, 겉모습으로 사람을 판단하지 않아요. 덤블프 님은, 어떤 모습이 되었건 덤블프 님이에요. 평생을 바치기로 한 제 마음은 변하지 않는다고요."

"맞아요, 저도 전혀 신경 안 쓰여요. ……신경이 쓰이기는커녕 전보다 무섭지 않게 되어서 오히려 기쁠 정도인데요."

단언하는 마리아나에 이어 크레오스는 말끝을 흐리는 모양새로 찬동했다. 하지만 그 눈은 진지하기 그지없었다.

"그나저나 모습을 바꿔놓는 상자라니……. 아티팩트의 일종일까요."

크레오스는 고심스러운 표정으로 눈을 감았다. 아무리 강력한 술구라도 모습 자체를 근본부터 바꿔놓는 효과를 지닌 것은 존재하지 않았다. 만약 그런 물건이 존재한다면 그것은 기적마저 일으킬 수 있는, 신의 선물. 다시 말해 아티팩트 정도뿐이리라고 크레오스는 생각했다.

게임 시절에도 몇몇 아티팩트는 존재가 확인되었고, 미라도 몇 가지는 직접 눈으로 본 적이 있었다. 매우 길고 험난했던 퀘스트의 보수이거나, 초월급 마수의 드롭아이템인 경우도 있었지만 그래도 화장 도구 상자 같은 것은 본 적이 없었다.

하지만 미라는 확실히 비슷하기는 하다고 생각했다. **신이 내린**, 요컨대 운영진이 내린 과금 아이템이니.

어쨌건 이 세계는 게임이고 엔(円)이라는 돈을 지불하고 모습을 바꾸는 아이템을 샀다고 말한들 그야말로 증명이 불가능한 일이었다.

"아마도, 그랬던 것일 테지. 이 몸이 경솔했다."

그 생각도 아주 빗나간 것은 아니라는 생각에 미라는 아티팩트 설(說)을 지지했다. 그야말로 여러 가지 기적을 일으키는 아이템이었다. 이해하기도 쉽고, 납득도 되는 좋은 착지점이었다.

"아아, 그리고 말이다. 이 일은 아무에게도 말하지 말도록."

"알겠어요."

"네? 어째서죠? 이대로 다른 여러분께 알려서 덤블프 님이 아홉 현자의 자리에 돌아와 주시면 소환술의 앞날도 다시 밝아질 텐데."

순순히 받아들인 마리아나와는 달리, 크레오스는 의문을 입에 담았다. 그의 말도 일리는 있었지만 미라는 '설령 본인이란 걸 밝힌다한들, 이미지가 너무 다르다'는 솔로몬의 말도 한편으로 이해가 갔다.

마리아나와 크레오스는 덤블프와 가장 가까운 자들이었기에 곧장 이해해주었지만 다른 자들은 이렇게 순순히 받아들여주지 않으리라. 그리고 무엇보다도, 현재 상태에서만 할 수 있는 일이 있었다. 아홉 현자라는 신분으로 돌아가면 마음 편히 외출하기는 어려워진다. 그래서는 나머지 멤버를 찾을 수가 없다. 언젠가는 그렇게 해야겠지만 지금은 그때가 아니리라.

"흐음~ 그게 말이다……."

미라는 잠시 정보를 정리해서 더욱 자세히 이야기하기로 결정했다. 이 두 사람은 신뢰할 만한 존재이며, 믿음으로써 좀 더 친밀하게 교류를 할 수 있으리라는 생각에.

지금까지의 관계와는 달리, 사람 대 사람으로서.

"이 몸의 사정을 아는 자는 그대들을 제외하면 두 사람뿐. 솔로몬과 루미나리아뿐이다. 그리고 현재는 솔로몬의 부탁으로 세계

어딘가에 있는, 실종 중인 현자들을 찾아다니는 도중이라 말이다."

"아니, 아홉 현자분들을요?!"

크레오스에게 있어 그것은 이상사태라 할 수 있는 일이었다.

아홉 현자의 실종은 알카이트 왕국 최대의 사건이라 일컬어지는 것이었지만 크레오스가 아는 한, 국가 차원에서 수색을 행했다는 소식은 들어본 적이 없었던 것이다.

왕국 최대의 전력임에도 불구하고 행방을 찾지도 않는다. 그이유에 관해서는 몇 가지 억측이 나돌고 있었다. 그 중 초일류 모험가들 사이에서 돌고 있는, '지금은 이 세계에 없다'는 설이 가장유력한 것으로 여겨지고 있었다.

그러한 소문은 크레오스의 귀에도 들어왔다.

하지만 국가의 최고위 존재인 솔로몬 왕, 그리고 아홉 현자의일원인 덤블프가 현재 그자들을 찾고 있다고 한다. 그 말인 즉, 실종 중인 아홉 현자가 이 세계 어딘가에 있다는 확신을 가지고있다는 뜻이리라.

때문에 크레오스는 끓어오르는 흥분을 억누를 수가 없었다.

"아홉 현자로 돌아가면 움직일 수가 없게 된다. 미안하다만, 조금만 더 그대에게 맡기고 싶구나. 부탁해도 되겠느냐?"

"물론이죠! 아홉 현자 여러분이 돌아와 주시기만 한다면야, 기꺼이 맡고말고요!"

미라의 말에 크레오스는 몸을 떨며 아홉 현자가 모두 있던 시절의 광경을 떠올렸다. 은의 연탑의 전성기였던 시대가 다시 돌아올지도 모른다고 생각하니, 크레오스는 일개 술사로서 환희하지 않을 수가 없었다.

"그러면, 덤블프 님은 또 나가시겠다는 말씀이시군요."

마리아나는 크레오스와는 대조적으로 혼잣말을 하듯 말했다. 그 목소리는 미라의 귀로도 들어가, 순간적으로 침묵이 흘렀다. 그것은 자신이 돌아왔다는 이유만으로 눈물을 흘리며 기뻐해주었던 소녀를 다시 남겨두고 멀리 떠나겠다는 뜻이기도 했기 때문이다. 그러나 이는 국가의 흥망을 좌우할 중요한 임무인 탓에 내팽개칠 수는 없는 일이기도 했다.

"죄송해요, 인 거예요. 어리광이 좀 지나쳤던 것 같아요."

갈등하는 미라의 형용하기 어려운 표정을 본 마리아나는 곧장 사죄의 말을 늘어놓으며 문제 없다는 듯 미소를 지었다. 서운한 빛으로 가득한 눈을 내리깐 채.

"마리아나 씨의 마음도 이해는 해. 하지만, 이건 나라의 미래가 달린 중대한 일이야. 게다가 덤블프 님은 지금 여기 계시잖아. 지금까지와는 달라. 그것만으로도, 분명 우리는 행복하지 않을까 싶은데."

우리. 그 말은 아홉 현자가 돌아온 탑의 보좌관과 대행자라는 뜻이리라. 아홉 현자는 기인(奇人)에 괴짜가 많았지만 이러니저러니 해도 보좌관과 대행자가 절대적인 신뢰를 보내는 인물이기도 했다. 크레오스는 자기 자신을 설득하듯 그렇게 말하고는 "그렇죠?" 하고 미라를 향해 미소를 지었다.

"그래, 최대한 자주 돌아오겠다고 약속하마."

그 말에 마리아나와 크레오스는 안심한 듯 고개를 끄덕였다. 찻잔을 든 미라는 조금 식은 차를 입에 머금으며 왔다 갔다 하려면 고생깨나 하겠다는 생각에 쓴웃음을 지었다. 하지만 그 마음은, 따스한 무언가로 가득 채워져 있었다.

"그런데……."

크레오스는 작은 목소리로 말하더니, 가만히 미라를 바라본 채 복잡한 표정을 지었다.

"무어냐?"

그 시선을 받으며 미라는 의아하다는 투로 물었다. 그러자 크레오스는 즐거운 듯한, 아니, 재미있다는 듯한 미소를 지으며 입을 열었다.

"모습이 그러신데 덤블프 님이라 부르려니 어째 위화감이 들어서 말이죠. 비밀을 지키기 위해 차라리 앞으로도 미라 님이라 부르는 게 나을까요?"

"으……."

미라는 이맛살을 찌푸린 채 고민에 빠졌다. 크레오스의 말에도 일리가 있었다. 비밀로 하려면 그러한 것도 정해두어야 어디선가 비밀이 누설되는 일도 막을 수 있을 테니.

"음, 확실히 그렇군. ……그럼, 이 모습일 때는 미라라고 부르도록."

"알겠습니다, 미라 님."

정체가 들통 날 요인이 될 법한 싹은 조금이라도 꺾어두자는 생각에 미라는 두 사람에게 그렇게 말했다. 크레오스는 위화감이 이유의 9할이고 비밀을 지키기 위해서라는 목적이 1할 정도였지만.

"마리아나도 그래도 되겠지?"

"네. 문제없어요."

마리아나는 그렇게 대답하고는 왼손에 떠오른 날개 문양을 가만히 손가락으로 쓰다듬었다. 요정의 가호로 이어져 있다는 증표였다. 지금 눈앞에 맹약을 맺은 가장 친애하는 자가 있다. 맹약은 요정족에게 있어 그것은 그 무엇보다도 숭고한 것이었다. 이름이나 겉모습의 차이 같은 것은 그야말로 사사로운 문제에 불과한 것이다.

"그럼 뭐어, 그렇게 된 게다. 또 얼마간 자리를 비울 테니, 잘 부탁하마."

"맡겨만 주세요인 거예요."

"열과 성을 다해 일하도록 하겠습니다."

마리아나와 크레오스가 진지하게, 그러면서도 기쁜 듯이 고개를 끄덕였다.

그다음 순간, 요란한 종소리 같은 것이 실내에 울려 퍼졌다.

"음, 무슨 소리지?"

"이건, 긴급 마도통신 초인종입니다!"

크레오스는 허둥지둥 일어나 집무실 책상으로 달려가서는 검은 상자를 열어 안에 든 장치의 레버를 비틀었다.

"여기는 현자 대행자 크레오스."

『저는 실버호른 경라대 소속 조즈라고 합니다. 긴급사태가 발

령되어 탑의 지시를 구하기 위해 연락드렸습니다.』

크레오스가 응답하자 실내에 다소 탁한, 절박한 남자의 목소리가 울려 퍼졌다. 마치 수화기에서 흘러나오는 목소리 같았다. 미라와 마리아나는 말없이 그 목소리에 귀를 기울였다.

"그래서, 무슨 일이지?"

『지금으로부터 세 시간 정도 전, 상공에 거대한 용이 나타났다는 보고가 인근 주민으로부터 들어와, 확인을 위해 저희 경라대가 주변을 탐색했습니다. 용의 모습은 확인하지 못했습니다만 실버호른에서 북서쪽에 위치한 숲의 탁 트인 곳에, 거대한 무언가가 있었던 흔적을 발견했습니다. 그곳을 중심으로 탐색범위를 넓혀보았습니다만, 결국 대상은 찾지 못했습니다. 잘못 본 것일 수도 있습니다만, 몇 시간 전에 실버윈드 방면에서 상공을 왕복한후 이쪽 방면으로 다가오는 거대한 용의 모습을 봤다는 통신이지금 막 들어와서, 저희 경라대 측은 동일한 용일 것으로 추측하고 있습니다. 하지만 아직 떠나는 모습을 목격했다는 정보가 없어 탁월한 은형(隱形) 능력을 갖춘 거룡이 아직 근처에 잠복하고있을 가능성이 높은 듯 보입니다. 하지만 저희의 힘으로는 이 이상 어찌할 방도가 없어, 탑에 계신 분들의 힘을 빌리고자 연락드렸습니다.』

"용이라……. 실버윈드 방면에서 날아왔다면, 루나틱레이크 근처도 지났을지도 모르겠는걸……."

『네. 그럴 확률이 높을 듯합니다.』

그 보고를 들은 크레오스의 뇌리에 한 가지 추측이 떠올랐다.

실버윈드 근처에 자리한 산맥을 넘으면 루나틱레이크가 보인다.

그리고 크레오스는 미라를 흘끔 쳐다보았다.

그 순간, 미라는 당황한 듯 시선을 피했다. 안절부절 못하고 몸을 흔들며 찻잔을 입에 대고는, 이미 잔이 비었음을 알아채고 살며시 테이블에 내려놓는 등의 수상한 행동을 보이고 있었다.

"…………."

그런 미라의 반응을 본 크레오스는 거의 확신을 굳혔다.

"최소한의 인원을 남기고 귀환, 이쪽에서 연락을 할 때까지 대기. 그리고 이 보고는 또 누구에게 했어?"

『네, 알겠습니다. 다른 자가 루미나리아 님께 보고 드렸습니다.』

"알겠어. 루미나리아 님께는 이쪽에서 연락드릴게. 그럼, 귀환을 시작해줘."

『알겠습니다. 그럼 실례하겠습니다.』

뚝, 하는 짧은 소리가 난 후 집무실은 다시금 정적을 되찾았다.

"미라 님은, 어제까지 루나틱레이크에 계셨죠. 이곳에는 어떤 수단으로 오셨나요?"

크레오스는 검은 상자를 닫으며 어이가 없다는 듯한, 하지만 어쩐지 호기심이 담긴 표정으로 미라를 쳐다보았다. 그 표정은 이미 모든 것을 알고 있는 사람의 것으로 보였다.

"음…… 아~…… 그게 말이다…… 그게……."

"아, 설마 미라 님……."

크레오스의 말과 미라의 반응에 마리아나도 진상을 알아채고는 쿡, 하고 웃었다. 그리고 그것이 결정타가 되었는지, 미라는 단념한 듯 고개를 푹 숙인 채 입을 열었다.

"아이젠파르드에게…… 잠깐 태워달라고 했는데 말이지……."

"역시 아이젠파르드 님이었나요……. 그러니 이 난리가 났죠."

덤블프에게 끌려 다니던 시절, 크레오스는 몇 번인가 아이젠파르드를 만난 적이 있었다. 그 용맹함, 그 거구, 그 압도적인 존재감. 그런 위협적인 것이 사람들이 사는 마을 근처에서 목격되었으니 소란이 벌어질 만도 했다.

미라도 나름 조심을 하려고 노력은 했다. 그래서 루나틱레이크에서 떨어진 곳에 자리한 숲속에서 소환한 것이다. 하지만 그러한 노력도 지금의 이 세계에서는 어림도 없었다. 자신들의 목숨을 공연히 거두어갈 수 있을 정도의 존재가 눈에 들어오면, 사람들은 밤의 어둠조차도 견딜 수 없을 정도로 불안해질 수밖에 없었다.

"저는 루미나리아 님께 이 일을 전달하고 올게요. 미라 님도 앞으로는 좀 자중해주세요."

"음…… 미안하다."

풀이 죽은 미라의 모습을 본 크레오스는 어째서인지 안도의 한숨을 내쉬더니 종종걸음으로 집무실을 뒤로했다.

'좋은 타이밍에 통신이 들어와 줬어. 전에 불평했던 걸 추궁하시기 전에 도망칠 수 있었으니까. 그나저나 아이젠파르드 님을 타고 오다니, 정도가 지나친 면은 예전과 똑같으시네. 응, 앞으로 또 즐겁게 지낼 수 있겠어.'

크레오스는 깽깽이걸음이 되려는 것을 자제하며 마술의 탑으로 향했다.

"미라 님은, 예전과 변함이 없으시네요."

그렇게 말한 마리아나는 여러 의미에서 정도를 지나쳤던 덤블프였던 시절의 행실을 떠올리며 미소를 지었다. 당사자인 미라는 "주의가 부족했던 모양이다" 하고 겸연쩍은 듯 눈썹을 늘어뜨렸다.

'미안하구나, 아이젠파르드. 앞으로도 그다지 불러내주지 못할지도 모르겠다.'

송환하기 직전, 앞으로도 자주 신세를 지겠다고 했었으나 현재 상황으로 미루어 가벼운 마음으로 소환할 수는 없을 듯했다. 미라는 마음속으로 사과하며 나중에 외딴 곳에서 이 일을 전달해줘야겠다고 생각했다. 덩치가 크기는 해도 귀여운 자신의 자식이니.

크레오스가 빠진 탓에 미라와 마리아나, 단둘만 남았다. 스스로도 이유를 알 수가 없는 긴장감 탓에 미라는 저도 모르게 찻잔을 집어 들었으나 곧 안이 비었다는 사실이 떠올랐다. 그러자 그 모습을 본 마리아나가 "끓여 올게요" 하고 두 명분의 잔을 들고 자리에서 일어났다.

마리아나는 방 한편에 차를 끓이기 위한 목적으로 크레오스가 준비한 전용 마도기가 놓여 있는 장소로 향했다.

미라는 그런 마리아나의 뒷모습을 쳐다보며 실실 웃었다.

'신혼부부 같군그래!'

하지만 이 경우, 어느 쪽이 남편이고 어느 쪽이 아내일까. 미라는 그런 아무래도 좋은 생각으로 고민에 빠졌다. 하지만 다른 사람들의 눈에는 싹싹하고 다정한 언니와 자유분방한 동생으로 보이리라.

"드세요, 미라 님."

"음, 고맙구나."

마리아나가 테이블 위에 잔을 내려놓자 미라는 감사인사를 하며 살며시 잔에 입술을 가져다 댔다.

"후우⋯⋯."

콧속에 퍼지는 향기로 마음을 가라앉힌 미라는 맞은편 자리에 다시 앉은 마리아나를 바라보았다.

"이 몸이 없는 동안, 방 청소며 집 관리 같은 걸 해줬다는 모양이더구나. 폐를 끼쳐 미안하다."

"아뇨, 폐라니요. 제가 사는 보람인 걸요."

미라는 자신이 돌아오리라 믿고 기다리고 있었다는 솔로몬의 말을 떠올리며 자리를 비웠던 일을 사과했다. 하지만 당사자인 마리아나는 당연한 일이라는 듯 미소를 지었다.

그 후, 두 사람은 자연스럽게 추억담으로 꽃을 피우기 시작했다.

마리아나가 30년 동안 어떻게 지냈는지에 관한 이야기를 감회 깊게 듣고 있자니 소란 수습을 마친 크레오스가 귀환했다.

"다녀왔습니다. 용에 관한 일은 저와 루미나리아 님이 얼버무려뒀으니 걱정하실 것 없습니다."

크레오스는 그렇게 보고하며 어쩐지 즐거워 보이는 두 사람의
모습을 보고 미소를 짓더니,

"즐거워 보이네요. 저도 끼어도 될까요?"

그렇게 말하며 테이블 위에 남아 있던 자기 몫의 찻잔을 집어
서는, 선반에서 찻잔 하나를 더 꺼내서 차를 끓이기 시작했다.

"나도 좀 끼워줬으면 하는데."

미라는 등 뒤에서 귀에 익은 여성의 목소리가 들려와 뒤를 돌
아보았다. 그러자 거기에는 대담한 표정으로 미라를 바라보는 긴
진홍빛 머리카락의 미녀가 있었다.

"가족끼리 단란하게 시간을 보내는 중에 어쩐 일이냐."

이미 만났던 절친한 친구라 할 수 있는 그 미녀, 루미나리아를
본 미라는 농담을 하는 투로 그렇게 말했다. 그러자 루미나리아
는 더욱 짙은 미소를 지은 채 미라를 등 뒤에서 끌어안았다.

"손녀 얼굴도 까먹은 거야, 할아버지?"

그렇게 말하며 입술 끝을 치올린 채 얼굴을 바싹 들이대더니 "이
둘한테는 이야기했구나. 조금은 각오가 됐다 이거야?" 하고 속삭
이고는 곧장 손을 떼어 크레오스가 내민 찻잔을 받았다.

루미나리아는 한 모금을 홀짝여 풍미를 음미하더니 즐거워 보
이는 세 사람의 모습을 지켜보며 흐뭇하게 눈웃음을 지었다.

"오늘은 기념할 만한 재회의 날이니, 내가 저녁을 대접할게.
응, 그게 좋겠어, 그렇게 하자."

루미나리아는 이의는 받아들이지 않겠다는 기세로 말을 쏟아

내더니 6시 반에 마술의 탑 앞에서 집합이라는 말을 남기고 준비를 위해 신이 나서 뛰쳐나갔다.

"여전히, 억지스럽구만……."

미라는 쓴웃음을 짓기는 했지만 기쁘기도 하다는 생각을 하며 이번에는 크레오스도 함께, 약속시간이 될 때까지 추억담이며 일상적인 대화를 나누었다.

"좋을 거라 생각해 한 일이었다만, 미안했다. 크레오스."

"아니요……. 당치 않은 말씀이세요……."

이야기가 자연스럽게 요전에 불평을 늘어놓았던 일 쪽으로 흘러가서, 그런 식으로 생각했었나 싶었던 미라는 사과를 했다. 하지만 마리아나와는 달리 크레오스는 몹시 송구스러워하더니 온몸으로 정체불명의 땀을 흘리며 그런 말을 반복했다.

약속시간이 되어 소환술의 탑을 나선 세 사람은 마술의 탑 앞에 있었다. 대행과 보좌관이 나란히 서 있는 탓에 의도하지 않아도 눈에 띄고 말았다. 드문드문 인사를 하러 오는 자며 소환술을 부흥시키는 일에 써달라며 실험적으로 제작한 술구를 건네는 연구원들도 있었다. 그러면서 은근슬쩍 사용 소감을 들려달라는 말을 덧붙였다. 크레오스는, 효과는 있지만 계약에 도달하기에는 확실성이 부족하다고 말했다.

힘을 보태기는 하지만 자신의 이익을 챙기는 것도 잊지 않는다. 이곳은 변함이 없구나 하는 사실을 미라는 재인식하게 되었다.

"오래 기다렸지. 자아, 들어와."

세차게 열린 문에서 루미나리아가 모습을 드러내더니 탑 안으로 초대했다.

"밖으로 나가 먹는 게 아니었던 게야?"

미라가 그렇게 묻자 루미나리아는 부드러운 미소를 지은 채 미라의 이마를 손가락으로 쿡쿡 찔렀다.

"일반적인 가게에서는 말 못할 것도 있을 것 아냐. 다 들었어, 모험 중에 이런저런 일이 있었다며? 자세히 들려줘."

"흠, 그런 이유에서였나."

모험 중에 있었던 일. 요컨대 악마에 관한 일이리라 짐작한 미라는 납득하고 마술의 탑에 발을 들였다.

세 사람은 루미나리아의 안내로 최상층에 자리한 개인실로 들어갔다. 집기품은, 보기에는 소박해도 질 좋은 것들로 채워져 있어서 루미나리아라는 인물상과는 다소 동떨어진 듯한 공간으로 보였다. 하지만 애초에 루미나리아는 가구며 내부 장식에는 욕심이 없는 인물이었다. 개인실의 집기품은 모두 그러한 의향을 존중해 보좌관이 준비한 것이었다. 생활면에서도 우수한 보좌관이었다. 그리고 오늘 저녁은 모두 그 보좌관인 리탈리아가 만든 것이었다.

그 리탈리아가 마침 테이블에 요리를 다 늘어놓은 참인지 천천히 미라에게 다가왔다.

"기다리고 있었답니다. 드디어 덤블프 님의 이야기를 들려주러 오셨군요, 미라 님. 기대되네요."

"아~ 음. 뭐어, 나중에…… 그러마."

미라는 그러고 보니 일전에 마술의 탑을 방문했을 때, 헤어지기 전에 그런 말을 했었다는 사실이 떠올라 애매한 표정으로 대답했다.

지인들과 함께한 저녁식사는 미라가 주역이 되어 모험 중에 있었던 일에 관한 이야기를 곁들여가며 진행되었다.

소울하울의 행방, 공식적으로는 절멸했다고 알려진 악마의 출현이며 공적으로 알려지지 않은 정령 유괴사건 등등. 그야말로 어디에 눈과 귀가 있을지 모르는 일반적인 가게에서는 입에 담을 수 없는 이야기가 오갔다.

즐겁고도 활기를 띤 이야기 중, 리탈리아가 눈빛을 빛내며 미라에게 호소를 하는 듯한 시선을 보내왔다. 더 이상 얼버무리는 것은 무리라는 생각에 단념한 미라는 진상을 밝혔다. 마리아나와 크레오스가 진실이라 말하자 리탈리아는 평온한 미소를 지은 채 굳어버렸고, 재기동하는 데 상당한 시간이 걸렸다.

그 밖에도 루미나리아에게는 학원에서 있었던 일을 이야기하고 불평을 늘어놓았다.

또한 소환술 부흥에 관한 이야기도 꺼내, 미라가 없는 동안에는 루미나리아가 크레오스를 돕겠다는 약속까지 받아냈다. 크레오스는 쉼 없이 식은땀을 흘려댔다.

루미나리아는 교환 조건으로 촉매 한 세트를 더 모아달라고 의뢰했다. 설(雪)수정과 창백룡의 비늘, 얼음기둥의 장창까지 세 가지였다.

　별수 없다는 생각에 미라는 승낙했고, 네 사람은 리탈리아를
내버려둔 채 나라의 기밀사항으로 가득한 이야기를 이어갔다.

〈12〉

미라 일행은 최종적으로는 작전회의처럼 변하고 만 저녁식사 모임을 마치고 소환술의 탑으로 돌아왔다. 시간은 밤 10시를 지나 있었고, 미라는 옅은 잠기운이 내려앉은 눈꺼풀을 애써 뜨며 작은 소리로 하품을 했다.

'오늘은 그만 목욕을 하고 자도록 할까.'

개인실 앞에서 마스터키를 꺼내려 하며 미라가 그런 생각을 하고 있자니 마리아나가 한발 먼저 문을 열었다.

"오오, 고맙구나. 마리아나."

"아뇨."

마리아나는 당연한 일이라고 짧게 대답했다. 하지만 그 표정은 문을 여는 단순한 일이기는 하나 오래도록 애타게 기다려왔던 봉사를 할 수 있게 됐다는 기쁨으로 가득했다.

"그럼 저는 내일을 위한 준비를 하고 나서 잘게요. 안녕히 주무세요, 미라 님. 마리아나 씨."

"호오, 뭔가 도울 일은 있느냐?"

"아뇨아뇨, 미라 님의 손을 번거롭게 해드릴 만한 일은 아무것도 없어요. 내일 일은 계약 희망자의 주의사항에 관한 강의가 주라서, 간단한 교재 체크 정도만 하면 되거든요."

"흠, 그러하냐. 언제까지가 될지는 짐작도 안 된다만, 이 탑을 잘 부탁하마."

"네, 맡겨만 주십시오!"

힘차게 대답한 크레오스는 한발 먼저 집무실로 돌아갔다. 미라는 그것을 배웅하고 나서 개인실로 들어가, 그대로 탈의실로 향했다.

"마리아나도 그만 되었다. 방에 가서 쉬거라."

"아뇨, 곧 입욕하시려는 것 같으니 등을 밀어드릴게요."

탈의실 문을 열며 미라가 돌아보자 마리아나는 미라의 뒤에 딱 달라붙어 더없이 강한 눈빛으로 대답했다.

"딱히 그렇게까지는 하지 않아도……."

"등을 밀어드릴게요."

"아니, 글쎄……."

"등을."

"음, 알겠다. 그럼 부탁하도록 하지……."

오기로라도 물러나지 않겠다는 자세를 굽히지 않는 마리아나의 기백에 밀려서 미라는 쓴웃음을 지으며 승낙했다.

'뭐어, 등을 밀어주는 것 정도는 괜찮으려나. 무턱대고 거절할 만한 일도 아니고.'

아무리 보좌관이라지만 그런 일까지 도움을 받는 건 좀 그렇지 않나 싶어 사양한 것이었지만 상대가 하고 싶다니 거절할 이유가 없었다.

마리아나로 말하자면 지금까지 못했던 만큼 쌓이고 쌓인 봉사욕을 발산하려는 듯 미라의 일거수일투족에 주목했다.

미라가 마도 로브 세트를 벗으려 코트에 손을 대자 마리아나가 등 뒤에서 살며시 보조를 해주어 그대로 코트를 말끔하게 개서 선반에 올려놓았다.

원피스에 손을 대자 마리아나의 도움으로 입었을 때보다 훨씬 편하게 벗을 수 있었다.

그리고 눈 깜짝할 새 팬티 한 장 차림이 된 미라는 그것도 훌렁 벗어던지고 욕실로 들어갔다.

탈의실에서는 미라가 벗은 옷을 다 정리한 마리아나가 자신의 옷자락에 손을 대고 있었다.

미라는 당황했다.

알몸 상태의 마리아나가 바지런하게 시중을 들어줬기 때문이다. 미라는 자신을 신뢰해주고 있는 마리아나를 엉큼한 눈으로 바라보지 않도록 허둥지둥 시선을 이리저리 돌리며 수상한 사람처럼 안절부절 못했다. 의식하면 할수록 등 뒤에 자리한 낌새에 신경이 과민하게 반응하게 되어 정상적으로 판단을 내릴 수가 없었다.

결과적으로 미라의 입욕시간은 마리아나에게 완전히 지배당하게 되었다.

"앞쪽도 씻겨드릴게요."

"음."

마리아나의 말에 모두 긍정으로 답한 결과, 미라는 자신을 씻기는 손길에 아주 온몸을 다 맡기게 되었다.

등과 팔, 어깨에 이따금씩 닿는 부드러운 무언가, 시야 끄트머리에 어른거리는 아련한 살색. 미라는 못된 충동을 부추기는 그 것들에 저항하며 다른 사람이 자신의 온몸을 쓰다듬듯 씻겨주는 데서 비롯된 낯간지러운 느낌에 때때로 몸을 움찔움찔 경직시켰다.

그렇게 20여 분, 미라는 자제심이 한계에 달하기 직전이었으나 간신히 참아내는 데 성공했다.

마리아나가 이토록 귀여울 줄은 몰랐다는 인식을 거의 반강제로 갖게 된 사건이었다.

그 후 미라는 답례로 등을 씻겨주겠다는 소리는 차마 하지 못하고 느긋하게 피로를 풀라는 말을 남기고서 도망치듯 욕실에서 뛰쳐나갔다.

탈의실에는 갈아입을 실내복으로 간소하고 얇은 로브가 준비되어 있었다.

'과연 대단하군…….'

마리아나의 수완에 감사하며 미라는 그 로브를 입고 개인실 소파에 앉아 목욕 후 애플오레를 만끽했다.

촉감이 좋은 로브 자락을 적당히 지분대며 소환술에 관해 이런 저런 생각을 하고 있자니 머지않아 살갗이 발그레하게 물든 마리아나가 입욕을 마치고 나왔다.

"이쪽은 오늘 중에 세탁해둘게요."

"음, 부탁하마."

미라와 비슷한 로브 차림의 마리아나는 메이드복과 말끔하게 갠 마도 로브 세트, 그리고 팬티를 손에 들고 있었다. 그런 마리아나의 모습과 더불어 세탁이라는 단어를 들은 미라는 현자의 로브를 내팽개쳤던 일이 생각나 물었다.

"그러고 보니 전에 왔을 때, 로브를 한 벌 방치해뒀을 텐데."

"그거라면 빨아서 제 방에 두었어요. 가져올게요."

마리아나는 그렇게 말하며 고개를 숙이더니 보좌관실로 돌아갔다.

'잘 준비라도, 해두도록 할까.'

미라는 소파 등받이에 기대어 가볍게 기지개를 켜고 나서 일어났다.

대충 잘 준비를 마친 미라가 침대 위에서 굴러다닌 지 얼마쯤 지났을 즈음, 마리아나가 로브를 손에 들고 돌아왔다.

"여기 있어요."

"음, 고맙구나."

보기 좋게 개어둔 현자의 로브를 받은 미라는 마리아나가 끌어안고 있는 또 하나의 물건에 주목했다. 표면은 천. 한 아름 정도 되는 크기에 귀엽게 장식이 되어 있고 폭신폭신하게 부풀어 있는 원통형 물체.

"그건, 뭘 가져온 게냐?"

"베개요."

마리아나는 지극히 당연하다는 투로 대답했다. 역시 자신이 제대로 본 것이 맞구나, 하는 것을 확인한 미라는 왜 그러한 물건을 가져왔을까 생각해보았다. 이유는 하나밖에 없으리라.

"혹, 여기서 잘 셈이냐?"

"네."

당연하다는 투로 즉답하는 마리아나.

"하지만 말이다. 아무리 그래도 여인과 함께 자는 건 좀…….
남녀는 유별하지 않으냐."

"지금, 미라 님은 여자애예요. 딱히 문제는 없지 않을까요?"

"우으."

들고 보니 문제가 없을 것 같다는 생각이 들어버렸다. 하지만
한번 의식하고 나자, 마리아나처럼 귀여운 소녀와 하룻밤을 함께
보낸다는 것은, 이성과 욕망의 줄다리기를 계속해서 견뎌내야 한
다는 뜻이었다. 미라에게 있어 마리아나는 결코 욕망에 몸을 맡
겨 손을 대서는 안 되는 상대였다.

하지만 마리아나의 인식은 달랐다. 마리아나는 몸도 마음도 모
두 다 바쳤다고 생각했다. 애초에 요정족에게 있어 요정의 가호
란 그러한 마음을 형태로 빚어낸 것이나 다름없는 것으로, 이미
미라는 섬겨야 할 주인이자 반려이기도 한 것이다.

"저랑 같이 자는 게, 싫으세요?"

미라는 머릿속이 정리가 되지 않아 입을 다물고 있었다. 마리아
나는 서운한 듯, 그리고 조금 슬픈 듯이 고개를 숙인 채 물었다.

"싫지는 않다. 하지만…… 그게."

물론 그럴 리는 없었다. 미라는 즉시 부정했다. 욕망 운운 이전
에 부끄러웠기 때문이다. 사전에 오늘은 같이 잘 거라는 이야기
를 들었다면 조금은 각오를 할 수 있었을지도 모르지만.

하지만 결국 마리아나가 저런 소리까지 한 이상, 거절한다는 선택지는 사라졌다고 봐야 하리라.

미라는 결심을 굳히고는 "알겠다" 하고 승낙했다. 그리고 침대 중심에서 다소 왼쪽에 누워 베개를 살짝 움직였다.

가지고 온 베개를 빈자리에 내려놓은 마리아나는 얌전히 침대에 들어왔다.

"다시, 만나서 기뻐요."

둘이서 나란히 머리를 두고 누운 침대에서 마리아나가 떨리는 목소리로 중얼거렸다. 그 목소리에 미라가 고개를 돌려보니 마리아나의 눈은 어렴풋이 젖어 있었다.

'30년이나 내버려뒀으니…….'

갑자기 함께 자고 싶다고 한 마리아나의 어리광. 말로 하자면 짧지만 30년이라는 시간은 실제로 살아보면 무척 긴 세월이다.

"미안하다."

천사들이 춤추는 낙원이 자수로 새겨진 차양을 올려다보며 미라는 몇 번째인지 모를 사과의 말을 입에 담았다.

그러자 다음 순간, 마리아나의 손이 미라의 복부를 쓰다듬었다.

"왜 그러냐?"

간지러운 감촉에 미라는 몸을 움찔 떨었다. 마리아나에게로 고개를 돌려보니, 마리아나의 얼굴이 코앞까지 다가와 있었다. 갑작스러운 일에 당황한 미라는 아랑곳 않고, 마리아나의 손은 더욱 깊은 곳까지 파고 들어왔다.

'뭐냐……. 이게 대체 무슨 상황이야~!'

"미라 님…… 한 번만 더."

마리아나가 귓가에 대고 그렇게 중얼거린 순간, 손은 미라의 복부를 넘어 오른손과 포개어져 있었다. 그리고 젖은 눈을 감은 순간, 침대 안에서 옅은 빛이 흘러나왔다.

"뭐냐, 그런 거였냐."

안심한 듯한, 다소 아쉬운 듯한, 불안정한 마음을 얼버무리며 마리아나의 손을 맞잡아 두 사람의 얼굴 사이에 놓고 고쳐 쥐었다. 미라와 마리아나는 자그마한 날개 문양이 떠오른 손등을 바라보며 자연스럽게 서로를 마주 보았다.

"뭐 하려는 거라고, 생각하셨어요?"

"으…… 아무것도 아니다."

미라가 허둥지둥 시선을 피하자 마리아나는 쿡 하고 웃더니 손을 조금 더 강하게 쥐었다.

요정의 가호는 강하게 이어진 유대의 증표다. 마리아나는 몇 번이나 거듭 갱신을 하며, 할 때마다 기쁜 듯 미소 지었다. 그 표정을 본 미라는 불순한 상상만 했던 자신을 나무랐다.

마리아나는 순수한 것이다. 순수하게 자신을 좋아해주고 있다. 그렇게 재인식한 순간, 미라는 무언가를 떨쳐낸 듯 기분이 개운해진 것을 느꼈다.

"미라 님."

"뭐냐?"

"아무것도 아니에요."

마리아나는 그렇게 말하더니 어린애처럼 웃었다.

"왜 그러냐는 대도."

"한 번, 불러보고 싶었던 거예요."

희미한 빛을 받으며 두 사람은 좋아하는 것이며 싫어하는 것, 최근의 취미와 같은 하잘 것 없는 대화를 하며 누가 먼저랄 것 없이 자연스럽게 잠들었다.

다음 날 아침. 미라는 매우 상쾌한 기분으로 눈을 떴다. 막 잠에서 깼어도 머리는 맑아서 어젯밤 일을 떠올리고는 살짝 쑥스러워져 뺨을 붉혔다.

"음, 벌써 일어난 겐가?"

옆으로 시선을 던진 미라는 어제 일의 자취이기도 한 마리아나의 베개를 바라보았다. 팔찌로 메뉴를 열어 현재 시각을 확인해 보니 오전 여덟 시가 조금 지난 참이었다.

가볍게 기지개를 켠 미라는 햇볕이 들이치는 창으로 아침 풍경을 내다보았다.

살짝 눈을 가늘게 뜨고서 그 생명력 넘치는 거리 풍경을 만족스럽게 쳐다보고 있자니 부엌 쪽에서 마음이 포근해지는 소리가 희미하게 들려왔다.

그림으로 그린 듯한 행복한 아침 풍경이었다. 미라는 그 소리에 홀린 듯 침실 문을 열었다.

"좋은 아침이에요, 미라 님."

메이드복 차림으로 아침 준비를 하던 마리아나가 평소처럼 인사를 했다. 구수한 냄새가 희미하게 감도는 부엌 테이블에는 두

명 몫의 식기가 늘어서 있었다. 이러한 아침의 한 장면을 동경했던 미라는 잠시 시간이 흐르는 것도 잊고 멀거니 섰다.

"왜 그러세요?"

마리아나가 뜨거운 시선을 보내오는 미라를 보고 왜 그러느냐고 물어왔다. 그 목소리에 망상에서 현실로 돌아온 미라는,

"으…… 아니, 아무것도 아니다. 좋은 아침이다."

하고 무언가를 얼버무리려는 사람처럼 시선을 돌리더니 잽싸게 화장실로 도망쳤다. 아무리 그래도 둘만의 신혼 생활을 망상했다는 소리를 할 수는 없었던 것이다. 로브를 들춰 올리고 볼일을 보고 나서, 미라는 상황에 휩쓸리고 만 자신을 나무라며 마음을 다잡았다.

미라가 화장실에서 돌아오자 세탁이 완료된 옷을 손에 든 마리아나가 대기하고 있었다.

"그럼, 미라 님. 옷 갈아입으세요."

뭐라 말을 할 새도 없이 우선 속옷을 건네받은 미라는 그것을 눈앞에 펼쳐보고서 할 말을 잃었다. 건네받은 팬티는 레이스와 리본으로 장식된, 소녀 취향에 맞춰 터무니없이 귀엽게 디자인된 팬티였던 것이다.

"자아, 미라 님."

"으……음."

미라는 망설여졌지만 어째서인지 기대가 섞인 듯한 마리아나의 시선에 못 이겨 그 팬티를 입었다.

그리고 나서 미라는 로브를 벗고 반라 상태가 되었다. 마리아

나는 그런 미라의 모습을 보고 만족스럽게 미소 지으며 문득 입을 열었다.

"그런데 미라 님. 빨랫감에 위쪽 속옷이 없었는데, 안 입으셨던 건가요?"

밤에 목욕할 때, 그리고 지금도 미라가 몸에 걸치고 있는 속옷은 팬티뿐이었다. 그것만 입어서는 이래저래 문제가 있지 않을까 싶어 마리아나는 그렇게 물어보았다.

"차는 법을 모르겠어서 말이다. 있기는 하다만."

"지금, 가지고 계신가요?"

"음."

미라는 짧게 대답하고는 아이템 창에서 갈아입을 옷이 담긴 가방을 꺼내 열어 보였다. 가방에는 여벌 속옷이 몇 장이나, 심지어 두 군데로 나뉘어 들어 있었다. 사용한 것과 미사용품으로 구분하도록 된 것이다.

'그랬지, 빨랫감을 내놓는다는 걸 깜박했어.'

"이쪽은, 빨랫감인가요?"

가방을 보자마자 알아챈 마리아나는 아무렇게나 쑤셔 넣었던 몇 장의 팬티를 끄집어냈다. 하나같이 소박한 디자인의 팬티였다.

"음, 부탁해도 되겠느냐?"

"물론이죠."

마리아나는 당연하다는 듯 대답하고는 간단히 개어서 탈의실에서 세탁물 바구니를 가져왔다.

"또 없나요?"

질문을 받은 미라는 가방이 아니라 아이템화해서 직접 아이템 박스에 던져 넣었던 초기형 마법소녀풍 의상과 현자의 로브 복제품을 끄집어냈다. 딱히 이제 필요는 없을 듯했지만 초기형은 그래도 시녀들에게 받은 선물로, 정성이 담긴 물건이었다. 함부로 다루면 지벌이라도 받을 것 같았다. 복제품 쪽은 어린애에게라도 주면 좋아할지도 모른다.

"이것도 부탁하마."

"알겠어요."

마리아나는 그 두 벌을 받아 바구니에 넣고서 가방을 뒤져서 브래지어 몇 개를 끄집어냈다.

"사이즈는…… 딱 맞을 것 같네요."

"성의 시녀들이 장만해준 거라서 말이지."

미라는 그렇게 대답하고서 한 번 차는 법을 배우기는 했지만 잊어버렸다고 솔직하게 말했다. 그러자 마리아나는 브래지어 하나를 손에 들고 일어섰다.

"그럼, 제가 알려드릴게요."

그렇게 말하며 다가오는 마리아나의 기백에 밀려서 미라는 얌전히 강의를 받게 되었다.

아마라테에게도 지적을 받은지라 미라는 미묘하게 낯간지러운 수치감을 느끼면서도 마리아나의 설명을 놓치지 않기 위해 귀를 기울였다.

마리아나가 시범으로 한 번 채워준 것을, 미라는 벗어서 제대로 익혔는지 어땠는지 몇 번인가 시험해보았다.

반복하기를 십여 번. 미라는 드디어 브래지어를 장착하는 방법을 습득했다.

미라가 고맙다고 하자 마리아나는 자신에게도 가르칠 수 있는 게 있었다며 기쁜 듯이 미소를 지었다.

속옷 소동이 지나간 뒤, 그 흐름을 이어 보조를 받아가며 마도로브 세트도 입은 미라는 마리아나와 함께 자리에 앉아 느긋한 아침식사 시간을 보냈다.

미라가 식후 코코아를 마시며 흡족한 미소를 짓던 중, 방울 소리가 방 전체에 일정 간격으로 울리기 시작했다. 그 소리는 무언가를 알리려는 듯 거듭 울려 퍼졌다.

"음, 무슨 소리냐? 요전의 그거냐?"

미라가 묻자마자 마리아나가 일어났다.

"마도 통신 초인종 소리예요. 들어보고 올게요."

마리아나는 개인실 문 옆에 놓여 있던 선반을 열었다. 거기에는 요전에 크레오스가 긴급 마도 통신을 받았던 때 봤던 장치가 있었다.

마리아나가 장치의 레버를 비틀자 쌍방의 통신이 연결되어 순간적으로 현을 튕긴 듯한 고음이 방 안을 가로질렀다.

"여기는 소환술의 탑. 보좌관인 마리아나예요."

"알카이트성, 보좌관인 슬레이만입니다. 현재 그쪽에 미라 님이 계십니까?"

그 연락의 내용은 미라가 가지고 돌아갔던 자료의 해독이 일부

완료되기는 했으나 이에 관해 다소 문제가 생겼으니 성으로 와달라는 것이었다.

"벌써, 가시는 거군요."

통신이 끝남과 동시에 마리아나는 쓸쓸한 듯 눈을 내리깔았다.

"볼일이 끝나면 금방 돌아오마. 고맙구나, 마리아나. 그대가 이 몸을 그리워해주는 한, 이곳이 이몸의 집이다."

미라는 다소 쑥스러워하며 하룻밤동안 알아챈 자신의 본심을 입에 담았다. 마리아나는 살며시 고개를 끄덕이고서 미라에게 다가가서는 오른손을 잡았다.

요정의 가호의 빛이 일렁이는 가운데, 두 사람은 조용히 미소를 주고받았다.

성에 가려면 또 하늘을 날아가는 편이 빨랐다. 하지만 하늘 위는 추운지라 방한구가 필요하다고 말하고는 마리아나와 함께 창고를 뒤졌다. 마리아나가 딱 알맞을 듯한 코트를 발견해냈다. 그것은 믿기 힘들 정도로 부드럽고, 하얀 눈보다도 하얀 털로 된 코트였다. 덤블프였던 시절 손에 넣었던 것인지라 지금의 모습으로 입기에는 상당히 컸지만 바람을 막기 위해 몸을 감싸기만 할 것이니 문제는 없으리라.

다음으로 두 사람은 정련실로 향해, 그곳에서 솔로몬에게 줄 선물로 속성계열 마봉석과 소환술 계약에 쓸 만할 듯한 마봉폭석을 끄집어냈다.

'문제라는 게 뭘까. 성가신 일이 아니면 좋으련만.'

문제가 발생한 것 자체부터가 성가신 일이라 할 수 있었지만,

미라는 되도록 덜 심각한 것이기를 바라며 필요할 듯한 것들을 챙겨나갔다.

"그럼, 가실까요."

그렇게 신이 난 목소리로 재촉을 하듯 말한 것은 크레오스였다.

마도통신에 의한 대화는 현재, 최상층 전체에서 들을 수 있도록 설정되어 있었다. 사적인 용도로 쓰이는 것은 아닌지라 그러는 편이 여러모로 편리하기 때문이다. 그 때문에 미라가 지금 성에 갈 것이라는 이야기를 크레오스는 집무실에서 들었고, 이왕 가는 거 같이 가자는 생각에 타이밍을 살피다 온 것이었다.

"가능하면 머리 땋는 법도 가르쳐드리고 싶었는데."

"음…… 그건…… 다음 기회에 하자꾸나."

마리아나는 리본을 손에 든 채 진심으로 아쉬운 말투로 중얼거렸다. 그것은 준비를 마치고 몸단장을 마무리하기 위해 마리아나가 미라의 머리카락을 빗으며 어떤 머리모양으로 할까 숙고하던 때의 일이었다. 그 타이밍에 크레오스가 개인실을 찾아와, 자신도 지금 학원에 가야 하니 함께 가자는 소리를 했던 것이다.

마리아나가 미워 죽겠다는 눈으로 크레오스를 노려보았다.

어렴풋한 한기에 몸을 부르르 떨며 크레오스는 냉큼 엘리베이터에 탔다.

"그럼, 다녀오마."

"네, 다녀오세요."

미라가 살짝 쑥스러워하며 말하자 마리아나는 포근한 미소로 답했다.

어쩐지 봄내음이 풍기는 두 사람의 분위기에 크레오스는 어젯 밤부터 오늘까지 무슨 일이 있었던 걸까 싶어 고개를 갸웃했다.

소환술의 탑 앞. 그 옆에는 말이 매어 있지 않은, 일반적인 것 보다 작은 마차가 놓여 있었다. 사람 한 명이 들어갈까 말까 한 크기에 나무와 금속으로 되어 있고, 문과 창문이 붙어 있었다.

"미라 님. 아이젠파르드 님은 안 됩니다."

크레오스는 마차 앞에 서서 그렇게 못을 박고서 상자 위로 소 환술 발동점을 설정했다.

"알았다는대도……."

부루퉁해진 채 하늘을 나는 데 좋은 소환술이 뭘까 생각하던 미 라보다 한발 먼저, 크레오스가 술법을 발동시켰다.

'소환술 : 가루다'

마법진이 바람을 일으키며 흩어지고 나자 마차 위에는 빛을 받 아 무지갯빛으로 빛나는 거대한 괴조(怪鳥)가 앉아 있었다.

"호오……. 가루다라. 그대는 가루다를 타고 갈 것이로구나."

"아뇨, 제가 탈 건 이쪽이에요. 가루다는 이 왜건(wagon)을 들고 날게 할 거고요."

미라가 작은 집 한 채만큼의 크기인 커다란 새를 올려다보며 말 하자 크레오스는 왜건이라 부른 마차의 문을 열며 다소 의기양양 하게 대답했다.

말하자면 마차의 하늘 버전. 조차(鳥車)라 해야 할까. 하늘을 나 는 물건이니 차라고 하는 것이 맞을지 어떨지 애매했지만 미라 는 그 발상을 듣고 몹시 흥분했다.

"호호오! 옳거니. 이거라면 하늘을 날아도 춥지 않을 테고, 엉덩이가 아플 일도 없겠군!"

왜건 안을 들여다보니 작은 테이블과 넉넉한 좌석이 붙어 있어, 척 보아도 쾌적한 공간이리라는 것을 짐작할 수 있었다.

왜건에 냉큼 올라탄 미라는 그 좌석의 안락함을 만끽하며 "좋구나, 좋아"라는 말을 반복했다.

"본래는 일인용이지만, 미라 님은 몸이 작으니 조금 좁게 쓰면 탈 수 있을지도 모르겠네요. 타고 가시겠어요?"

미라의 모습을 보고 어째서인지 부성(父性) 같은 감정이 솟구친 크레오스는 평소보다 다소 다정한 미소를 지은 채 그렇게 말했다.

"그래도 되겠느냐?!"

"네에, 아마 괜찮을 거예요."

미라가 순진무구한 얼굴로 환한 미소를 지은 채 되묻자 크레오스는 어떻게든 될 거라 답하고는 왜건 안으로 들어갔다. 미라가 부리나케 구석에 몸을 붙이자 딱 한 사람이 앉을 수 있는 공간이 생겼다. 크레오스는 거기에 앉으며 "문제없을 것 같네요" 하고 문을 닫았다.

"수도 루나틱레이크로."

크레오스가 벽을 통통 두드리며 그렇게 말하자 벽 너머에서 바람이 부딪히는 소리가 울리기 시작했다.

"나는 겐가? 나는 게야?!"

미라는 흥분한 투로 창밖에서 바람에 너울대는 주변의 꽃과 풀들을 둘러보았다. 그리고 몇 번인가 커다란 바람이 일어나더니 하늘에 떠오르는 가벼운 부유감과 함께 모든 풍경이 아래로 아래로 흘러갔다.

둥실둥실. 날갯짓을 할 때마다 고도가 높아지자 미라는 자리를 박차고 일어나 창문에 딱 달라붙어 눈 아래를 내다보았다.

크레오스는 그런 미라의 뒷모습을 바라보며 어쩐지 보호욕 비스무리한 충성심이 싹트는 것을 느끼고 있었다.

"오오! 탑이 벌써 저렇게 작아지다니. 좋구나, 좋아. 이건 어떻게 하면 손에 넣을 수 있는 게냐?"

"이 왜건 말인가요? 이건 말이죠……."

미라는 창가에서 일단 떨어져 기대로 가득한 표정으로 물었다. 크레오스는 우선 진정하고 앉으라고 타이르고는 성의 장인이 제작해주니 필요하다고 하면 같은 것을 만들어줄 것이라고 대답했다.

도착하면 물어보기로 다짐한 미라는 애플오레를 두 개 끄집어내서 크레오스에게 하나를 건네주고는 함께 느긋하게 하늘 여행을 즐겼다.

미라와 크레오스가 탄 왜건을 든 가루다는 알카이트성 문 앞 광장에 내려섰다. 이는 위병들에게도 익숙한 광경인지 그 즉시 허리를 꼿꼿이 펴고 경례를 붙였다.

크레오스가 나온 뒤, 느닷없이 반짝이는 은발머리를 지닌 소녀도 모습을 나타내는 바람에 위병들은 순간적으로 넋이 나갔다. 하지만 그 소녀가 현자 덤블프의 제자라는 것을 알아채고는 허둥지둥 자세를 바로 했다.

"고맙다, 쾌적했다."

"도움이 돼서 다행이네요."

미라는 그렇게 감사인사를 하고는 가루다를 올려다보며 "그대도 수고 많았다" 하고 말했다. 가루다는 그 말을 이해한 것인지 작은 소리로 울어 답했다.

"그럼, 미라 님. 조심하십시오."

"음. 그대도 잘하거라."

크레오스는 미라가 무사히 임무를 수행하기를 기도했고, 미라는 신인 소환술사들을 잘 육성해 달라 부탁했다. 하늘 여행길에서 미라는 탑에서 가져온 마봉폭석 중 무구정령 계약에 쓸 만한 것들을 꾸려 건네주었다. 그 수가 상당해서 크레오스는 몹시 기뻐했고, 그 덕에 오늘은 더더욱 의욕이 넘치는 듯 보였다.

크레오스가 왜건에 다시 타고 학원을 향해 떠나가는 것을 배웅한 미라는 그대로 왕성에 들어갔다. 그리고 곁에서 대기 중이던 시녀의 안내로 성 안쪽에 자리한 자료실로 향했다.

"미라 님. 오래 기다리셨습니다. 자아, 이쪽으로 드시지요."

시녀에 이어, 이번에는 릴리가 앞장을 서서 자료실 안쪽으로 나아갔다.

자료실은 하얀 벽으로 둘러싸여 있었고 천장은 높았는데 입구 부근의 천장은 특히나 탁 트여있었으며 3층으로 나뉘어 있었다. 금속으로 된 잿빛 선반이 질서정연하게 늘어서 있고, 온 세계에서 수집한 온갖 자료들이 구획별로 나뉘어 보관되어 있었다.

미라는 그곳을 가로질러 1층 깊숙한 곳에 자리한 방으로 안내를 받았다. 그곳에서는 솔로몬과 루미나리아가 기다리고 있었다.

"수고 많았다. 그만 물러나도록."

"알겠습니다."

릴리는 바른 자세로 고개를 숙이더니 떠나기 직전에 "다음에 옷에 대한 감상을 들려주세요" 하고 미라에게 귓속말을 하고서 돌아갔다.

"해서, 문제가 발생했다고 들었다만 구체적으로 어떤 문제냐?"

적당히 의자에 앉으며 미라가 그렇게 물었다.

그러자 솔로몬은 복잡한 표정으로 한 장의 종이를 내밀었다.

"여기까지는 해독이 진행됐는데 말이야. 슬레이만이 지닌 지식으로도 중요한 부분을 해독하기는 어려운 모양이야."

"호오, 그만한 지식을 가지고도 말이냐."

미라는 솔로몬에게 받아든 종이로 시선을 떨어뜨리고는 놀란 투로 중얼거렸다. 슬레이만의 유능함으로 말하자면 어지간한 학자는 상대도 안 될 정도였다.

해독한 자료는 학자가 아니라 플레이어 출신자의 일원인 소울 하울이 남긴 것이었다. 복잡하게 뒤엉켜 있기는 해도 슬레이만의 두뇌에 걸리면 해독이 그리 어려울 리가 없다. 솔로몬과 미라는 그렇게 생각했었다.

하지만 실제로 해독을 해나가다 보니 거기에는 슬레이만조차 애를 먹을 정도로 복잡한 암호의 바다가 펼쳐져 있었던 모양이었다.

종이에는 지금 현재까지 해독된 정보가 늘어서 있었다.

우선 신명광휘의 성배를 작성하기 위해서는 토대가 될 소재를 조달할 필요가 있다고 되어 있었다.

그 소재를 손에 넣을 수 있는 것이 대륙 남쪽이라는 듯하나, 아무래도 정확한 위치를 해독해내는 데 어려움을 겪고 있는 모양이었다.

"참고로, 이게 키워드인 모양이야."

루미나리아는 그렇게 말하며 책상 위에 앉아 손에 들고 있던 종이를 미라의 앞에 내려놓았다.

거기에는 '북의 버들과 남의 산에 둘러싸인 가운데 피안은 서로 펼쳐졌고, 동에는 자작나무가 싹을 틔운다. 거기에 꽂힌 수많은 피를 삼킨 검을 그릇으로 삼으라'라고 적혀 있었다.

"하나도 모르겠군."

나라 제일의 두뇌로도 풀지 못했던 암호가 한눈에 이해될 리가 없었다. 미라는 종이를 한 차례 훑어보고 난 후, 즉시 하늘을 올려다보며 생각을 포기했다.

"뭐어, 네 머리에는 기대 안 했어. 난제이기는 하지만, 단서가 하나 더 있었거든. 네가 그쪽을 담당해줬으면 해서 부른 거야."

"우으……. 해서, 단서라는 게 뭐냐?"

악의 없이 직설적으로 내뱉은 솔로몬의 말에 반박할 말이 없었던 미라는 책상 위에 턱을 괸 채 입술을 삐죽 내민 채 눈을 부릅뜨고 상대를 노려보았다.

"대륙 남부 어딘가라는 건 판명됐어. 하지만, 대륙 남부라 하면 우리나라에는 거기 딱 들어맞는 자료가 있잖아."

잔뜩 뜸을 들이듯 그렇게 말한 솔로몬은 창밖으로 시선을 던졌다.

"오호라. 우자(愚者)의 위협의 방──풀 더 분더캄머 말이로군."

"응, 정답이야."

알카이트 왕국의 지하에는 미궁이 있었다. 그것이 우자의 위협의 방이라 불리는 장소였다.

그것은 먼 옛날, 대지를 사랑하고 그를 연구하는 데 평생을 바쳤던 초승달의 우자라 불린 자가 평생에 걸쳐 수집한 컬렉션과 연구자료를 보관했던 창고를 말했다.

미라는 그곳을 아주 잘 알았다. 이유는 알카이트 왕국의 건국 배경에 있었다.

일찍이 대륙 각지에서 건국 러시가 일어났던 시절, 알카이트 왕국 역시 특별한 건국 조건을 충족시켜 이 땅에 생겨났다.

그 조건이란 루나틱레이크의 괴물을 어떻게든 한다는 것이었다.

루나틱레이크에는 보름달이 뜨는 밤이 되면 기어 나와, 주변에 막대한 피해를 미치는 괴물이 살고 있었다. 이 땅에 건국을 하려면 이 괴물을 제압할 필요가 있었다.

방법은 무엇이든 상관없었지만, 괴물은 무지막지하게 강해서 당시에는 쉽게 토벌할 수 있는 상대가 아니었다.

따라서 솔로몬은 교섭이라는 수단을 취했다. 그때 우자의 위협의 방에서 괴물에 관한 자료를 조사하여 교섭 재료로 이용했다.

그 결과가 현재였다.

미라도 자료 찾기를 도왔던지라, 그곳에 있는 자료의 유용성에 관해서도 역시 매우 잘 알고 있었다. 대륙 남부를 조사하기에 이보다 좋은 곳은 없었다.

게다가 우자의 위협의 방은 높은 난이도를 자랑하는 던전이기도 했기에 미라는 자신을 부른 이유에도 납득했다.

"흠, 그래서 이 몸을 부른 게로군."

"바로 그거야. 부탁해도 될까?"

창밖을 향했던 시선을 다시 미라에게로 돌린 솔로몬은 꽤나 가벼운 부탁을 하는 투로 말했다. 그야말로 거의 결정사항을 전달하는 듯한 말투였다.

"이것 참, 정 그렇다면 별수 없지."

미라는 의자 등받이에 등을 기댄 채 끄응, 하고 기지개를 켜며 승낙했다.

"해서, 거기는 던전일 텐데. 그렇다면 조합에 가야하는 게냐?"

"아아, 그거라면 걱정하지 않아도 돼."

미라의 물음에 루미나리아는 그렇게 대답하며 열쇠 하나를 끄집어냈다.

"꽤 품이 든 만듦새로군. 무슨 열쇠냐?"

루미나리아의 손에 있는 그것은 무척 정교하게 만들어진 은색 열쇠였다. 미라는 살짝 몸을 내밀어 열쇠를 구석구석 살펴보았다.

"우자의 방은 역사적 자료가 많기도 하고 입구가 학원 지하에 있기도 해서 특별히 나라에서 관리하고 있어."

우아하게 다리를 반대로 꼰 루미나리아는 뜸을 들이는 듯한 말투로 그렇게 말하더니 열쇠를 내밀었다.

"흠, 옳거니. 이게 그 입구 열쇠라 이건가."

열쇠를 건네받은 미라는 묵직한 무게감을 느끼며 "그럼, 그쪽은 이 몸이 맡기로 하지" 하고 말하고는 아이템박스에 열쇠를 집어넣었다.

"그럼 그런 줄 알게. 참고로 솔로몬이랑 나랑 각 술법 대행자가 열쇠를 가지고 있는데 입구를 열려면 그중 두 개가 필요해."

"흠, 그러했나. 그렇다면 자, 하나 더 내놓아라."

미라는 짓궂게 말하는 루미나리아를 한 번 째려본 뒤, 솔로몬 쪽으로 팔을 뻗어 손바닥으로 재촉했다.

"그게, 잠깐만. ······음, 어라라?"

아이템박스를 들여다보던 솔로몬은 당황한 듯 이 주머니 저 주머니를 뒤지기 시작했다.

그리고 잠시 후, 미라에게 다가가서는 손바닥에 오른손을 턱, 하고 올려놓았다.

"손."

"아니, 그게 아니잖으냐."

"잘은 모르겠는데, 어디 두고 와버린 것 같아."

솔로몬은 손을 얹은 채 아주 당당하게 그리 말하며 웃었다.

"칠칠치 못한 녀석 같으니. 뭐어, 되었다. 학원에 가면 크레오스가 있을 테니. 나머지 하나는 크레오스에게 받기로 하지."

솔로몬의 손을 튕겨낸 미라는 굳이 열쇠를 찾아다니는 것보다는 편하리라는 생각에 대안을 제시했다. 어젯밤, 계약 희망자에게 주의 사항 강의를 한다고 들었던 미라는 학원에 크레오스가 있을 테니 중간에 들르는 편이 더 빠를 거라 생각한 것이다.

"아~ 그렇겠네. 그러면 그렇게 하는 걸로 알고, 잘 부탁할게."

어디 두고 왔는지조차 잊은 솔로몬은 미라의 어깨를 턱 두드리며 즉시 긍정하더니 자신의 실수는 없었던 양 얼버무리듯 미소를 지었다.

"자아, 그래서 우자의 방 말인데."

열쇠에 관한 이야기는 이제 끝이라는 듯 다음 이야기로 넘어간 솔로몬은 책상 위에 놓여 있던 상자를 열어, 그곳에서 책 한 권을 끄집어냈다.

"뭐냐, 그 책은."

미라가 그렇게 묻자 솔로몬은 책장을 넘기며 "이건 우자의 방의 장서 목록이야" 하고 답하더니 페이지 사이에 끼워져 있던 한 장의 종이를 미라에게 내밀었다.

　미라는 그것을 받아들어 훑어보았다.

　거기에는 연구 리포트 같은 타이틀, '고래종과 진화 과정에서의 분기 법칙에 관하여', '퇴적물 및 풍토 분류에 따른 추정 군생 분포도', '아델하이드 리포트 #47'이라 적혀 있었다.

　"척 봐도 어려워 보이는 타이틀이로군."

　미라는 얼굴을 찌푸리며 그렇게 중얼거리고는 종이를 책상에 내려놓고 후우, 하고 한숨을 내쉬었다.

　"슬레이만이 이 목록에서 확인해보니, 그 세 개가 해독에 도움이 될 것 같대. 그래서 이 자료 말인데, 목록에 따르면 아무래도 3층에 있는 모양이야."

　솔로몬은 그렇게 말하며 장서목록을 펼친 채 책상 위에 내려놓았다.

　"3층, 이라?"

　미라는 그 말에 관심을 나타내더니 몸을 내밀어 장서 목록에 시선을 떨어뜨렸다. 무수히 많은 타이틀이 세세하게 적힌 가운데, 우자의 위협의 방 3층을 뜻하는 문자가 똑똑히 적혀 있었다.

　그것을 확인한 미라는 어떻게 된 일인가 싶어 턱을 손가락으로 쓸었다. 이 우자의 위협의 방이라는 던전은 2층이 최심부였던 것으로 기억했기 때문이다.

　1층과 2층은 수납된 자료와 컬렉션의 종류가 완전히 달랐으며,

들어가면 들어갈수록 보다 깊고 전문적인 성격을 띠는, 거대한 박물관 같은 던전이었을 터다.

국내이기도 하고 건국과도 연관이 있는 탓에 당연히 미라는 이 던전을 잘 알았다. 하지만 3층이 있다는 이야기는 처음 들었다.

"이 이야기는 아직 못 들어본 것 같네. 이 세계가 현실이 된 영향인지, 갈 수 있는 곳이 여기저기 늘어난 것 같아. 그리고 이 3층도 그중 하나라 이거지."

현실이 된 게임 세계. 본래도 광대했던 그것이 더욱 확장되었다는 뜻이었다. 그러한 곳은 이번처럼 던전 안은 물론이고 시스템으로 봉쇄되어 있던 장소에 이르기까지 다양했다.

"그렇게 된 것이었나. 이 몸이 모를 만도 하군그래."

이유가 밝혀지자마자 미라의 표정은 호기심으로 물들었다. 요컨대 모험 가능한 범위가 넓어졌다는 뜻이었다. 관심이 동할 만도 했다.

"가는 건 상관없다만 분명 그곳에 있는 자료 같은 것에는 반출 금지 술법이 걸려 있었을 텐데. 그건 어쩌면 좋으냐?"

미라가 지적한 대로 우자의 위협의 방에 있는 모든 자료와 컬렉션은 반출이 불가능했다. 반출하려 하면 경보장치가 작동하여 자료와 컬렉션은 원래 있던 장소로 전송되며 경비 골렘이 잔뜩 출현했던 것이다.

그러자 솔로몬은 책상 서랍에서 종이다발을 끄집어냈다.

"이건 평면이라면 무엇이든 갖다 대기만 해도 복사를 할 수 있는 물건이야. 전부터 우자의 방에 있는 자료는 필요할 때마다 이

걸로 복사해 왔어."

그렇게 말한 솔로몬이 손에 든 그 종이 역시 신개발된 술구 중 하나인 모양이었다.

"호오, 그러한 것까지 있는 겐가. 과연. 옮겨 적는 것보다는 편하겠군."

종이다발을 받아든 미라는 한 장을 뽑아 빛에 비추어보거나 뒤집어보거나 해서 겉으로 보기에는 아무런 특색도 없는 종이임을 확인하고 감탄했다.

"아, 그리고 있지. 3층에 들어가려면 라게트 동광산에서 채취되는 '형연광석(螢燃光石)'이라는 게 필요한데, 이게 또 채취한 지 반나절이 지나면 못 쓰게 되는 물건이라 말이지."

솔로몬은 그렇게 말하며 미라의 맞은편에 앉더니 책상 위에서 손깍지를 끼고 어디서 많이 본 듯한 사령관처럼 눈빛을 빛냈다.

라게트 동광산이란 루나틱레이크에서 떨어진 곳에 자리한 산간에 있어, 다녀오려면 열 시간은 소요되었다.

"뭐냐. 설마 그것도 채취해 오라는 게야?"

미라는 애매한 표정을 짓고 있는 솔로몬을 보고 이맛살을 찌푸리며 대놓고 귀찮다는 투로 답했다.

"아니아니, 그게 있지. 굳이 너를 보낼 만한 곳은 아니라 다른 사람을 파견하기로 했어. 갈렛도 너랑 같이 돌아온 데다, 아머드 지프를 타면 세 시간 정도면 왕복할 수 있을 테니까."

"뭐냐, 그런 게냐. 요컨대, 돌아올 때까지 기다릴 필요가 있다는 게로군. 그럼 됐다. 해서, 언제쯤 돌아올 예정이냐?"

미라는 아직 형연광석이 도착하지 않았으니 지금 당장 현자의 위협의 방을 공략하러 가지는 못하리라 생각했다. 하지만 솔로몬은 뭔가를 얼버무리듯이 미소를 지은 채 말을 받았다.

"그게 있지, 워낙 갑작스러운 일이라 전력으로 동원할 만한 인재가 없어서."

솔로몬은 그렇게 운을 떼고서 현재 상황에 대해 설명하기 시작했다.

현재, 마물 무리를 경계하고 대응하기 위해 군은 인재부족 상태라고 한다. 더불어 최근, 온 대륙에서 관측되고 있는 마물들의 활성화와 영역을 벗어난 마수의 존재가 이에 박차를 가하고 있는 모양이었다. 그 때문에 장소에 따라서는 상응하는 전력을 지닌 자가 최소한 네 명은 있어야 행동이 가능하다는 모양이었다.

라게트 동광산이 위치한 지역은 바로 이 조건에 해당되는 장소였고, 이는 갈렛 혼자서는 채취하러 갈 수가 없다는 것을 뜻했다.

거기까지 자세히 설명한 솔로몬은 "급경사 주행실험도 겸할 수 있을 거라 생각했는데에" 하고 본심을 중얼거리더니 기대감이 담긴 눈빛으로 미라를 흘끔흘끔 쳐다보았다.

아머드 지프라는 말에 미라의 뇌리에 과거의 기억이 선명하게 되살아났다. 그와 동시에 미라는 솔로몬의 시선을 피하듯 고개를 획 돌렸다.

"이 몸은 이제 절대 안 탈 게다."

그렇게 말한 미라는 다크나이트를 소환해서 "전력이라면 대신 이 녀석을 동행시키면 그만 아니냐" 하고 제안했다.

하급 소환체 중에서도 무구정령의 범용성은 특출하게 뛰어났다. 지시만 잘 내리면 호위를 하거나 단독행동까지 가능한 수준이었다. 하지만 그 정도로 자유롭게 다룰 수 있는 것은 미라의 무구정령이 수많은 경험을 쌓고 학습한 데에 따른 결과라 할 수 있었다.

"그거 괜찮겠는데? 확실히 전력으로는 충분할거야. 덕분에 살았어."

솔로몬은 다크나이트를 만족스러운 눈으로 바라보며 즉답했다. 마치 미라가 그렇게 하리라고 내다보고 있었던 것 같았다.

"그럼 바로 합류해볼까."

그렇게 말하며 자리에서 일어난 솔로몬은 가벼운 발걸음으로 자료실에서 나갔고 미라와 루미나리아도 잠시 후에 그 뒤를 따랐다.

행선지는 이전에도 방문한 적이 있었던 차고였다. 그렇다, 처음 아머드 지프를 봤던 그곳이었다.

솔로몬과 루미나리아가 얼굴을 내밈과 동시에 그곳에서 대기 중이던 세 명의 군인이 경례를 붙였다. 한 사람은 갈렛이었고 나머지 두 사람은 군복이 아직 어색해 보이는 젊은 남자들이었다.

그리고 세 사람의 등 뒤에는 준비가 완료된 아머드 지프의 모습이 있었다. 솔로몬의 뒤를 따라 얼굴을 내민 미라의 표정이 그것을 보자마자 잔뜩 일그러졌다.

"다들, 수고가 많다."

솔로몬은 그렇게 말하며 미라에게 눈짓을 했다. 미라가 호위용으로 시간과 내구력을 조정한 다크나이트를 소환하자 느닷없이 출현한 흑기사가 내뿜는 위압감에 젊은 병사들이 술렁댔다.

"이게 마지막 한 사람이다. 친하게 지내도록."

솔로몬이 다소 농담을 하듯 그렇게 말했다. 그러자 젊은이 둘은 허둥지둥 자세를 바로 하며 "알겠습니다" 하고 다시금 경례를 했다.

갈렛으로 말하자면 다크나이트를 본 순간 과연, 하고 중얼거리더니 "알겠습니다" 하고 경례를 붙였다.

이렇게 머릿수가 맞춰진 채취부대는 측정기로 보이는 것과 함께 아머드 지프에 타고 출발했다.

갈렛 일행을 배웅한 뒤, 미라 일행은 점심을 먹기 위해 대식당에 와 있었다. 채취부대가 돌아오려면 서너 시간은 걸리리라. 그 대기시간을 식사와 회의, 그리고 쌓인 이야기를 하는 데 할애하기 위함이었다.

성에서 먹는 점심은 역시나 호사스러웠고, 그 진수성찬 앞에서 흥분한 미라는 현재 소화를 위해 커다란 소파에 드러누워 있었다.

"여기 오면 언제든 먹을 수 있으니 그렇게 잔뜩 먹을 필요는 없는데."

그런 미라의 옆에 앉은 솔로몬은 유리잔을 건네주며 웃었다.

"버릇이 그래서 말이다……."

살짝 몸을 일으켜 받아서 한 모금을 들이켠 미라는, 유리잔을 돌려주며 쓴웃음을 지은 채 다시금 소파에 쓰러졌다.

"이러고 있으니 예전에 셋이서 정진요리 뷔페에 갔던 게 생각나네."

푹 퍼진 미라의 배를 문질러주며 루미나리아가 말했다.

"아아~ 그런 일도 있었지. 지금이랑 같은 상황이네. 아무리 정진요리라도 과식하면 의미가 없는데 말이야."

두 사람은 과거를 그리워하듯 웃음을 주고받았다. 미라는 몸을 굴려 자세를 바꾸고는 "냅둬라" 하고 중얼거리며 입술을 삐죽 내밀었다.

루나틱레이크를 나서 남동쪽에 자리한 초원을 지나 숲에 들어가, 산을 오르기 시작한 아머드 지프. 신이 날대로 난 갈렛은 길 없는 길을 파악해 액셀을 밟고 핸들을 돌렸다.

장애물을 종이 한 장 차이로 피하고 때로는 하늘을 날아 폭주하는 아머드 지프의 차내는 생각 외로 조용했다. 핸들을 쥐고 사람이 변해버린 갈렛을 제외하고는.

천지가 뒤집힌 것이 아닐까 싶을 정도로 격심하게 흔들리는 차내에서 젊고도 성실한 군인 두 사람은 감히 입을 열지도 못한 채, 이 상황에서도 미동조차 하지 않는 흑기사에게 들러붙어 필사적으로 견디고 있었다.

좌우간 산을 계속 오른 끝에 아머드 지프는 목적지에 도착했다.

라게트 동광산의 갱도 입구 주변. 녹음이 울창한 가운데 허름한 오두막이 늘어서 있는 이곳은 폐광한 지 꽤 오랜 시간이 흘러, 전성기의 모습은 전혀 찾아볼 수 없을 정도로 황량해져 있었다.

새까맣게 아가리를 벌린 갱도 앞에 선 젊은 면면들은 그 으스스한 낌새에 입을 다문 채 파르르 몸을 떨었다. 그들의 등 뒤에는 경호를 위해 따라온 흑기사가 딱 달라붙어 있었다.

"목표물의 특징은 확인했어?"

아머드 지프를 잠금장치로 잠근 갈렛은 젊은 병사 둘에게 그렇

219

게 말했다.

"파악했습니다!"

두 사람은 목소리를 모아 그렇게 대답했다.

"채굴장비는 챙겼고?"

"네, 준비 완료했습니다!"

지금부터 세 사람은 광산에 들어가 형연광석을 찾을 것이다. 공기에 닿으면 불꽃처럼 붉은 빛을 내뿜는다는 매우 눈에 띄는 특징을 지닌 광석이었다. 하지만 공기에 닿고서 약 24시간이 지나면 반응이 사라져, 우자의 위협의 방의 장치를 해제할 수 없게 된다. 따라서 필요할 때마다 채굴해야만 했다.

"이 근처에는 마물이 출현하지 않지만, 최근에는 이래저래 예상치 못한 일이 많이 일어나니 정신 바짝 차리고 임무에 임하도록."

"항상 신경을 곤두세우고 경계하겠습니다!"

신입이라 첫 임무이기도 한 두 병사들은 움직임이 딱딱해서 척 보아도 긴장했다는 사실을 알 수 있을 정도였다.

하지만 그 이상의 이유가 눈앞에 있는 갈렛이었다. 알카이트 왕국군 전차부대 부대장이라는 직함을 지닌 갈렛은, 신입들에게는 까마득히 높은 상관이기 때문이다.

하지만 갈렛은 아무래도 자신의 계급이 어떻게 보일지 잘 알지 못하는 모양이었다.

"그럼 가지."

긴장되는 첫 임무. 자신에게도 그런 시절이…… 있었던가? 갈렛은 기억을 되짚어보며 갱도에 발을 들여놓았다.

광산 안에 마물이 없었던 덕에 순조롭게 탐색을 진행한 갈렛 부대는 무사히 목적했던 형연광석을 입수했다. 그리고 나서 의기양양하게 갱도를 나선 그 순간이었다.

느닷없이 검은 그림자가 세 사람의 등 뒤에서 튀어나왔다. 눈에 보이지 않을 정도의 속도로 질주하는 그림자는 세 사람의 등 뒤에 바짝 붙어 따라온 다크나이트였다.

무슨 일인가 싶어 얼굴을 마주 본 갈렛 일행은 이내 흑기사가 튀어나간 이유를 짐작해냈다. 흑기사의 목적은 그들을 호위하는 것이었기 때문이다.

초조해진 마음을 일단 가라앉힌 세 사람은 각자 무기를 움켜쥐고서 흑기사가 향한 방향으로 고개를 돌렸다.

그러자 시선 끝, 갱도 입구에서 다소 떨어진 위치에 울창하게 돋아난 풀숲을 짓밟고 있는 거구의 괴물, 그리고 그와 대치중인 흑기사의 모습이 보였다.

"저건…… 마수!"

상대의 모습을 살짝 엿본 갈렛은 예상치 못했던 일에 숨을 죽였다.

아머드 지프보다 한참은 더 크고 곰 같은 육체를 지닌 그것은 아르카스그라지라 불리는 마수였다.

자연발생에 가까운 생태를 지닌 마물과는 달리 야생 짐승이 마에 물든 존재인 마수는, 개체 수는 적어도 매우 높은 신체능력을 지닌 것이 많았다. 그것은 당연히 쉽게 타도할 수 있는 상대가 아니어서 대단한 전투력을 지니지 않은 세 사람에게는 위협 그 자체인 존재였다.

검은 거구를 지닌 아르카스그라지는 찢어진 듯 커다란 입으로 포효를 내지르며 흑기사에게 덤벼들었다.

믿을 수가 없을 정도로 빠른 속도로 닥쳐든 거대한 아르카스그라지의 아가리 사이로 보이는, 검붉은 이빨이 흑기사의 목으로 날아들었다.

공방(攻防)은 순식간에 이루어졌다.

눈 깜짝할 새에 코앞까지 육박한 아르카스그라지의 아가리 앞으로 검은 대검이 날아들었다. 이윽고 날카로운 이빨과 검은 대검이 맞부딪히는 묵직하고도 날카로운 소리가 울려 퍼지더니, 양쪽 모두 심상치 않은 완력으로 힘 싸움을 벌이기 시작했다.

하지만 그 찰나, 등줄기가 오싹해지는 듯한 금속음이 울렸다. 무기를 이빨에 의해 봉쇄된 흑기사의 상체가 아르카스그라지의 발톱에 분쇄된 것이다.

흑기사는 두 다리를 대지에 내디딘 채 꿈쩍도 않게 되어버렸다. 갈렛 일행에게 시야에 둔 마수는 검은 잔해를 짓밟고 다음 표적에게 덤벼들었다.

'이럴 수가……. 미라 님의 다크나이트가 패하다니.'

갈렛에게 있어 그것은 있을 수 없는 광경이었다. 이러니저러니 해도 여정을 함께하며 미라의, 그리고 흑기사의 실력을 잘 알게 된 갈렛은 그 현실을 보고 말문이 막혔다.

"큭, 갱도로 돌아간다, 서둘러!"

그렇기에 순간적으로 상황판단을 내릴 수 있었다.

그렇기에 더욱 갈렛은 외치듯 지시를 내렸다.

흑기사를 쓰러뜨린 상대와 정면으로 맞서는 일만은 피해야 한다.

현재 전력으로는 맞서 싸울 수 있는 상대가 아니었다. 그리고 다행히도 세 사람의 등 뒤에는 아르카스그라지의 몸보다 폭이 좁은 갱도가 있었다. 그 안으로 도망치면 최악의 상황만은 피할 수 있으리라. 갈렛은 그렇게 판단했다.

마수에게 등을 돌린 갈렛은 멀거니 선 젊은 두 병사를 닦달해 달리게 했다. 젊은이들은 당황해 비명을 지르며 쏜살같이 달렸다. 행선지는 몇 미터 앞에 자리한 갱도였다.

그러나 단숨에 성큼성큼 거리를 좁혀 온 아르카스그라지의 아가리가, 거친 콧숨이 바로 등 뒤까지 다가와 있었다.

——한편, 알카이트성의 식당에서는.

"윽……?!"

두 친구와 담소를 나누면서도 과식한 탓에 소파에 누워 뒹굴고 있던 미라는 무언가를 느끼고 벌떡 몸을 일으켰다.

"갑자기 왜 그래?"

긴박한 표정을 지은 미라가 띤 심상치 않은 분위기에 솔로몬이 진지한 표정으로 물었다.

"이 감각, 설마……."

미라는 천천히 눈을 감고 원래는 보이지 않을 터인 무언가를 보듯 하늘을 올려다보았다.

"그럴 수가, 설마 이 타이밍에……?!"

그렇게 말하며 세차게 자리에서 일어난 솔로몬은 놀란 표정으로 미라를 바라보며 "그래서, 어느 쪽이야?" 하고 말을 이었다.

그 말을 들은 미라는 두 눈을 부릅뜨고는,

"큰 거다."

그렇게 외치며 방에서 뛰쳐나가 화장실로 달려갔다.

"이 콩트도 30년 만에 해보네. 그리워라. 그런데 지금 모습으로 큰 거라고 하는 건 좀 그렇지 않나?"

미라의 귀여운 뒷모습을 배웅한 솔로몬은 만족스러운 미소를 지은 채 의자에 고쳐 앉았다.

"있잖아, 그 콩트, 몇 종류나 있는 거야?"

어이가 없다는 듯한, 그러면서도 재미있다는 듯한 표정으로 루미나리아가 묻자 솔로몬은 잠시 생각한 끝에 "모르겠어"라고 대답하며 웃었다.

──다시 라게트 동광산 갱도 앞.

사납게 으르렁거리는 소리가 울려 퍼지더니, 죽음의 환상을 본능에 선명하게 새겨 넣는 듯한 끈끈한 숨결이 갈렛의 온몸을 뒤덮었다. 강대한 공포 속에서 갈렛은 두 젊은 병사들이 무사히 갱도로 도망친 것을 확인했다.

갈렛은 안심한 듯 입꼬리를 치올렸다. 아르카스그라지의 검붉은 이빨이 그의 등 뒤로 닥쳐왔다. 그야말로 환상이 현실이 된 그 순간이었다.

"잠깐 기다려라해——!"

너무도 뜬금없는, 날카로운 소녀의 목소리가 울려 퍼졌다 싶더니 커다란 신음소리와 함께 묵직하고도 둔탁한 소리가 갈렛의 귀에 들려왔다. 그와 거의 동시에 조금 전까지 온몸을 지배했던 공포심이 옅어졌음을 느끼고는 설마 하고 뒤를 돌아보았다.

갈렛은 그 감각을 알았다. 그것은 절대적인 안심감이었다. 그리고 그것을 알게 된 것은 최근. 그렇다, 미라의 옆에 있었던 때였다.

"당신은……?"

갈렛의 정면. 그 인물은 나무 위에서 날렵하게 내려왔다.

갈렛의 뇌리를 스친 자와는 다른, 어쩐지 오리엔탈스러운 분위기를 풍기는 소녀는 양옆으로 고리를 그리듯 머리카락을 올린 독특한 머리모양을 하고 목닫이 옷에 슬릿이 깊게 파인, 흔히 말하는 차이나드레스를 걸치고 있었다. 선명한 색을 띤 그 옷은 전투복이라기보다는 요란한 경사 자리에나 어울릴 것처럼 생겼다. 하지만 그 아름답고도 세련된 실루엣은 전투가 진행 중인 이 상황 속에서 이루 말할 수 없는 안도감을 갈렛에게 가져다주었다.

"저 마수를 계속 찾아다녔다해. 전리품은 준다해. 그러니 내가 해치우게 해달라이거."

소녀는 황황히 빛나는 눈빛을 한 채 두 손을 모아 갈렛에게 애원했다.

정신이 들어보니 조금 전까지 죽음의 기척을 흩뿌려대고 있던 마수 아르카스그라지의 모습이 멀어져 있었다.

"네, 해치워주십시오."

갈렛은 그 상황을 흘끔 살피고서 즉답했다. 소녀가 무언가를 한 것인지, 아니면 마수가 무언가를 알아챈 것인지. 그것까지는 판단이 서지 않았지만, 한 가지는 똑똑히 느껴졌다. 그것은 소녀가 당연한 일이라는 듯 입에 올린, 전리품은 주겠다는 말에 담긴 흔들림 없는 자신감이었다.

"오오, 감사감사다해!"

그렇게 말하며 쾌활하게 웃은 소녀는 다음 순간, 마수의 코앞까지 육박해 있었다.

"오오, 방금 그건!"

갑자기 사라지는 듯한 그 동작을 갈렛은 무척 잘 알고 있었다. 그것은 우수한 선술사이기도 한, 미라가 보여준 적이 있었던 '선술보법 : 축지'였다.

요컨대, 소녀는 선술사인 듯했다.

사나운 폭음과 함께 귀를 찢을 듯한 포효가 울려 퍼졌다.

소녀의 실력은 갈렛의 상상을 초월했다.

전투 개시와 동시에 강렬한 장저를 맞고 크게 자세가 무너진 거구의 마수는 직후에 두 뒷발을 구르며 그 두꺼운 앞다리로 전방을 후렸다.

아르카스그라지의 발톱이 날카롭게 허공을 갈랐다. 그리고 그

앞다리가 사냥감을 포착하기 직전에 갑자기 딱 멈춰버렸다.

자세히 보니 그 앞발에는 소녀의 손이 살며시 맞닿아 있었다.

압도적이었다. 때문에 아직 본능이 남아 있는 마수 아르카스그라지는 상대의 역량을 알아채고는 그 즉시 표적을 변경했다.

그 표적이란 갈렛이었다.

폭발적인 순발력으로 질주한 아르카스그라지는 붉은 눈으로 똑바로 갈렛을 바라보았다. 갈렛으로 말하자면, 너무도 갑작스러운 상황 변화에 순간적으로 넋이 나갔다.

"갈렛 대장님!"

젊은 병사 중 한 명이 허둥지둥 소리쳤다. 하지만 갈렛은 움직이지 않았다. 아니, 움직일 필요가 없었다.

차이나드레스 차림의 소녀가 코앞까지 와 있었기 때문이다.

젊은 병사들은 마치 요술이라도 부린 듯 멀리 떨어진 곳에서 이동하여 모습을 나타낸 소녀를 보고 경악했다.

하지만 마수는 그들 이상으로 당황했다. 그러나 속도가 붙은 거구는 쉽사리 멈출 수 있는 것이 아니었다. 때문에 아르카스그라지는 소녀를 피하기 위해 크게 도약했다.

"물러 터졌다해!"

소녀는 그렇게 말하더니 똑바로 마수를 향해 손을 뻗어 주먹을 움켜쥐었다. 그러자 그 순간, 아르카스그라지가 공중에서 우뚝 멈췄다.

이해가 되지 않는 그 현상을 눈앞에서 본 갈렛은 대체 무엇을 한 것인가 싶어 소녀에게로 시선을 돌렸다.

눈앞에 있는 소녀는 하늘로 주먹을 치켜 올린 채 마수를 바라본 직후, 그 눈을 부릅떴다.

순간, 하늘이 폭염으로 뒤덮였다.

대지와 나무들과 대기까지 뒤흔든 그 충격은 곧 수그러들었다. 자잘한 불똥이 바람에 흩날리는 가운데 불꽃이 활활 타올랐다.

거무튀튀한 살기로 가득했던 주변 일대는 정적과 평안을 되찾았다. 정신이 들자 새와 곤충소리가 와, 하고 밀려들었다.

"소문만큼 강하진 않았다해……."

소녀는 풀숲 한 구석을 나뒹굴고 있는 새까맣게 탄 마수의 핵을 쳐다보며 어쩐지 실망한 투로 중얼거렸다.

"이거 참, 덕분에 살았습니다."

아슬아슬하게 목숨을 건진 갈렛은 소녀에게 감사인사를 했다. 하지만 소녀는 그런 갈렛의 말에 "무슨 말이냐해?" 하고 고개를 갸웃했다.

"아, 그렇군요. 아무것도 아닙니다. 훌륭했습니다."

소녀가 겸손을 떠는 것이라고 받아들인 갈렛은 그렇게 바꿔 말하며 마음속으로 감사인사를 늘어놓았다. 하지만 갈렛은 다음 순간, 소녀의 말에 담긴 진짜 의미를 알게 되었다.

"별거 아니다해. 그보다, 그 기사한테서 엄청난 힘이 느껴진다해. 저 마수보다 훨씬 좋은 단련이 될 것 같다해. 꼭 붙어보고 싶다해."

그렇게 말하며 갈렛의 등 뒤로 시선을 던진 소녀의 얼굴은 기대감과 전의(戰意)로 넘쳐나고 있었다.

갈렛의 등 뒤에는 갱도와 그리로 도망친 젊은 병사가 있을 뿐이다. 기사라 부를 만한 것은커녕 마수를 가지고 논 소녀의 단련 상대가 될 만한 것은 그 어디에도 없을 텐데.

그렇게 생각한 갈렛은 대체 무슨 소리인가 싶어 뒤를 돌아보았다. 그 눈에, 상처 하나 없이 차분하게 서 있는 흑기사의 모습이 비쳤다.

호위병으로 조정하여 소환된 다크나이트는 박살난 뒤, 내재된 마나를 통해 그 즉시 재생되었다. 그리고 아르카스그라지의 이빨이 갈렛에게 닿기 직전이었던 그 순간, 검은 대검 역시 마수의 몸을 양단하기 직전이었던 것이다.

끝을 알 수 없는 미라의 실력에 새삼 감탄한 동시에 경외심 역시 더욱 깊어져서 갈렛은 다소 자랑을 하듯,

"이 기사는 호위병으로 빌려 온 것이라 본인의 허가를 받아야만 합니다. 죄송하군요."

라고 소녀에게 말하며 고개를 숙였다.

"으음, 당신이 술사가 아닌 거냐. 그럼 별수 없다해."

소녀는 진심으로 아쉬운 듯 고개를 푹 숙인 채 중얼거렸으나 포기하지 않은 것인지 시선만 흑기사에게로 돌렸다.

"으음, 꼭 하고 싶으시다면 루나틱레이크로 가보지 그러십니까. 그곳에 이 다크나이트를 소환한 분이 계시니."

감사 말고도 소녀에게 친근감을 느낀 갈렛은 그렇게 제안하며 당당히 서 있는 흑기사를 올려다보았다.

"루나틱레이크라. 으음, 아직 돌아가기는 이르다해. 다음 기회

로 미루겠다해!"

소녀는 그렇게 말하며 미련을 끊어내듯 뛰어올라, 나뭇가지를 타고 도망치듯 숲속으로 사라졌다.

대체 정체가 뭐였을까. 숲속으로 사라진 소녀의 뒷모습을 배웅한 갈렛 일행은 같은 의문을 떠올리며 목숨을 건진 일에 감사했다.

$$\langle 15 \rangle$$

식사를 마친 미라 일행은 장소를 집무실로 옮겨 식후 티타임을 즐겼다. 셋이 모이니 이야기는 끝날 줄을 몰랐고 별것 아닌 일로도 흥겨워졌다.

그러던 중에 임무를 마친 갈렛이 얼굴을 보였다.

"임무 완료했습니다."

"수고했다. 잘해주었다."

검은 주머니에 담긴, 막 채굴한 형연광석을 확인한 솔로몬은 그렇게 말해 노고를 치하했다.

갈렛은 그 말에 경례로 답하고는 격식을 차려 미라에게로 몸을 돌려 고개를 숙였다.

"미라 님, 다크나이트 님을 빌려주셔서 감사합니다."

"무얼, 고마워할 것 없다. 그보다⋯⋯."

소파 위에서 책상다리를 한 채 아주 편안히 쉬고 있던 미라는 문득 날카로운 눈빛으로 갈렛의 뒤에 자리한, 호위병으로 대동시켰던 흑기사를 노려보았다.

"다크나이트의 경계 레벨이 올라간 듯하다만, 무슨 일이 있었지?"

시선을 다시 갈렛에게로 돌린 미라는 턱을 손가락으로 쓸며 그렇게 이어 말했다.

경계 레벨. 그것은 호위용으로 조정해서 소환한 다크나이트의 특징 중 하나였다. 일반적인 강화는 통상 소환보다 몇 배나 되는 마나를 쏟아부음으로써 소환시간을 연장시키고 재생 가능 횟수가 증가되도록 행하는데, 호위용에는 강화재생이라는 기능 하나가 더 추가되어 있었다. 이는 무구정령의 학습능력을 이용한 것으로, 격파당한 상황을 분석하여 그에 대응할 수 있는 무장으로 재생하는 기능이었다.

자신의 다크나이트를 잘 아는 미라는 변화가 있으면 당연히 그 즉시 알아챌 수 있었다.

실제로 가만히 서 있는 흑기사만 보아도 알 수 있었다. 장갑이 두꺼워진 데다 손에 든 대검 말고도 허리에 장검을 차고 있었던 것이다.

"과연. 이건 경계 레벨이 올라간 것이었나요."

갈렛은 흑기사의 모습이 변한 이유를 납득하고는 "보고서로 정리해 제출할 생각이었습니다만" 하고 운을 떼고서 채굴을 마치고 돌아오는 길에 조우한 마수와 그를 손쉽게 타도해 보인 선술사 소녀에 관해 보고했다.

"자세한 내용은 추후에 확인하도록 하지. 물러가도 좋다."

"네. 실례하겠습니다."

보고를 마친 갈렛은 다시 한 번 경례를 하고는 집무실을 뒤로 했다. 그와 동시에 송환된 흑기사가 빛의 입자가 되어 흩어졌다.

"그래, 어떻게 생각해?"

문이 닫힘과 동시에 솔로몬이 책상 위에서 손깍지를 낀 채 몸을 내밀고서 그렇게 말했다.

"메이린일 테지. 그토록 특징적인 말투를 쓰는 자가 그리 많을 것 같지는 않으니."

"남 말할 처지는 아닐 텐데. 뭐어, 공통점으로 미루어 메이린이 분명하다고 봐도 되지 않을까."

실내에는 미라와 솔로몬, 그리고 루미나리아뿐이었다. 보고를 들은 세 사람은 마수보다 그곳에 나타난 소녀 쪽에 주목했다.

강력한 선술을 다루며 마수를 압도한 차이나드레스 차림의 소녀. 더불어 다소 이상한 말투를 썼다고 했다.

이러한 특징을 종합해본 세 사람의 머릿속에는 같은 인물의 모습이 떠올랐다.

아홉 현자의 일원인 선술사 '장악(掌握)의 메이린'이었다.

"보고로 들은 상황으로 미루어 또 무사수행 같은 걸 하고 있다고 봐야 하려나."

창가로 걸어간 솔로몬은 라게트 동광산이 있는 방향을 바라보며 살며시 웃었다. 보고로 미루어 메이린은 마수와 싸우기 위해 근처에 와 있었던 것으로 추측되었다. 하지만 그녀의 풋워크는 매우 가벼워서 목적을 달성한 지금은 이미 다음 수행 상대를 찾아 어딘지 모를 먼 곳까지 가 있으리라. 수색에 나선다 한들 이미 발견하기가 어려울 정도로 시간이 흐른 뒤였다.

"십중팔구 그럴 테지. 근처에 왔으면 한 번 정도는 얼굴이라도 비출 것이지."

미라는 신발을 신으며 그랬으면 수고를 덜 수 있었을 텐데, 하고 한숨 섞인 투로 중얼거렸다.

"뭐어, 별수 없는 일 아니겠어? 아홉 현자라는 직책이 기다리고 있는데. 돌아오면 돌아온 대로 그리 쉽게 수행을 하러 떠나지는 못하게 될 테니까. 나처럼 말이야."

그렇게 말하며 어깨를 으쓱한 루미나리아는 신세 한탄이라도 하듯 코웃음을 쳤다.

"보고에 따르면 '아직 돌아가기에는 이르다'고 말했다지 않으냐. 기다리다 보면 조만간 훌쩍 돌아올지도 모를 일이지."

미라는 방랑벽 있는 사람 찾아다니기는 귀찮다는 표정으로 자주성에 맡기자고 제안했다.

"글쎄에. 한번 정신 팔리면 약속이고 뭐고 다 깜박하는 타입이었잖아."

창가에서 떨어져 집무용 의자에 다시 앉은 솔로몬은 "좀 더 제대로 된 인격자가 있었으면 좋았을 텐데에" 하고 푸념을 흘리며 두 사람을 흘끔 쳐다보았다.

"그러게 말이다. 이 녀석이고 저 녀석이고 싸돌아다니기나 하고. 찾아다니는 몸도 좀 생각해 줘야 할 게 아니냐."

"그러게 말이야~. 누구는 혼자서 바빠서 죽을 지경인데. 딴 사람 생각도 좀 해주지."

미라와 루미나리아는 마치 자신은 인격자라는 투로 지금은 없는 아홉 현자의 면면들을 비난했다.

"뭐어, 이 건은 보류하기로 할까."

솔로몬은 자신만만한 두 사람에게 다정한 미소를 던지며 이야기를 중단했다.

장치의 해제 방법을 듣고 형연광석을 받아든 미라는 왕성을 뒤로하고 학원으로 향했다.

시간은 마침 수업이 끝날 무렵인 오후 3시가 조금 지나 있었다. 그런 탓인지 대로는 귀갓길에 오른 학생들로 붐볐고 줄지어 늘어선 점포는 어디 할 것 없이 성황을 이루어, 도시의 경기가 얼마나 좋은지를 간접적으로 보여주었다.

교문에서 흘러나오는 인파를 거슬러 올라 학원 부지 안에 발을 내디딘 미라는, 요전에 견학했던 기억을 되짚어 크레오스를 찾기 위해 교사로 돌입했다.

'벌써 간 겐가? 나머지 수업 정도는 하고 있을 줄 알았건만.'

미라는 계단을 오르고 복도를 거닌 끝에 약간 길을 헤매기는 했지만 넓은 교사를 뒤져 소환술과 교실에 도착했다. 하지만 살짝 발돋움질을 해서 들여다본 교실에는 아무도 없었다.

'음, 이 소리는?'

미라가 크레오스는 어디에 있는지 학원장에게라도 물어보러 갈까 하던 찰나, 교실 안에서 작은 소리가 들려왔다. 무슨 소리인가 싶어 문을 열고 교실을 확인해보았지만 처음에 봤던 대로 아무도 없었다. 하지만 소리는 끊기지 않고 계속해서 들려왔다.

'혹시, 이 안쪽인가.'

귀를 쫑긋 세운 채 교실 안을 둘러보니 아무래도 소리는 구석에 있는 문 안쪽에서 들려오는 듯했다. 그 문을 열자 소리는 더욱 선명해져서 사람의 목소리가 섞여 있다는 사실도 알 수 있었다.

그리고 들려오는 목소리 중에는 귀에 익은 것도 있어 크레오스는 이 안에 있구나, 하고 직감한 미라는 그곳에 있는 계단을 따라 내려갔다.

계단 끝에 자리한 방은 훈련장인 듯 보였다. 금속음이 메아리치고 활기가 넘치는 실내에는 예상한 대로 크레오스의 모습이 있었고, 그 밖에도 십여 명의 학생들과 소환술 교사인 히나타, 그리고 12명의 다크나이트가 있었다.

학생 옆에 선 다크나이트는 미라의 것에 비해 빈약하고 못 미더워 보였다. 요컨대 최근 계약한 것이라는 뜻이었다.

그에 반해 소환술 교사인 히나타의 다크나이트는 교사답다고 해야 할지, 그림으로 그린 듯 듬직한 기사의 모습을 하고 있었다. 하지만 크레오스의 다크나이트는 그보다 훌륭해서 기사 단장처럼 위풍당당해서 그들과는 수준이 다르다는 것을 보여주고 있었다.

아무래도 새내기 소환술사를 지도하는 중인 모양이었다. 크레오스와 히나타, 두 사람의 다크나이트로 실전을 방불케 하는 전투를 펼치며 크레오스가 중간, 중간 해설을 하고 있었다.

새내기에게 소환술의 기초라 할 수 있는 다크나이트의 움직임을 가르치고 있는 듯 보였다.

'흠흠, 기초는 중요하고말고.'

미라는 새내기를 교육하는 크레오스의 모습을 감회 깊게 쳐다보았다. 그러던 중 낭랑한 목소리로 이어지던 해설이 뚝 끊겼다.

히나타가 왜 그러느냐고 크레오스에게 물었다. 하지만 당사자인 크레오스는 어느 한곳을 바라본 채 입을 쩍 벌리고 있었다.

학생들은 무슨 일인가 싶어 크레오스의 시선을 좇아 고개를 돌렸다. 그곳에는 훈련실을 입구에서 들여다보고 있는 미라의 모습이 있었다.

"미라야."

학생들이 신입생이라느니, 크레오스가 숨겨뒀던 자식이라느니 하는 억측을 해대며 수군거리기 시작한 가운데 히나타가 기쁜 표정으로 달려 나갔다.

"방해해서 미안하구나."

"그렇지 않아, 대환영이야."

꼬리를 꼿꼿이 세운 채 기쁜 듯 미소를 지은 히나타는 미라의 손을 잡고 반갑게 맞아들였다. 그러고는 세차게 학생들 쪽으로 몸을 돌리며 입을 열었다.

"모두에게 소개할게. 다름이 아니라 이번 심사회에서 1위를 거머쥐어 준 사람이 바로 여기 있는 미라야."

둘째손가락을 척 세워 1위를 강조하며 미라를 소개한 히나타는 자신의 일처럼 자랑스럽게 가슴을 폈다.

"미라다. 잘 부탁하마."

후배에게 얕보이지 않고자 당당한 태도로 인사를 입에 담은 미라는, 자세히 보니 학생들의 나이가 상당히 제각각이라는 사실을 알아챘다.

그러던 중 크레오스가 다가와 미라에게 묵례를 하고서 학생들

에게 몸을 돌리더니 그녀는 덤블프 님의 제자로 이번에 소환술
습득용 도구를 제공해준 분이라고 소개문을 추가했다.

그 말을 들은 학생들이 술렁이기 시작했다. 그 술렁대는 소리
는 서서히 커졌고, 잠시 후에는 미라를 환영하는 박수갈채로 바
뀌었다.

그와 그녀들에게 있어 미라는 포기했던 소환술사로서의 첫걸
음을 내딛게 해준 구세주였다. 심지어 소환술과를 1위에 올려놓
아 주었을 뿐 아니라 그 유명한 영웅 덤블프의 제자라고 하지 않
는가. 그 등장에 태연할 수 있을 리가 없었다.

결과, 훈련장에는 온갖 환호성이 난무했다. 그러던 가운데 학
생들 중 한 명이 기대와 존경이 섞인 눈으로 미라에게 말했다.

"저기! 미라 님의 무구정령이 보고 싶어요!"

그 목소리가 울려 퍼진 직후, 환호성은 동의의 말로 바뀌었고
학생들은 이내 "이렇게 부탁드립니다, 미라 님" 하고 목소리를 모
아 말하기에 이르렀다.

"뭐어, 좋다!"

어느새 경칭이 '님'이 되어 있다는 사실을 흘려 넘기기로 한 미
라는 원하는 대로 다크나이트와 홀리나이트를 소환해 보였다.

미라의 양옆에 마법진이 떠오르더니 그곳에서 흑기사와 백기
사가 모습을 드러냈다. 그 광경을 본 학생들은 우선 그 무엇보다
도 그저 가슴을 편 채 대담한 미소를 짓기만 하고 있는 미라의 모
습에 경악했다. 소환술이 발동되고 있음에도 불구하고 그것을 행
사한 거동이나 흔적이 눈곱만큼도 보이지 않았기 때문이다.

심지어 소환된 기사들은 히나타는 물론이고 크레오스의 무구정령마저도 압도할 정도의 위압감을 두르고 있었다. 역전의 영웅을 보는 듯한 성스러움과 광전사를 보는 듯한 경외감을 내뿜고 있었다.

"오오~."

술법을 발동시키는 낌새도 없이, 심지어 동시 소환. 게다가 거의 순식간에 출현시키기까지 하다니, 보고도 믿기지가 않았다. 그런 탓에 실력차가 하늘과 땅 차이인 학생들은 미라의 소환술이 얼마나 굉장한 것인지 짐작도 되지 않아 그저 멍하니 탄성을 자아내는 것이 고작이었다.

"몇 번을 봐도 역시 굉장해."

미라의 소환술을 술기 심사회에서도 본 적이 있는 히나타는 신이 난 목소리로 그렇게 말하며 존경심이 담긴 눈빛을 미라에게 퍼부었다.

"무구정령은 소환술의 기본이니 말이다. 당연하지."

순수한 칭찬에 기분이 좋아진 미라는 자신만만하게 몸을 젖힌 채 두 기사를 송환시키더니 곧장 다크나이트 둘을 동시에 소환하여 대검이 서로 맞부딪히게끔 휘두르게 했다.

순간, 날카로운 참격이 포개어져 쩌렁쩌렁한 금속음과 함께 불꽃이 튀었다. 그리고 훈련실 안에 돌풍이 휘몰아쳐 몇몇 학생들이 화들짝 놀라 뒷걸음질을 쳤다. 강대한 위압감을 지닌, 강인한 흑기사 두 명이 실전과도 같은 일격을 휘두른 것이다. 압도당할 만도 했다.

"제대로 육성하면 무구정령은 이만큼 강해지니, 정진하거라!"

미라는 선배로서 후배들에게 그렇게 용기를 불어넣었다.

엄청난 박력에 할 말을 잃었던 학생들. 미라의 양옆에 위풍당당히 선 흑기사를 보고 있던 그들의 눈이 서서히 동경의 빛을 띠기 시작했다. 무구정령은 싸우면 싸울수록 강해지고 강적을 만나면 만날수록 학습한다. 성장속도는 미미하고 시간은 걸리지만 차곡차곡 축적된다.

처음에 나선 것이 누구였는지는 알 수 없었지만, 부디 미라의 다크나이트와 대련을 하게 해달라는 자가 나타났다. 크레오스에게 소환술의 기초지식을 배우던 학생이 귀중한 강자와의 전투경험을 쌓을 기회를 놓칠 수는 없다고 생각한 모양이었다.

그러자 그 목소리를 계기로 모두가 대련을 희망하고 나섰고, 학생들은 한껏 고무되었다.

그런 의욕 넘치는 목소리를 무시할 미라가 아니었다. 미라는 다크나이트 하나를 송환시키고 대담하게 미소 지은 채 "한꺼번에 덤벼도 좋다!"라고 말했다.

이렇게 미라의 다크나이트는 학생들의 다크나이트를 상대로 난전을 펼치게 되었다.

전투개시로부터 몇 분 후. 다크나이트는 술자의 마나가 남아 있는 한 소환된 상태로 있을 수 있었지만 이미 기진맥진한 듯 보이는 학생들이 사방에 널브러져 있는 가운데, 드문드문 남아 있던 다크나이트도 눈 깜짝할 새 참격을 맞았다.

그리고 자리에 남은 마지막 한 명. 아슬아슬하게 흑기사의 검을 받아낸 그것은 언제 끼어든 것인지 모를 히나타의 다크나이트였다.

"호오, 제법이로군."

미라는 그렇게 말하며 히나타에게 미소를 던졌다.

"교사인걸. 조금은 분발해야지."

히나타는 꼬리를 붕붕 좌우로 흔들며 야무진 표정으로 답했다.

하지만 실력차는 일목요연했다. 초 단위로 열세에 몰린 끝에 히나타의 다크나이트는 10초 정도 만에 두 말할 여지가 없을 정도로 철저하게 패했다.

훈련실에는 미라의 다크나이트만이 남았다. 상처 하나 없이 당당한 그 모습, 그 힘 앞에서 학생들은 탄성과 환호성을 내질렀다.

그러던 학생들은 문득 궁금해졌다. 현자의 제자와 대행자 중 어느 쪽이 더 강할까?

모두의 시선이 크레오스에게로 향했다.

학생들의 흥미진진한 시선을 받고, 굳이 듣지 않고도 그 뜻을 헤아린 크레오스는 미라에게 묵례를 하며 "부디 저와도 대련을"이라고 말하며 앞으로 나섰다.

그것을 미라는 곧장 승낙했다. 거절할 이유가 없었다.

그리고 최고 수준의 다크나이트전(戰)이 시작되었다.

두 명의 흑기사가 펼치는 검극(劍戟)의 춤은 보는 이 모두를 집어삼킬 정도로 유려했다. 검과 검이 맞부딪힐 때마다 공기가 진동하여 흡사 뇌우가 쏟아지는 소리처럼 들렸다.

모두가 숨을 죽일 정도로 압도적인 박력을 띤 채 번뜩이는 검은 날카로운 궤적을 그리며 맞부딪혔다. 얼핏 보기에 난폭해 보이는 그것은, 엄연히 품새에서 비롯된 정확한 동작이었다.

그렇다, 두 다크나이트는 검술을 익힌 것이다. 그 유파는 '운요류(雲耀流) 검술'. 사용자가 얼마 되지 않는 강검(剛劍)이었다.

그런 숙련된 검이 격렬하게 교차하는 광경은 대련이라는 영역을 초월해, 그야말로 일류 검사간의 대결과도 같은 양상을 띠고 있었다.

몇 초인지 몇 분인지 모를 격렬한 전투 끝에 양자의 싸움은 끝을 맞이했다.

유파의 최고속 참격을 간파해낸 미라의 다크나이트가 같은 기술을 내질러 크레오스의 다크나이트를 양단하고 승리를 거머쥔 것이다.

너무도 강렬하고 호쾌한 결정타이기도 했거니와 다크나이트가 이토록 강해질 수 있다는 말인가 싶어 감동한 학생들은 환호성을 쳤다.

"조금은 상대가 될 줄 알았는데. 역시 미라 님이십니다."

"아니, 그대도 상당히 성장한 듯하구나. 많이 강해졌어."

크레오스가 약간 분한 듯한 표정으로 말하자 미라는 그렇게 칭찬을 했다. 그러자 크레오스는 "감사합니다"라고 말하며 어린애 같은 미소를 지었다.

"하지만 아직 실전경험이 부족한 감이 있군. 그런고로 검귀의 신전 같은 곳에나 가볼 테냐? 무구정령을 수련하기에는 딱이다."

다크나이트를 송환하며 미라는 근처 맛집이라도 소개하듯 던전의 이름을 입에 담았다.

"미라 님. 그곳은 수행을 하러 갈만한 곳이 아니라고요……."

그곳에 몇 번인가 끌려간 적이 있는 크레오스는 매우 진지한 표정으로 미라의 인식이 잘못되었음을 지적했다.

"저기, 나, 아니, 저도 크레오스 님이나 미라 님처럼 강해질 수 있을까요?"

수준의 차이라는 것을 눈앞에서 목격한 학생 중 한 명이 불안한 투로 그렇게 물었다.

"음, 나나 크레오스도 처음에는 그대와 같았다. 가능성이야 노력 여하에 따라 무한하다고 할 수 있지."

미라는 그 학생을 똑바로 마주 본 채 그렇게 말하며 자신만만하게 웃어 보였다.

"감사합니다!"

그에게 있어 미라의 그 말은 지금 가장 듣고 싶은 말이었던 모양이었다.

그 후, 현자의 제자의 실력을 직접 보고 더더욱 의욕에 불이 붙은 학생들이 졸라대는 통에 미라는 이런저런 것들을 지도해주기 시작했다.

어느새 학생들 사이에 끼어 있던 히나타가 질문을 날렸다. 미라는 소환의 기점을 설정하는 요령이나 동시 소환 훈련방법, 다크나이트와 홀리나이트의 운용법과 같은 중요한 기초를 자세히 가르쳐나갔다.

'저도, 그런 식으로 배우고 싶었는데 말이죠…….'

크레오스는 다정하고도 자세히 설명을 하는 미라의 모습을 바라보며 우울하게 한숨을 내쉬었다. 왜 자신을 가르칠 때는 다정하게 가르쳐주지 않은 것이란 말인가. 그런 생각이 듦과 동시에 가혹했던 수행 시절까지 떠올라, 크레오스는 몸을 부르르 떨었다.

현자의 제자에 의한 특별 강습회가 된 나머지 훈련은 완전 하교시각이 돼서야 끝이 났다. 몹시 유익한 시간이었는지 귀가하는 학생들의 표정은 내일을 향한 활력으로 가득했다.

"그런데, 미라 님은 무슨 일로 오신 건가요. 새내기들을 교육하러 오신 건 아니실 테죠?"

크레오스는 히나타와 수업 뒷정리를 하며 그제야 생각났다는 투로 물었다.

"오오. 그러했지. 지금부터 볼일을 좀 보러 우자의 위협의 방 최하층에 자료를 찾으러 갈 예정인데. 이게 필요해서 말이다."

루미나리아에게 받은 열쇠를 보여주며 미라는 그렇게 대답했다.

"과연. 그렇게 된 거였나요."

우자의 위협의 방의 입구를 열려면 같은 열쇠가 두 개 필요했다. 미라가 가지고 있는 것은 분명 그중 하나였다. 솔로몬의 요청으로 여러모로 힘을 쓰고 있다는 이야기를 들었던지라 크레오스는 납득했다.

"해서, 이것과 같은 열쇠를 빌리러 온 것인데……."

그렇게 말하던 미라는 무언가가 떠올랐는지 그대로 크레오스를 가만히 쳐다보며 말을 이었다.

"헌데 크레오스여. 이후에 뭐 볼일이라도 있느냐?"

미라는 뭔가 좋은 생각이 떠오른 듯한 표정으로 크레오스에게 다가갔다.

"아뇨, 딱히."

마침 수업 뒷정리를 마친 크레오스는 뒤를 돌아보며 그렇게 대답했다. 그러자 미라는 신이 난 듯 밝은 표정으로,

"그럼 마침 잘되었구나. 그대도 함께 가자꾸나."

하고 크레오스에게 권유했다. 우자의 위협의 방은 조명이 적어 매우 어두운 던전이었다. 하지만 그것은 크레오스가 함께 가면 완벽하게 해결되는 문제였다.

"재미있을 것 같네요. 함께 가겠습니다."

크레오스에게 있어 미라, 아니, 덤블프와 던전을 공략하는 것은 목숨을 걸어야 하는 일이었다. 하지만 얻을 수 있는 것도 그 위험성과 비례하게 많았다. 곁에 있기만 해도 수행이 되기 때문이다. 그래서 크레오스는 그리움 반, 향상심 반으로 동행하겠다는 뜻을 밝혔다.

그 대화는 당연히 함께 정리를 하던 히나타의 귀에도 들렸다. 그리고 그것은 히나타에게는 흘려들을 수 없는 내용이었다.

"저, 저기……. 저도 함께 가도 될까요?"

이 기회를 놓치면 후회하리라 생각한 히나타는 후학(後學)을 위해 큰맘 먹고 그렇게 말했다. 두 사람이 지금 간다고 한 장소는

던전이었으니, 당연히 그곳에서는 전투도 벌어질 것이다. 그렇다. 소환술사 최강이라 할 수 있는 두 사람의 실전을 두 눈으로 직접 볼 천재일우의 기회인 것이다.

"음, 상관없다."

미라가 즉시 대답하자 크레오스는 "잘됐네요" 하고 히나타에게 미소를 지어주었다. 소극적인 성격의 히나타가 적극적으로 자신의 의지를 입에 담은 것이다. 학생 시절부터 히나타를 알았던 크레오스에게는 그 역시 기쁜 성장의 증표 중 하나였다.

당사자인 히나타로 말하자면 부끄러운 듯 "네" 하고 대답하며 기쁜 듯 고양이 귀를 바짝 세웠다.

〈16〉

알카이트 학원 전문학부 교사 지하 깊숙한 곳. 미라 일행은 철창살로 엄중히 봉인된 커다란 문 앞에 있었다.

"그대가 아직 신출내기였을 때, 특훈을 하러 온 적이 있었더랬지. 그립군그래."

그 문. 우자의 위협의 방 입구를 올려다보며 미라는 추억담을 이야기하듯 중얼거렸다.

"아니, 그건 훈련이나 수행이라 할 만한 게 아니었다고요. 살의가 느껴지는 다른 무언가였지……."

어지간히 험한 일을 당했는지 크레오스는 먼눈을 하고 문을 바라본 채 뺨을 씰룩거렸다.

무슨 이야기일까, 싶어 물음표가 떠오르기는 했지만 크레오스도 고생했던 시절이 있었구나, 하는 맥락만은 히나타에게도 전해졌다.

"그럼 미라 님은 오른쪽 열쇠를 맡아주십시오."

"음, 알겠다."

크레오스는 마음을 다잡듯 다소 큰 소리로 말하며 문의 왼편에 설치된 장치 앞에 서서는 품 안에서 은제 열쇠를 끄집어냈다. 미라 역시 오른편에 자리한 장치 앞으로 다가가 은제 열쇠를 꺼내 들었다.

"그럼 미라 님. 열쇠를 돌려주십시오."

"음."

미라가 시키는 대로 열쇠를 돌리자 묵직한 금속음이 들려왔다. 그것을 확인한 크레오스가 이어서 열쇠를 돌렸다. 그러자 이번에는 수레바퀴가 맞물리는 듯한 소리가 들리더니 서서히 쇠창살이 해체되기 시작했다.

"자아, 가실까요."

크레오스가 훤히 드러난 문의 손잡이를 쥐고서 천천히 당기자 서늘한 공기가 세 사람의 발치를 쓸고 지나갔다.

던전 특유의 낌새에 히나타는 부르르 몸을 떨었다.

문을 지난 곳에 자리한 것은 완만한 내리막으로 된 긴 동굴이었다. 그곳에는 작은 불빛이 있기는 해도 매우 어두워서 시야가 썩 좋지 않았다.

"좋아, 크레오스. 불을 밝혀라."

미라는 그렇게 말하며 고개를 돌려 눈짓을 했다. 그것은 일찍이 크레오스를 데리고 돌아다녔을 때와 같은 재촉 방법이었다.

"알겠습니다."

그 몸짓이 어쩐지 그립게 느껴져 크레오스는 살며시 미소를 지은 채 손바닥에 작은 빛을 생성시켜 그것을 공중에 풀어놓았다.

그 빛은 꼭 설탕처럼 녹아갔다. 그러고 나자 신기하게도 시야와 공간이 서서히 윤곽을 띠기 시작하더니 이윽고 빛으로 메워져 나갔다.

이것이 광정령과 엘프의 혼혈인 크레오스의 고유기능이었다.

"호와아~…… 밝아라."

어두컴컴하고 어쩐지 으스스했던 동굴 안이 지금은 대낮처럼 밝았다. 그 신기한 광경에 히나타는 놀람과 동시에 처음 본 크레오스의 기능에 감동했다.

환히 밝혀진 동굴 양옆에는 한참 앞까지 선반이 놓여 있었는데, 그곳에는 수많은 연구 자료와 채집 샘플이 빽빽하게 들어차 있었다.

미라와 크레오스는, 그것들에는 눈길도 주지 않고 성큼성큼 안으로 들어갔다.

1층으로 된 동굴은 기본적으로 외길이었지만 곳곳에 샛길이 나 있었다. 그 안에도 선반이 늘어서 있었고, 바닥에는 썩은 잡화가 어지러이 널려 있었다. 과거 이곳을 거점 삼았던 연구자가 생활했던 흔적이자 일시적으로 물건을 보관하는 데도 사용했던 흔적이었다.

하지만 곰곰이 생각해보면 이상하기 그지없는 광경이었다. 의자며 책상과 같은 것은 사용이 불가능할 정도로 풍화된 데에 반해, 선반 자체와 그곳에 진열된 것들은 전혀 열화되지 않았기 때문이다.

'분명, 무형술과가 연구 중이었지.'

히나타는 두리번두리번 동굴 안을 둘러보며 그런 생각을 했다.

우자의 위협의 방에 있는 모든 선반에는 특수한 술법이 걸려 있었다. 아무리 시간이 지나도 열화되지 않고 도난을 방지하는 술법이.

"이 앞에 모여 있겠군."

곁눈질도 하지 않고 나아가던 미라가 어렴풋이 보이기 시작한 동굴 가장 깊은 곳을 쳐다보며 말하자 크레오스가 "그런 것 같네요" 하고 대답했다.

뭐가 모여 있다는 걸까. 그런 생각에 히나타는 또다시 물음표를 띄웠지만 계속해서 앞으로 나아가던 중, 동굴 막다른길에 자리한 커다란 광장을 보고나니 그 의미를 알 것 같았다.

폭은 20미터 정도에 깊이는 25미터 정도 될까. 폭이 큰 학교 수영장 같은 넓이의 공간에 마물들이 모여 있었던 것이다.

개의 형상을 띤 마물, 보라스크 하운드가 세 마리, 부정형 마물 라게트 우즈 셋, 그리고 식물계열 마물인 라피안 우드맨이 넷이었다.

위치상 전투는 피할 수 없겠지만, 아무래도 아직 이쪽을 발견하지는 못한 듯했다.

"송사리들뿐이로군. 냉큼 물리치고 갈 길을 서두르도록 할까."

미라가 그렇게 말하며 한 걸음을 내디딘 순간, 히나타가 한발 먼저 앞으로 뛰쳐나왔다.

"저기, 제 소환술 좀 봐주시겠어요?"

두 사람의 전투를 보기만 할 것이 아니라 자신의 소환술을 보여주고 조언을 좀 받았으면. 그렇게 생각한 히나타는 긴장된 표정으로 대답을 기다렸다.

미라는 고개를 돌려 크레오스와 얼굴을 마주 보고는 동시에 고갯짓을 주고받았다.

"뭐어, 좋다."

"네에, 모처럼의 기회니까요."

미라는 히나타의 기세를 높이 사기로 했다. 크레오스로 말하자면 소환술사의 정점에 있는 현자 본인에게 술법 지도를 받을 수 있는 절호의 기회인지라 동의했다.

"고맙습니다, 분발할게요."

까마득히 먼 차원의 존재인 현자의 제자와 대행자 두 사람에게 지도를 받을 수 있게 된 히나타는 긴장이 되기는 했지만 의욕을 불태웠다. 술기 심사회에서 미라의 술법을 본 이후, 히나타의 향상심에도 불이 붙은 모양이었다.

"그럼, 제가 지닌 최고의 술법을 봐주세요."

그렇게 말하며 기합을 넣은 히나타는 소환술을 발동시키기 위해 집중했다.

우선은 소환지점 지정. 그리고 소환체를 선택. 이미지가 흐트러지지 않도록 차근차근 단계를 밟아나간 히나타는, 다음으로 필요한 마나를 쏟아부었다. 천천히 퍼뜨려 나가듯이.

그러자 지정한 지점에 마법진의 윤곽이 떠올랐다. 그것이 서서히 광채를 더해가다 붉은 빛으로 변한 순간, 히나타는 소환술을 발동시켰다.

'소환술 : 샐러맨더'

단숨에 불타오른 마법진이 불똥이 되어 흩날리는 가운데, 몸길이가 2미터 정도 되는 덩치 좋은 대형 도마뱀이 나타났다.

"호호오, 샐러맨더라. 그러고 보니 소환할 수 있다고 했었지.

그렇다면, 심비오스산에 있는 '용맥(龍脈)의 불씨'에서 얻은 겐가?"

"응, 열심히 올라갔었어."

히나타는 정면에 떡 하니 버티고 선 샐러맨더를 꼭 끌어안으며 그렇게 대답했다.

불을 관장하는 원소정령 중에서도 샐러맨더는 원시정령으로 분류되었고, 심비오스 화산의 분화구 부근에 자리한 용맥의 불씨라는 것에 정령결정을 던져야 발생했다.

정령결정이란 태고의 정령의 혼이 결정화한 것으로, 깊은 지층 등에서 드물게 발견되는 광석의 일종이었다. 그것은 다이아보다도 단단한지라 가공하기 어려운 데다, 생긴 것도 투명도가 낮은 잿빛을 띠고 있어 보석으로서의 가치는 없었다. 하지만 거래가는 상당했다.

이를 정령에게 건네면 상응하는 사례를 받을 수 있었다. 정령의 가호나 정령무구 등을 얻는 방법 중 하나인 것이다.

또한 소환술사가 정령계약을 맺는 용도로 사용되기도 했다.

"흠, 잘생겼군그래."

무턱대고 귀여워하는 히나타에 비해 샐러맨더는 날카로운 눈초리에 용감해 보이는 얼굴을 지니고 있었다.

미라가 칭찬을 하자 히나타는 만면에 미소를 지은 채 기뻐했다. 용맥의 불씨에서 막 태어난 샐러맨더는 갓난아기와 같다. 소환술사는 그 갓난쟁이 정령을 번듯한 소환정령으로 키운다. 다시 말해, 친자식에 가까운 존재였다. 때문에 정령을 칭찬 받은 히나타의 기쁨은 유난히 클 수밖에 없었다.

실제로 미라가 보아도 히나타의 샐러맨더는 그럭저럭 잘 육성되어 있었다.

"그럼, 갑니랴…… . 갑니다."

도중에 발음이 꼬이기는 했지만 히나타는 꿋꿋하게 전투를 개시했다.

히나타 일행이 선제공격을 가했다. 단숨에 광장으로 달려든 샐러맨더는 마물들의 공격 범위 밖에서 '파이어 브레스'를 내쏘았다.

새빨갛게 타오르는 불꽃이 크게 부풀어 올라 마물들을 덮쳤다. 그에 반해 마물들은 위협이 닥쳐왔음을 알아채고 회피행동을 취하기는 했으나 한발 늦어 불길에 휩싸여 원망 섞인 비명을 질러댔다.

공기까지도 불살라버린 불꽃의 숨결은 특히 불에 약한 라게트 우즈 세 마리를 모두 불태워버렸다.

하지만 민첩한 보라스크 하운드는 경미한 화상을 입었을 뿐이었고, 라피안 우드맨은 표피를 뒤덮은 불연성 이끼 덕분에 난(難)을 피한 듯했다.

남은 일곱 마리는 당연히 샐러맨더를 경계하며 언제든 덤벼들 수 있도록 자세를 취했다.

샐러맨더가 먼저 움직였다. 맹수처럼 우렁차게 울부짖으며 입에 홍련의 불꽃을 머금은 채 세차게 땅을 박차고 돌격해 나갔다. 마물들도 그에 질 새라 으르렁 소리를 내며 일제히 샐러맨더에게 덤벼들었다.

그 후로는 완전한 난전이 벌어졌다. 샐러맨더는 사방을 포위한 채 덤벼드는 마물들을 상대로 등에 올라타면 꼬리로 후려쳐 떨궈 내고 물리면 마찬가지로 물어 반격하고, 궁지에 몰리면 자신에게 불꽃이 닿는 것도 아랑곳 않고 적을 불태워 나갔다.

떡 하니 버티고 서서 요격하고 쓰러뜨리는 그 모습은, 마치 중전차를 보는 듯했다.

샐러맨더는 그 용맹하고도 과감한 분투를 통해 마물들의 수를 착실하게 줄여나갔다. 그리고 몇 분도 채 되지 않아 결국 라피안 우드맨 한 마리만 남았다.

이끼로 뒤덮인 썩은 나무에 손발이 돋아난 듯한 모습을 지닌 라피안 우드맨은 그 온몸을 뒤덮은 이끼 덕에 불에 내성이 있었다. 하지만 그것도 절대적이지는 않았다.

라피안 우드맨은 창처럼 날카로운 팔을 휘둘렀지만 그것이 채 닿기 전에 샐러맨더의 돌진이 직격했다. 라피안 우드맨은 무언가가 부서지는 듯한 둔탁한 소리와 함께 땅바닥에 쓰러졌다. 그러자 샐러맨더가 몸에 올라타서 불길이 일렁이는 아가리로 물어뜯었다.

라피안 우드맨은 몸부림을 쳤지만 얼마 지나지 않아 온몸에서 불꽃을 내뿜으며 잿더미가 되었다. 이빨이 불을 막아주던 이끼를 관통해 몸 안쪽부터 불타버린 것이다.

이렇게 마물 열 마리를 쓰러뜨린 샐러맨더는 당당한 발걸음으로 히나타의 곁으로 개선했다.

"완벽했어. 정말 잘했어."

히나타는 샐러맨더를 끌어안고서 마구 쓰다듬어댔다. 샐러맨더로 말하자면 칭찬을 받아 기분이 좋아 보였다.

"어땠나요?"

샐러맨더를 송환하고 나서 히나타는 긴장된 표정으로 고개를 돌려 미라와 크레오스에게 의견을 구했다.

"파이어 브레스는 상당한 수준이던 걸요? 그 정도 위력이면 상급 던전에서도 충분히 통할 겁니다. 하지만 움직임이 둔한 게 다소 마음에 걸리더군요. 기동성을 중심으로 단련시키면 좀 더 좋아질 거예요."

"맞다. 이번에는 그다지 신경이 안 쓰였다만, 애초에 샐러맨더는 방어가 약하니 말이지. 포위당하는 사태를 피하도록 움직여야 할 게야."

미라와 크레오스는 히나타의 샐러맨더가 싸우는 모습을 보고 느낀 바를 그대로 입에 담았다.

"알겠어요, 기동성 말씀이시죠?"

히나타는 품 안에서 작은 메모장을 꺼내어 두 사람의 조언을 적어 넣었다.

"그리고 말인데. 불꽃 갑옷은 습득 못한 게냐? 그건 공수 양면에 유용한 것이니 고려해 보거라."

미라는 샐러맨더의 특징이며 이점과 약점, 유용한 육성방침 등을 줄줄 읊었다.

히나타는 눈빛을 빛내며 요점을 메모장에 추가로 적어 넣었다. 그리고 크레오스 역시 평소보다 진지한 표정으로 미라의 말에 귀를 기울였다.

"고마워. 엄청나게 참고가 됐어."

미라의 깊고도 깊은 지식에 감명을 받은 히나타는 기쁜 듯한 미소를 지어 보였다.

"과연…… 미라 님이세요. 저도 많이 배웠습니다."

크레오스로서도 미라…… 아니, 덤블프에게 이토록 자세하게 소환술에 관한 강의를 들은 적은 없었던지라 다소 감회가 깊은 눈치였다.

"이 몸도 아직 공부 중인 몸이다. 함께 정진해 보자꾸나."

그렇게 답한 미라는 두 사람을, 특히 크레오스를 바라보며 게임 시절에는 플레이어가 아닌 자를 상대로 술법에 관한 이야기를 한 적이 없었음을 떠올렸다.

'그런데 지금은 이 몸의 대행자라니. 곰곰이 생각해보니 이렇게까지 잘 성장해준 게 용하군.'

미라는 마치 손자의 성장을 기뻐하는 이처럼 감개무량한 미소를 지었다.

　우자의 위협의 방 1층 안쪽에 자리한 광장. 샐러맨더 강습회를 마친 세 사람은 더욱 깊은 곳으로 이어진 통로로 들어섰다.

　그리고 십여 미터 정도를 나아가 금속으로 된 문과 맞닥뜨렸다. 장식이고 뭐고 없는, 그저 경계를 가르기 위한 목적으로 존재하는 문은 크레오스가 손잡이를 잡아당기자 흐느껴 우는 듯한 소리를 내며 열렸다.

　문을 지나 다음 계층으로 이동했다. 그곳에는 동굴이었던 1층과는 달리 바닥이 돌 재질의 블록으로 된, 명백히 사람의 손길이 닿은 커다란 원형 공간이 있었다.

　크레오스의 특수기능으로 평소 이상으로 밝게 비춰진 그 장소에는 역시나 썩지 않는 무수한 선반이 늘어서 있었다. 선반은 가장자리를 빙 둘러싸고 있었다. 또한 위에서 내려다보면 오렌지를 둥그렇게 자른 듯 보이도록 중심에서 바깥쪽을 향해 바퀴살 모양으로도 선반이 놓여 있었다.

　세 사람은 정체 모를 물건들이 이것저것 들어찬 선반을 곁눈질하며 똑바로 전진했다.

　원형 공간 중앙. 그곳에는 직경이 5미터 정도 되는 구멍이 뚫려 있어, 안을 들여다보니 나선계단이 깊은 지하로 유인이라도 하듯 이어져 있었다.

　우자의 위협의 방 2층. 그곳은 은의 연탑처럼 도넛 모양으로 된 계층을 몇 중으로 포갠 구조로 되어 있었고, 그 모든 층들이 하나같이 선반과 작업대로 넘쳐나고 있었다.

히나타는 그것들을 흥미로운 눈으로 쳐다보며 두 사람의 뒤를 따라 나선계단을 내려갔다.

15개 계층으로 이루어진 각 층은 본래 어두컴컴한 데다 정체를 알 수 없는 수집품까지 놓여 있어 으스스하게 보일 터였다. 하지만 크레오스의 덕분에 세세한 것까지 선명하게 보이는 지금은, 얼핏 보면 테마가 뚜렷치 않은 박물관처럼 보였다. 심지어 전망이 무척 좋아서 마물의 위치를 정확히 파악할 수 있었다.

벽에 달라붙은 휴즈 슬라임, 선반 틈새에 몸을 숨긴 섀도팬서, 천장에 매달린 스트리고 배트, 그리고 가장자리를 순회하는 아머파이선. 이러한 마물들이 모두 빛에 비춰져 또렷이 보였다.

"모처럼의 기회니 크레오스여. 시범 삼아 그대의 샐러맨더를 보여주거라."

나선계단 위에서 마물들을 둘러본 미라는 마침 좋은 기회다 싶어 크레오스에게 제안했다.

"시범, 말씀이신가요."

크레오스로서는 미라의 시범을 더 보고 싶었다. 그리고 그 편이 훨씬 유익할 거라는 생각 탓에 다소 망설여졌다.

"그대가 얼마나 실력을 키웠는지, 이 몸도 궁금해서 말이다."

미라는 난색을 보이는 크레오스에게 그렇게 말하며 도발적인 미소를 지었다. 그러자 크레오스의 표정이 히나타와 마찬가지로 의욕으로 가득한 것으로 바뀌었다.

"알겠습니다. 맡겨만 주십시오!"

크레오스는 크게 고개를 끄덕이고는 힘차게 한 걸음을 내디뎠다.

마물이 우글대는 층계 아래의 빈 공간에 의식을 집중시켜 크레오스는 소환술을 발동시켰다.

마법진이 빛을 내뿜으며 불타올랐다. 그리고 흩날리는 불똥 속에서 크레오스의 샐러맨더가 모습을 드러냈다. 그것은 히나타의 샐러맨더보다 훨씬 몸집이 컸고, 사지는 탄탄했으며 꼬리가 이상하리만치 길었다.

기동성에 중심을 두고 착실하게 육성시킨 샐러맨더의 모습이었다.

"전혀, 달라……."

애교는 없지만 압도적으로 늠름한 그 샐러맨더의 풍모를 본 히나타는 자신의 샐러맨더와는 너무도 딴판이라는 생각에 낙담했다.

"앞으로 제대로 육성만 하면 해결될 일이다. 정진하면 그만이야."

미라가 손을 내밀어 어깨를 턱 두드리며 격려하자 히나타는 "응, 분발할게" 하고 꼬리를 꼿꼿이 세운 채 기합을 다시 넣었다.

"그럼, 갑니다."

두 사람의 그런 대화를 다소 부럽다는 생각 속에서 들으며 크레오스는 샐러맨더에게 전투개시 지시를 내렸다.

직후, 샐러맨더의 모습이 사라졌다. 아니, 사라진 듯 보였다. 샐러맨더가 그만한 순발력으로 도약한 것이다.

히나타는 허둥지둥 그 모습을 눈으로 좇았다.

"후와아……."

히나타의 입에서 저도 모르게 이상한 소리가 흘러나왔다. 그녀의 눈에 비친 것은 이미 그 층의 마물을 물어뜯고 불사르고 있는 샐러맨더의 모습이었다.

다섯 마리 정도의 마물이 그야말로 눈 깜짝할 새에 격퇴 당했다. 그 속도, 그리고 무엇보다도 사납게 사냥감을 처리하는 샐러맨더의 박력 있는 모습을, 히나타는 숨을 죽인 채 멍하니 지켜보았다.

"그럼, 아래층으로 가시죠."

크레오스가 그렇게 말하자 샐러맨더는 주인의 곁으로 돌아와 그대로 앞장을 서듯 나선계단을 내려갔다. 그리고 세 사람이 따라붙었을 즈음, 샐러맨더는 온몸에 '불꽃 갑옷'을 두른 채 마물들에게 덤벼들고 있었다. 불꽃으로 된 꼬리를 늘어뜨리며 종횡무진으로 날뛰어 마물을 불태워 나가는 샐러맨더는, 그야말로 아름답고도 무시무시한 불꽃을 흩뿌리는 사냥꾼이었다.

소화액을 분사하는 휴즈 슬라임은 샐러맨더의 숨결 한 방에 증발했다.

주변 전체를 발판 삼아 상대를 농락하는 섀도팬서는 그 이상의 기동력 앞에서 손수무책으로 불타버렸다.

다른 마물과 전투 중일 때 상대의 사각에서 공격해 오는 스트리고 배트는 채찍처럼 휘어진 샐러맨더의 꼬리에 맞고 땅바닥으로 떨어졌다.

그리고 아머 파이선은 믿었던 갑각을 너무도 쉽게 관통당해 잿더미가 되었다.

그것은 그야말로 압도적인 광경이었다.

"호호오. 그럭저럭 성장한 듯하군."

그런 광경 앞에서 미라는 다소 감탄한 투로 칭찬의 말을 입에 담았다.

그럭저럭?

이게 어딜 봐서 그럭저럭이라는 걸까 싶어 당황한 히나타를 아랑곳 않고 크레오스는 "감사합니다" 하고 들뜬 말투로 대답했다.

크레오스의 샐러맨더의 적수가 될 만한 것은 없어서 순조롭게 나선계단을 따라 내려간 결과, 세 사람은 얼마 되지 않아 최하층에 도착했다.

그곳에 있던 마물을 즉시 섬멸시킨 샐러맨더가 역할을 마치고 송환되었다. 히나타는 그 모습을, 자신의 샐러맨더도 저렇게 되었으면 하고 기도하며 배웅했다.

그 층에는 선반도 작업대도 없고, 커다란 석제 책상만이 중앙에 자리하고 있었다.

"흠, 이건가."

석제 책상 중심에 자리한 작은 홈이 바로 솔로몬에게 들었던 최심부로 가는 통로를 여는 장치였다.

그것을 확인한 미라는 갈렛이 가지고 온 형연광석을 끼워 넣었다.

그러자 신기하게도 형연광석이 내뿜던 옅은 빛이 천천히 석제 책상 전체로 퍼져나가는 것이 아닌가. 나아가 그것은 바닥까지 뻗어나가 몇 가닥이나 되는 선이 되어 주변 벽을 타고 올랐다. 그렇게 퍼져나간 빛은 이윽고 한데 모여 벽면에 사각형을 그렸다.

'호오, 제법 본격적인 연출이로군.'

빛을 눈으로 좇던 미라는 설레는 마음을 안은 채 그 사각형을 바라보았다.

사각형이 서서히 빛을 더해 최고조에 달하자 2층 전체가 진동하기 시작했다. 그리고 둔탁한 소리가 울려 퍼지더니 드디어 숨겨져 있던 문이 열렸다.

"미라 님, 히나타 선생. 뒤쪽이에요."

나란히 빛나는 사각형을 바라보던 미라와 히나타에게 크레오스가 겸연쩍은 듯 쓴웃음을 지으며 말했다.

"뭣……이라고?"

"어라?"

뒤를 돌아보니 아무것도 없었을 터인 벽에 네모난 구멍이 뻥 뚫려 있었다. 척 보아도 여기가 열릴 거예요, 하고 주장하는 듯했던 네모난 빛은 연출에 불과했던 모양이었다.

히나타는 "속았어~"라고 말하며 웃었고, 미라는 퉁퉁 부어서 크레오스의 앞을 지나쳐 비밀문으로 들어갔다.

십여 미터쯤 되는 좁은 복도를 전진하여 그 끝에 자리한 계단을 따라 얼마간 내려간 세 사람은 갑자기 탁 트인 장소와 맞닥뜨렸다.

263

주변은 커다란 석제 블록으로 된 투박한 벽으로 둘러싸여 있었고, 천장에는 울퉁불퉁한 바위가 보였다. 그리고 평평한 바닥에는 무수한 긁힌 자국들이 남아 있었다.

탁 트인 공간은 학교 체육관 넓이의 두 배에 조금 못 미쳤고, 안쪽에는 커다란 금속제 문이 우뚝 솟아 있었으며 그 양옆에는 보란 듯이 커다란 기사의 석상이 서 있었다.

"척 봐도 움직일 것 같군그래."

미라는 턱에 손가락을 가져다 댄 채 두 개의 석상을 쳐다보았다.

"바로 보셨어요. 우선 검과 방패를 든 기사 석상이 움직이고, 조금 지나면 핼버드를 든 전사의 석상이 움직이기 시작하죠."

"흠, 역시 움직이는 겐가. 처음 보는 적이라 가슴이 설레는군."

미라는 그렇게 중얼거리며 대담한 미소를 띤 채 성큼성큼 앞으로 나아갔다.

"모처럼 처음 보는 상대와 싸우는 것이니 손대지 말거라."

미라가 도중에 뒤를 돌아보며 말하자 크레오스는 "알다마다요" 하고 말하며 뒤로 물러났다.

덤블프였던 시절부터 미라는 처음 보는 적의 움직임이며 특징을 파악할 때는 혼자서 싸우고는 했다. 크레오스는 그 당시를 떠올리며 당연하다는 듯 답했다. 그리고 다소 그리운 눈으로, 하지만 일거수일투족을 놓치지 않고자 눈을 부릅뜬 채 미라의 뒷모습을 바라보았다.

"히나타 선생. 미라 님의 전투를 잘 봐두세요. 소환술의 도달점을 엿볼 수 있을 테니까요."

함께 뒤로 물러난 히나타에게 그렇게 말한 크레오스의 눈빛은 평소와는 달리 매우 진지했고, 그 얼굴에는 그 누구도 막지 못할 듯한 호기심이 배어나 있었다.

"아, 알겠어요."

익숙지 않은 표정에 당황하면서도 히나타는 힘껏 고개를 끄덕이고는 미라의 뒷모습을 주시했다.

'자아, 상대는 골렘인 듯하다만.'

골렘은 불에 내성이 있다. 하지만 히나타에 이어 크레오스까지 샐러맨더를 소환했는데 지금 그 흐름을 거스를 수는 없는 일 아닌가. 미라는 그렇게 결론을 내렸다.

마음은 정했으니 이제 신속하게 행동에 옮기는 일만 남았다. 걸음을 멈추지 않는 미라에 반응해 커다란 기사 석상이 침묵을 깼다. 동시에 마법진이 떠오르더니 홍련의 불꽃 속에서 샐러맨더가 뛰쳐나왔다.

이렇게 양자의 전투는 느닷없이 시작되었다.

마법진이 채 불타 없어지기도 전에 샐러맨더의 굵직한 꼬리가 기사 석상을 후려쳐 날려버렸다.

기사 석상은 파편을 튀기며 땅바닥을 굴렀다. 그에 맞서는 미라의 샐러맨더는 검붉은 표피에 마그마 같은 화염을 두른 채 입에는 작열하는 숨결을 머금고 있었다. 게다가 사지는 굵고 길었다. 얼핏 본 얼굴은 맹수 그 자체였고, 압도적인 그 모습은 대형 도마뱀이라기보다는 날개 없는 드래곤에 가까웠다.

"후와아아………."

조금 전에 놀랐던 마음이 채 가시기도 전에 히나타는, 그것을 상회하는 광경에 다시금 놀라 그저 무의식적으로 이상한 소리만 냈다. 수준 차이가 너무 심한 나머지 머릿속이 새하얘진 것만 같았다.

하지만 샐러맨더와 석상의 전투는, 그런 히나타는 아랑곳 않고 빠른 속도로 진행되었다.

자세를 바로잡은 기사 석상은 그 커다란 몸집에 어울리지 않게 민첩한 움직임으로 내달렸다. 한 걸음 한 걸음이 격렬하게 공간을 뒤흔들었고 기세 역시 갈수록 격렬해졌다. 그리고 그 거구에서 뿜어진 난폭한 검격은, 맹렬한 위력을 발휘하여 지면의 일부를 분쇄했다.

기사 석상의 검이 날쌔게 날아들었지만 그마저도 샐러맨더에게는 도달하지 않았다. 그도 그럴 만했다. 체구에 걸맞지 않은 움직임을 보이고 있는 것은 기사 석상뿐이 아니기 때문이다.

강인한 다리로 높이 도약하여, 온몸에서 뿜어낸 불꽃으로 궤도를 바꾸었다. 날개는 없어도 하늘을 날며 불꽃을 흩날리는 샐러맨더의 모습은 악몽 속에나 등장하는 괴물 같았다.

기사 석상은 그에 질 새라 검을 휘둘렀다. 하지만 샐러맨더는 경쾌하게 거리를 조절하여 단숨에 빈틈으로 뛰어들더니 기어이 그 석상의 팔을 물어 부쉈다.

한쪽 팔을 잃은 기사 석상은 그 상태로도 남은 팔에 든 방패를 휘둘러 저항했다. 하지만 이미 승패는 정해진 상태였다.

박살난 팔에서 불꽃이 뿜어져 나왔다. 그 기세는 순식간에 거

세졌고, 이윽고 굉음과 함께 작렬하여 석상의 어깨까지를 날려버렸다.

기사 석상은 크게 비틀거리며 쓰러졌다. 하지만 불꽃은 그치지 않았다. 몸을 침식하듯 퍼져나가, 머리며 몸통을 폭쇄(爆碎)했다.

그리고 결국 두 다리까지 먼지가 되어버리자 검과 방패만이 그 자리에 남았다.

폭발의 여파로 분진이 흩날리는 가운데, 핼버드의 날끝이 그것을 꿰었다. 전사 석상이 움직이기 시작한 것이다.

시야가 부연 데도 핼버드는 정확히 샐러맨더를 노렸다. 하지만 날 끝은 사냥감을 포착하지 못하고 땅바닥을 후벼 파더니, 주인을 잃고 땅바닥에 떨어졌다.

분진이 옅어지기 시작했을 즈음, 전사 석상이 있었을 터인 장소에는 불타오르는 잔해 여섯 개가 나뒹굴고 있었다.

"흠, 훌륭하구나."

샐러맨더는 공중에서 궤도를 조정하여 미라의 정면에 묵직하게 착륙했다. 미라는 그렇게 응석을 부리는 샐러맨더의 콧등을 쓰다듬어주며 칭찬했다. 그러자 샐러맨더는 기분이 좋은지 크르르 소리를 내며 기뻐했다.

"역시 미라 님이십니다. 한 수 배웠습니다."

송환되어 가는 샐러맨더를 배웅한 크레오스는 더 없이 행복해 보이는 표정으로 그렇게 말했다.

그에 반해 함께 보고 있던 히나타로 말하자면 배우고 말고 할 수준이 아니었음을 배우고는 할 말을 잃었다. 하지만 이번에 본 광경은 히나타의 머릿속에 확고한 이미지를 만들어냈다. 그것은 평생 목표로 하게 될 모습이자 절대적인 지표가 되어줄 이상적인 형태이기도 했다.

18

두 개의 커다란 석상이 지키고 있던 문을 지나 목적지인 최종 구역에 발을 들였다.

전망으로 말하자면 군데군데 자리한 희미한 불빛이 마치 도깨비불처럼 가까운 곳이며 먼 곳에서 일렁이고 있었다. 어슴푸레하여 윤곽이 흐릿하기는 했으나 상당히 넓은 듯하다는 것을 짐작할 수는 있었다.

하지만 그렇게 보인 것도 잠시뿐이었다. 크레오스의 특수기능으로 밝혀진 빛이 마치 파문처럼 퍼져 나가 어둠을 밀어젖힌 것이다.

공간을 질주한 빛이 서서히 전체의 윤곽을 드러나게 해주었다. 그리고 빛이 충만해진 순간, 눈앞에 펼쳐진 광경을 둘러본 미라는 가슴이 설레기 시작했고, 히나타는 넋을 잃고 말았다.

그곳은 마을 하나가 통째로 들어와 있는 것이 아닐까 싶을 정도로 광대한 공간이었다.

"오는 길에 봤던 것이 아무것도 아닌 듯 느껴질 정도로 정신 나간 곳이로구나."

"위협의 방이라는 이름이 붙은 던전이기는 하지만, 그건 이 최심부를 가리키는 이름이었던 모양이네요."

"지금까지는 창고에 불과했다 이건가. 우자라는 말이 참으로 잘 어울리는군."

질서정연하면서도 엉터리로 높이 쌓인, 수많은 선반들에는 책이며 채집물로 보이는 식물 등이 아무렇게나 들어차 있었다. 하지만 허용량을 초과한 탓인지 채집물이 군데군데 삐져나와 떨어져 있었다. 그런 탓인지 최심부는 전체적으로 식물로 뒤덮여 있었다. 그럼에도 책장과 그곳에 담겨 있는 것들만은 조금도 상하지 않았다.

중앙에는 선반이 탑처럼 쌓여 있고, 그 주변에도 역시나 책장이 자리해 있었다. 도서관 같기도 하고 박물관 같기도 한 그 광경은 차라리 선반으로 된 숲이라 해야 할 듯했다.

"이 안에서 찾으라니, 고생 깨나 해야겠구나."

잠시 둘러보기만 했는데도 뭘 찾고 있었는지 잊어버리고 싶어지는 그 전망 앞에서 미라는 한숨 섞인 투로 중얼거렸다.

"그러고 보니 자료를 찾으러 온 거였죠. 그건 어떤 자료인가요?"

그제야 생각이 났는지 크레오스가 그렇게 말했다. 아무래도 감회 깊은 일이 연달아 일어나 본래의 목적을 잊었던 모양이었다.

"이거다."

미라는 그런 크레오스에게 파우치에서 필요한 자료가 적힌 메모를 끄집어내 건넸다. 크레오스는 "잠시 보겠습니다" 하고 말하며 그것을 받아들고서는 그 내용에 시선을 떨어뜨렸다.

"이건, 남대륙의 식생에 관한 자료 같군요. 구분은 6인가요. 그렇다면……."

크레오스는 메모에 떨어뜨렸던 시선을 들어 올리며 그렇게 말하더니 걸음을 떼어, 들어왔던 문 옆에 서서 그곳에 있던 커다란 간판을 올려다보았다.

"뭐냐, 이건. 어째서 던전에 이러한 것이⋯⋯."

크레오스의 시선을 좇아보니 그곳에는 지금 눈앞에 펼쳐진 최심부의 안내도가 그려져 있었다.

"지금은 던전으로 분류되어 있지만 예전에는 창고, 라기보다는 정말로 박물관으로 사용되었던 모양입니다. 뭐 취미가 맞는 사람들끼리 즐길 목적으로 만든 모양이지만요."

"오호라. 그때의 흔적이라 이거로군."

처음 찾은 던전이라 모험심으로 잔뜩 들떠 있던 미라는 어쩐지 인간미가 느껴지는 사정을 듣고는 쓴웃음을 지었다.

"저 근처로군요."

크레오스는 그렇게 말하며 안내도 윗부분을 가리켰다. 거기에는 '제6구획 육상식물'이라 표기되어 있었다. 메모에 적힌 것과 같은 장소였다.

안내도에 따르면 그곳은 정확히 입구와 반대쪽에 자리한 곳인 동시에 가장 광대한 구획인 듯했다.

"멀군. 날아가는 게 빠르겠어."

울창하기는 했지만 가장 높은 위치에 있는 출입구 부근에서의 전망은 좋았다. 미라는 아무렇게나 늘어선 선반 너머로 시선을 던져, 보다 짙은 녹색으로 뒤덮인 구역을 확인하며 중얼거렸다.

"그러고 싶은 마음은 굴뚝같지만 미라 님, 저걸 좀 보시죠."

크레오스는 그렇게 말하며 안내도 구석을 가리켰다. 미라는 손가락이 가리키는 방향으로 고개를 돌려 매우 작은 글씨로 적힌, 한 문장을 발견해냈다. 그곳에는 '정규 경로를 벗어날 경우, 방범 장치가 작동합니다'라고 적혀 있었다.

"처음 여기 왔을 때는 난리도 아니었죠. 정규 경로를 벗어나면 무수히 많은 골렘이 쏟아지고 여기저기에 방호벽이 출현해서 정말 말 그대로 난리가 나거든요. 그러니 날아가는 건 좀 어려울 듯합니다."

아무래도 작동시킨 적이 있는지 크레오스는 다소 쑥스러운 투로 그렇게 설명했다.

안내도를 잘 살펴보니 정규 경로라 표시된 선이 또렷하게 그려져 있었다.

"뭐어, 별수 없군그래."

멀리 보이는 제6구획에서 정규 경로의 시발점인 내려가는 계단으로 시선을 옮긴 미라는 그래도 처음 찾은 던전을 모험하는 것이니 상관없지, 하고 마음을 고치고는 걸음을 뗐다.

안내도는 정규 경로에 일정 간격으로 설치되어 있어, 모험심을 순조롭게 깎아나갔다. 하지만 미라는 그래도 꿋꿋하게 우뚝 솟은 선반으로 둘러싸인 통로를 나아갔다.

옆으로 눈을 돌려보면 간이 계단이 드문드문 놓여 있었고, 조금 고개를 들어보면 선반과 선반을 연결하듯 걸린 다리도 보였다.

안내도에는 올라가면, 건너가면 어디가 나올까. 모험심을 자극하는 그러한 의문들의 답이 똑똑히 표시되어 있었다.

미라는 때때로 나타나는 마물들을 통해 조금이나마 **분위기**를 느끼며, 화풀이를 하듯 그것들을 물리쳐 나갔다.

"음, 뭐냐, 이건. 닫혀 있다만."

안내도대로 전진한 길 끝에는 빗장이 걸린 쌍바라지 문이 있었다. 심지어 그 빗장은 단단히 고정되어 있어 완전히 봉쇄된 상태였다.

"최심부는 이곳처럼 구획별로 나뉘어 있답니다. 다음 구획으로 가려면 장치를 해제할 필요가 있죠."

크레오스는 그렇게 말하며 문 옆에 자리한 대좌(臺座)를 가리켰다.

거기에는 금속으로 된 입방체 블록이 놓여 있었다. 자세히 보니 그 블록의 전면은 세로 다섯 조각, 가로 다섯 조각으로 나뉘어 있었고, 조각 하나하나에는 무언가를 본뜬 도형이 새겨져 있었다. 그 도형은 여섯 종류로 보였다.

"이건 장치가 아니라, 퍼즐 아니냐……."

색이 아니라 도형을 맞춰야 한다는 차이는 있었으나 미라는 그 입방체 퍼즐을 잘 알았다. 그렇다. 큐브 퍼즐이었다.

"다섯 칸짜리는 좀…… 그렇군. 그대는 어떠냐?"

심지어 그것은 평범한 큐브 퍼즐보다도 난이도가 월등히 높았다. 그다지 잘 푸는 편이 아닌 미라는 노골적으로 표정을 흐리며 크레오스에게 시선을 날렸다.

"못 풀지는 않습니다. 하지만, 여섯 시간 정도 걸릴 것 같네요."

"흠, 여섯 시간이라…….."

그다지 서두르고 있는 것은 아니었지만, 그렇다고 퍼즐에 그만한 시간을 쏟기는 귀찮다. 미라가 그런 생각에 고심하기 시작한 순간이었다.

덜컥, 하는 커다란 소리가 울리더니 어떠한 장치가 작동하여 문을 가로막고 있던 빗장이 빠진 것이다.

"뭐냐. 열렸다만?"

문이 완전히 개방된 것을 보고 어떻게 된 일인가 싶어 미라가 뒤를 돌아보니 그 시선 끝에는 꼬리를 움찔 떨며 문을 쳐다보고 있는 히나타의 모습이 있었다. 심지어 히나타는 여섯 면이 모두 맞춰진 퍼즐을 손에 들고 있었다.

"혹시, 퍼즐을 푼 건가요?"

여기에는 크레오스도 놀란 모양인지 눈이 휘둥그레져서 히나타의 손에 들린 퍼즐을 주목했다.

"퍼즐은 조금 자신이 있어서. 도움이 되지 않을까 싶어서요…….."

히나타는 얼굴을 붉힌 채 그렇게 말하며 퍼즐을 살며시 대좌에 돌려놓았다.

"멋진 특기네요. 큰 도움이 됐어요."

"음, 잘하였다. 이러한 특기가 있었다니 놀랍군."

두 사람이 그렇게 칭찬을 하자 히나타는 꼬리를 바짝 세운 채 기쁜 듯 미소 지었다. 그리고 우쭐해져서 저도 모르게 이유를 입에 담았다.

그 이유란, 소환술과는 수업이 적은 탓에 남는 시간이 많았다는 것이다. 그런 시간을 유용하게 이용하기 위해 머리를 단련하는 효과가 있다고 알려진 퍼즐을 풀었다고 한다. 그러자 마술과 교사인 지크프리드가 이것도 좋다, 이것도 효과가 있다고 하며 이런저런 퍼즐을 줬다는 모양이었다.

그렇게 수많은 퍼즐을 풀다보니 어느새 잘하게 되었다고 히나타는 말했다.

"그랬, 나요."

소환술 대행자로서는 뭐라 반응을 하기 어려운 이유 설명에 크레오스는 메마른 웃음을 지을 따름이었다.

세 사람은 히나타의 공으로 열린 문을 지나 다음 구획으로 들어갔다.

그곳은 수생생물에 관한 연구물을 모아놓은 곳 같았다. 초목이 무성하게 자라난 가운데, 여전히 껑충 높이 솟아 있는 책장과 더불어 이곳저곳에 거대한 수조가 늘어서 있었다.

"꼭 물속에 들어와 있는 것 같군."

미라는 수조를 들여다보며 감탄한 듯 그렇게 중얼거렸다. 그 안에서는 지금도 물고기가 헤엄을 치고 수초가 하늘거리고 있었다. 수조 안은 생명의 순환이 계속해서 이루어지는 구조로 되어 있었던 것이다. 말하자면 완성된 생명구(生命球)였다.

"이걸 본 왕성 학자들도 놀라더군요. 천 년도 더 된 생태계가 남아 있다면서."

"허어. 그거 고고학적으로 엄청난 일이로군."

원래부터 이 세계는 본래 살았던 세계와는 다른 생태계로 이루어져 있어서 미라는 그 차이를 알지 못했다. 하지만 크레오스의 말을 토대로 생각해 보니 이것에 얼마나 큰 역사적 가치가 있을지 정도는 상상이 되었다.

당연히 도난방지 술법이 걸려 있는지 반출은커녕 수조를 열 수조차 없는 모양이었다.

흥미가 동한 것인지 미라는 수조를 뚫어져라 쳐다보았다. 그 옆에서 히나타도 물고기를 가만히 쳐다보고 있었는데, 아무래도 그 고양이 눈은 역사가 아닌 다른 것을 바라보고 있는 듯했다.

이 구획에는 그 밖에도 거대 생물의 골격 표본이며 무엇인지 모를 박제 같은 것이 잔뜩 늘어서 있었다. 그리고 아주 자연스럽게 안내도 걸려 있었다.

던전이 아니라 박물관으로서 즐기기로 한 미라는 다크나이트에게 마물을 처리하도록 시키고는 이런저런 것들을 구경하며 안내를 맡은 크레오스의 뒤를 쫓았다.

히나타로 말하자면 그 뒤에서 다크나이트의 분투를 똑똑히 지켜보며 세세하게 메모를 해나갔다. 더는 물고기의 유혹에 지지 않으리라는 기백마저 느껴지는 그 표정은 진지하기 그지없었다.

때로는 사다리를 올라 수조 위를 걷고, 중간중간 선반과 선반을 연결하는 다리를 건너, 계단을 내려가서 다시 전진했다. 그렇게 해서 세 사람이 도착한 것은 앞으로 이어진 길 앞에 깊은 도랑이 놓인 막다른 길이었다.

"여기서 끝, 은 아닌 것 같다만."

통로 끝을 조사해보니 옆쪽에 내려가는 회전 계단이 있었고, 그 끝에는 보란 듯이 장치가 존재했다. 그것은 아래에서 뻗어 나온 기둥 위에 놓인 다리였다. 하지만 평범한 다리가 아니었다. 직선에 L자 모양을 비롯한 여러 가지 형상이 있고, 그것이 가로 다섯 줄, 세로 열 줄로 된 블록으로 나뉘어 있었다.

아무리 보아도 다음 구획으로 가기 위한 관문이었다.

"또 퍼즐인 것 같군."

자세히 보니 계단 반대편의 옆쪽에 대좌가 있었다. 그곳에는 50개의 레버가 늘어서 있었다.

"이 장치는, 레버의 위치에 대응하는 다리가 90도씩 회전하고, 그 주변이 90도씩 반회전, 그리고 중심에서 두 개 앞에 자리한 상하좌우가 90도씩 회전하게끔 되어 있습니다."

"오호라. 그 패턴인가. 해서, 그대는 얼마나 걸려서 풀었지?"

흔한 타입의 퍼즐이었지만 한 번의 조작으로 움직이는 블록이 많아 난이도가 높았다. 달라붙으면 풀 수는 있을 테지만 시간이 걸릴 것 같은 데다, 무엇보다도 진심으로 귀찮았던 미라는 밑져야 본전이라는 생각에 크레오스에게 물었다.

"이건 세 시간 정도면 됩니다."

크레오스는 어쩐지 자신만만하게 대답했다. 조금 전에 봤던 퍼즐보다는 빠르지만, 그래도 세 시간은 기다리기에는 긴 시간이었다.

"흐~음. 히나타 선생, 이번에는 풀 수 있겠나."

크레오스에서 히나타에게 시선을 옮긴 미라는 기대 섞인 눈으로 그렇게 물었다.

"으음, 이런 건 해본 적이 없지만……. 아마, 괜찮지 않을까."

히나타는 크레오스가 설명한 규칙을 떠올리며 다리와 레버를 번갈아 보더니 잠시 생각한 끝에 대답했다.

"믿음직스럽기 그지없군. 그럼, 부탁해도 되겠느냐?"

"응, 열심히 해볼게."

압도적인 실력자가 자신을 의지해준 것이 기쁜지, 히나타는 미소를 띤 채 고개를 끄덕였다. 하지만 대좌 앞에 선 순간, 갑자기 분위기가 바뀌어서는 다리를 바라보기 시작했다. 그 모습은 정상의 자리에서 두뇌전을 펼치는 장기나 바둑의 명인 같은 예기(鋭氣)로 가득했다.

미라와 크레오스는 재능의 편린이 엿보이는 히나타의 모습을 보고 무심결에 숨을 죽였다.

다리를 응시한 지 1분 정도가 지나 움직이기 시작한 히나타는 망설임 없이 차례차례 레버를 당기기 시작했다.

레버에 해당되는 다리가 쉴 새 없이 우로 좌로 계속해서 회전하더니, 10초 정도 후에는 건너편과 이쪽을 잇는 번듯한 다리가 걸쳐져 있었다.

"풀었어."

히나타는 신이 난 목소리로 말하며 돌아보았다. 조금 전까지 느껴지던 박력이 자취를 감춘 그 얼굴에는 애교 넘치는 미소만이 떠올라 있었다.

"잘했다. 훌륭한 재능이로군."

미라는 히나타의 올곧은 미소를 따라 미소를 지으며 그렇게 답했다.

19

다리 건너편은 마물에 관한 것이 모여 있는 구획이었다. 자료며 표본 이외에 정교한 석상들도 놓여 있었다.

표본으로 말하자면 당장에라도 움직일 것만 같을 정도로 생생했고, 심지어 진짜 마물도 가끔씩 섞여 있어서 히나타의 심박수를 몇 번이나 상승시켰다.

하지만 그런 마물들은 흑기사들의 손에 의해 눈 깜짝할 새 처리되어서 히나타는 자신의 몸을 지키는 데 주의를 기울이자고 다짐하며 그 전투를 관찰했다.

미라로 말하자면 전투를 흑기사에게 몽땅 맡겨둔 채 죽 늘어선 선반을 흥미로운 눈으로 쳐다보았다. 선반 중에는 본 적이 없는 마물 소재며 그 소재로 만들어진 무구의 시작품으로 보이는 것, 그리고 그러한 마물에 관한 연구 자료 등이 늘어서 있는 듯했다.

"이 근처의 자료라면 지난 번 조사 때 대부분 복사해 갔습니다. 마물의 특징 및 전투 시 공략법, 소재 이용법 등에 관해서도 적혀 있었다더라고요. 솔로몬 님도 지금의 미라 님처럼 상당한 관심을 보이셨죠."

크레오스는 재미있다는 투로 그렇게 말했다. 솔로몬도 실은 미라에 뒤지지 않을 정도의 전투 마니아였기 때문이다.

"호오, 그러했나."

그런 그가 관심을 보였다니 더더욱 신경이 쓰였다. 그래서 미라는 다음에 보여 달라고 하자고 다짐하였다.

마물 연구 구획은 지금까지 지나온 구획과는 달리 널찍했다. 이유는 마물의 표본 말고도 석상이 많아서 그만큼 선반이 적어 전망이 좋아졌기 때문이리라. 게다가 식물의 침식이 경미하다는 것도 요인 중 하나라 할 수 있으리라.

세 사람은 그런 구획을 안내도에 따라 전진했다. 정규 경로는 지금까지에 비해 평탄하여 의외로 빨리 다음 관문에 도착할 수 있었다.

그곳에는 쇠창살로 봉쇄된 문이 있었다. 그 옆에는 이번 장치의 일부로 보이는 석판이 우뚝 서 있었다. 하지만 그곳에 적힌 문자는 본 적이 없는 것이라, 무엇을 어떻게 해야 좋을지조차 알 수가 없는 상황이었다.

"이건, 어떤 장치냐?"

미라는 미간을 찌푸리며 석판을 올려다본 채 크레오스에게 그렇게 물었다.

"그게, 지난 번 조사 때는 여기까지만 와서. 이 앞은 미답 지역입니다. 이 석판에 적힌 문자는 고대 정령어인 모양이더군요. 해독할 수 있는 자가 없어서 돌아갔었죠."

크레오스는 미라의 옆에 서서 마찬가지로 석판을 바라본 채 당시의 일을 떠올리며 대답했다.

"흠, 고대 정령어……. 슬레이만도 못 읽은 게냐?"

"네. 정령어와 유사점은 있는 모양이었지만, 태반을 해독할 수가 없다더군요."

슬레이만은 정령어에도 정통했다. 하지만 그 지식을 가지고도 고대 정령어는 해독을 못한 모양이었다.

"어쩌라는 겐지……."

그렇게 투덜댄 미라는 잔뜩 찌푸린 표정으로 석판을 노려본 채 "고대 정령이라……" 하고 중얼거리며 턱을 손가락으로 쓸었다.

이 세계에 사는 정령들에게도 당연히 기나긴 역사가 있고 문화가 있었다. 고대 정령어는 그런 정령들이 지금으로부터 아주 옛날에 사용했던 것으로, 현대에는 정령 중에도 아는 자가 적은 언어였다.

그러니 계약한 정령들 중에도 아는 자는 없으리라, 그렇게 생각한 순간이었다. 미라의 뇌리에 어떠한 정령의 모습이 떠올랐다.

떠오르자마자 행동에 나섰다. 미라는 곧장 아르카나 제약진을 로사리오 소환진으로 변화시켜 상급 소환을 개시했다.

『하늘을 올려다보는 별을 먹는 사람은, 석양으로 물든 활을 겨누고 전광(電光)을 메겨 허공에 쏘느니.

돌고 돌아 별자리를 꿰면, 잊힌 영웅들이 하늘 끝에서 꿈에 떨어져, 윤회를 벗어나 빗속에서 잠들리.

그것은 머나먼 이 세상의 틈새, 아카사의 우리에 잠든 망자의, 하늘의 기억에 남겨진, 차가운 창공의 아득한 환상.

지금, 별 내리는 현세에서, 자아지는 역사는 이 손 안에 있노라.』

'소환술 : 무지개 정령 트윙클 팜'

미라가 소환술을 발동시킴과 동시에 두 개의 마법진이 극채색

빛으로 바뀌어 소용돌이치며 무지개 기둥을 이루었다.

"마스터어. 나는 포옹을 희망하는 바야~."

몽환처럼 빛나는 그 기둥 안에서 그렇게 말하며 나타난 것은 아무리 보아도 어린 소녀였다. 그리고 그 어린 소녀는 폴짝폴짝 뛰며 미라에게 안아달라고 조르기 시작했다.

"옳지, 옳지~. 착하다 착해."

미라는 어린 소녀를 안아 올려 어리광을 받아주듯 몸을 흔들어주며 그 머리를 살며시 쓰다듬었다.

무지개 기둥에서 나타난 어린 소녀. 여왕처럼 현란하고도 호화스러운 옷을 두른, 곱슬곱슬한 금발머리를 나부끼는 그자가 바로 상급 정령 중 한 명인 무지개 정령 트윙클 팜이었다.

"과연. 역시 미라 님이십니다."

미라의 품에 안겨 빙긋 미소를 짓는 팜을 본 크레오스는 그 즉시 납득했다는 표정을 지었다.

그에 반해 히나타는 여러 가지 의미에서 어안이 벙벙했다. 강력한 마력의 방출에 막대한 마나의 유입, 히나타의 이해를 넘어선 그러한 일들이 뒤섞여 현현한 것이 어리광쟁이 소녀라니. 바로 이해가 안 가는 것도 별수 없는 일일지 모른다.

무지개 정령. 그것은 까마득한 태고부터 모든 지식을 계승한 채 전생을 반복하는 존재였다.

미라가 계약했을 때는 막 전생을 마친 갓난아기였지만 지금은 그때로부터 30년이 흐른 뒤였다. 미라는 그럭저럭 성장해 있으리라 생각했지만 정령의 성장속도는 상상했던 것보다 훨씬 느린 모

양이었다.

"으~음……. 해독할 수 있을는지."

너무도 무구하고 순진한 팜의 미소는 지성의 그림자마저 희어질 정도로 눈부시기만 했다.

"팜 님의 지식 자체는 의심할 여지가 없으니, 한 번 보여줘 보시지 그러십니까?"

"흠, 뭐어 모처럼 불러냈으니 그러도록 할까."

미라는 크레오스의 진언에 고개를 끄덕이고는 품 안에서 어리광을 부리는 팜에게 시선을 떨어뜨렸다. 그러자 고개를 든 팜과 눈이 마주쳤다.

"마스터어. 오랜만이야~."

"그렇구나. 잘 지냈느냐?"

"무탈했어~."

천진난만한 미소를 지은 팜은 존재 그자체가 귀여움으로 가득하여 미라는 무심결에 미소를 지은 채 귀여운 손자를 대하듯 뺨을 비볐다.

"그래그래. 그거 다행이구나."

미라는 그렇게 말하고 나서 가만히 팜을 석판 앞에 내려놓았다. 그러고는 정면에 자리한 석판을 가리키며,

"해서, 팜아. 여기 뭐라 적혀 있는지 읽을 수 있겠느냐?"

하고 다정하게 말했다. 그 말을 듣고 석판을 올려다본 팜은 그것을 가만히 쳐다보더니 잠시 후, 고개를 확 돌려 미라에게 다시 안아달라고 졸라댔다.

"있잖아~ 그게~."

미라 품에 안긴 팜은 말을 정리하듯 그렇게 말하더니 석판을 해독한 결과를 입에 담았다.

석판에는 역시나 장치를 해제하는 방법이 적혀 있었던 모양이었다.

그 내용은 이 구획에 있는 열 종류의 석상을 오른쪽과 왼쪽으로, 순서대로 돌려나가야 한다는 것이었다.

팜이 해독한 바에 의하면 석판의 후반부에는 대상인 석상과 순서가 적혀 있기는 했으나 어디에 있는지까지는 적혀 있지 않은 모양이었다.

"석상은 흩어져서 찾아보는 게 좋을 것 같구나."

"그럴 것 같군요. 그렇게 하도록 할까요."

팜의 해독 결과를 끝까지 들은 미라와 크레오스는 그렇게 말하고는 다크나이트를 수십 명 소환해서 구획 전역에 풀었다. 그것은 석상을 찾기 위함이 아니었다. 찾는 데 방해물이 될 마물을 미리 처리해두기 위해서였다.

흑기사 무리는 이리저리 뛰어다니며 마물을 발견하여 섬멸해나갔다. 난폭하고도 압도적인 물량으로 상대를 압도해나가는 그 광경을 바라보며 히나타는 술법의 극에 달하기까지의 길은 멀고도 험하겠구나, 하는 생각에 쓴웃음을 지었다.

얼마 되지 않아 섬멸이 끝난 뒤, 세 사람은 곧장 장치 해제 작업을 개시했다.

"처음은 분명, 네 발 달린 검은 짐승을 우측, 이었지."

확인을 하듯 미라가 중얼거리자 그 등에 딱 붙어 업힌 팜이 "맞아~" 하고 대답했다.

"그럼…… 흩어져서 찾도록 할까."

선반과 표본, 그리고 석상이 무수히 늘어선 광경 앞에서 미라는 한숨을 내쉬며 그렇게 말했다.

"그러면 저는, 저쪽을."

"저는 이쪽을 찾아볼게요."

크레오스와 히나타는 곧장 고개를 끄덕이더니 각각 다른 방향으로 달려 나갔다. 미라는 그런 두 사람의 뒷모습을 바라본 뒤, 팜을 고쳐 업고서 높직한 장소로 뛰어 올라갔다.

잠시 후 "찾았어요~" 하는 히나타의 목소리가 들려왔다. 그리고 몇 초 후에 "오른쪽으로 돌렸어요~"라는 목소리가 이어서 들려왔다.

"미라 님~. 두 번째는 네 발 달린 하얀 석상이었던가요~?"

멀리 떨어진 다른 장소에서 크레오스의 목소리가 들려왔다. 미라는 등에 업은 팜에게 확인을 하고는 "그래, 맞다~" 하고 큰 소리로 대답했다.

그렇게 실로 아날로그적인 방법으로 세 사람은 장치를 조작해 나갔다.

마물 연구 구획은 보면 볼수록 모험심을 자극하는 장소였다. 하지만 물건을 찾는 데는 어려움이 따르는 곳이었다. 이것도 아니고 저것도 아니고, 하나하나 석상을 보며 돌아다니다 보니 미라의 머릿속에서 무언가가 마비되기 시작했다.

"이건, 그거로군. 판다. 판다판다, 판다마담(기타 판다와 마담 기타로 이루어진 2인조 혼성 그룹. 기타 판다 쪽이 판다 인형옷을 입고 연주함)."

여우, 개, 고양이, 그리고 곰. 미라는 각각과 비슷한 석상의 머리를 두들기며 목표를 찾아나갔다. 게슈탈트 붕괴라도 일어난 것인지, 넋을 놔버린 것인지, 좌우간 인식력이 현저하게 저하된 듯했다.

"마스터어. 저 검은색 구체 왼쪽에 있어~."

그 대신 팜이 대활약 중이었다. 호기심 왕성한 팜은 이리저리 시선을 돌리며 해제 대상에 해당되는 석상을 발견해서는 미라에게 알려주었다.

"오오, 저건가. 잘했다."

미라는 그런 팜의 목소리에 반응해 겨우 석상을 정확히 인식했다. 그러고는 "찾았다~" 하고 소리를 치고서 두 다리를 벌리고서서 석상에 들러붙었다.

"여엉차!"

기합성과 함께 힘을 줘서 미라는 석상을 왼쪽으로 돌렸다. 그러자 덜컥, 하는 소리와 함께 석상이 멈췄다.

이런 식으로 해제 작업은 얼마간 계속되었다. 미라는 드디어 마지막 한 개를 발견해냈다. 그것은 도깨비처럼 뿔이 두 개 돋아난 석상으로 팜이 해독한 석판의 옆에 있었다.

크레오스와 히나타가 합류하기를 기다렸다가 미라가 대표로 마지막 석상을 돌렸다. 그러자 문을 가로막고 있던 철창살이 모두 해체되어 다음 구획으로 가는 길이 개방되었고 세 사람은 큰 소리로 박수를 쳤다.

"큰 도움이 됐다. 고생 많았다."

미라가 일이 일단락되어 그렇게 말하며 팜을 송환하려 한 순간이었다.

"시러~!"

팜이 미라의 품안으로 파고들어 큰 소리로 울음을 터뜨렸다. 그리고 미라의 로브를 두 손으로 꼭 움켜쥔 채 돌아가기 싫다고 주장했다. 말은 안 했지만 30년 동안 계속 만나지 못해 쓸쓸했던 것이다.

"옳지, 옳지. 어리광도 많구나."

그 몸짓으로 팜의 마음을 알아챈 미라는 가만히 끌어안고서 다정하게 머리를 쓰다듬어주었다. 그러자 팜이 울음을 뚝 그치고 기쁜 듯 미소 지었다.

"잘됐네요, 팜 님. 저도 그 심정 이해합니다."

미라와 팜의 모습을 지켜보던 크레오스는 감개무량한 투로 그렇게 중얼거렸다. 30년 동안 만나지 못한 데서 비롯된 쓸쓸함, 그리고 재회한 기쁨. 더욱 오랫동안 함께 있고 싶다는 마음. 같은 감정을 느낀 크레오스는 진심으로 팜에게 동의했다.

'엥? 심정을 이해한다고? 엥? 크레오스 님은, 어리광, 쟁이……?'

당연히 그 진의를 알지 못하는 히나타는 크레오스가 중얼거린 소리를 액면 그대로 받아들이고 말았다.

크레오스의 새로운 일면을 알게 된(알아챈) 히나타는 미라의 품안에 안겨 기뻐하고 있는 팜의 모습을 보다가 그 시선을 크레오스에게로 옮겼다. 그러고는 "저는, 괜찮다고 봐요" 하고 작은 소리로 중얼거리며 자애로 가득한 미소를 지었다.

문 너머에 자리한 공간은 울창한 녹음에 파묻혀 있었다. 연구 재료인 식물이 어떠한 계기로 뿌리를 내려, 오랜 세월동안 번식을 거듭한 결과였다. 하지만 그럼에도 이런저런 술법이 가해진 선반은 밀림 속에서도 멀쩡한 모습으로 늘어서 있었다.

"공기가 맑아~."

"그렇구나, 아주 상쾌해."

미라의 등에 업힌 팜이 신이 나서 말했다. 그렇다, 이곳이 바로 육상식물의 연구물이 모여 있는 목적지 '제6구획'으로 목적한 자료가 보관되어 있는 장소였다.

"어디를 어떻게 찾아야 할는지."

높이 솟은 거목과 그에 질 새라 켜켜이 쌓인 선반들. 형용하기 어려운, 이상한 광경 앞에서 미라는 그렇게 말하며 쓴웃음을 지었다. 선반의 수가 많아 안 그래도 애를 먹을 것 같건만 무성한 녹음이 전체상을 감추고 있었기 때문이다.

그런 녹색으로 가득한 풍경 속에서 미라의 눈이 당연하다는 듯 세워진 안내도를 발견했다.

"음, 이건……."

얼기설기 뒤덮인 덩굴을 걷어내자 안내도는 기존의 것들과 같은 얼굴을 보여주었다. 하지만 자세히 보니 지금까지 보아온 것들과 다소 달랐다.

안내도에는 해당 구획 내의 내역이 세세히 표기되어 있었다.

그것을 발견한 미라는 솔로몬에게 받은 메모를 끄집어내서 자료의 타이틀과 안내도의 내역을 번갈아 보며 비교했다. 크레오스도 내역이 적혀 있다는 사실을 알아챈 것인지 안내도의 내역을 눈으로 좇기 시작했다.

"이 '고래종과 진화 과정에서의 분기 법칙에 관하여'라는 건 '역사'라는 곳에 있을 것 같군."

"여기 적힌 '퇴적물 및 풍토 분류에 따른 추정 군생 분포도'도 같은 곳에 있을 것 같네요."

미라와 크레오스는 그렇게 서로 확인을 하고는 마지막 하나인 '아델하이드 리포트 #47'이 있을 법한 장소를 찾아보았다.

타이틀만 봐서는 어떠한 내용일지 짐작이 가지 않았다. 하지만 내역에 그럴 법한 표기가 있었다. 그것은 구획 가장 안쪽에 있는 '대표자 총람'이라는 항목이었다.

"저곳이 수상하군."

"그러게요. 가능성은 높을 것 같습니다."

'대표자 총람'을 보고 고갯짓을 주고받은 두 사람은 '역사'와 '대표자 총람'으로 향하는 정규 경로를 확인했다.

"그럼, 흩어져서 찾아볼까요. 히나타 선생도 도와주시겠어요?"

"물론이죠. 자료를 찾으면 되는 거죠?"

미라보다 한발 먼저 크레오스가 고개를 돌리며 협력을 구하자 히나타는 두 말 없이 고개를 끄덕였다.

"우리 일로 수고를 끼쳐 미안하구나."

대략적인 장소도 알았겠다, 셋이서 흩어져 찾으면 시간은 그다지 걸리지 않으리라. 미라는 두 사람을 바라본 채 이래저래 혼자 오지 않아 다행이라며 안도의 한숨을 내쉬었다.

"아니, 괜찮아."

그렇게 말한 히나타의 미소에는 그늘 한 점 드리워 있지 않아, 순수한 인품이 만면에 드러난 듯 보였다.

"그럼, 그대들 둘은 '역사'에 있을 듯한 두 개를 찾아다오. 이 몸은 안쪽에 있는 하나를 찾도록 할 터이니. 타이틀은 기억했느냐?"

"기억합니다. 맡겨만 주십시오."

"응, 나만 믿어."

크레오스는 자신만만하게 대답했고, 히나타는 의욕을 가득 실어 대답했다.

"그러고 보니, 이곳에 있는 것은 모두 반출 금지라 들었는데, 어쩌려고 그래?"

히나타가 문득 고개를 갸웃하며 의문을 입에 담았다. 그러자 미라는 "오오, 그러했지" 하고 중얼거리며 솔로몬에게서 받은 종이다발을 크레오스와 히나타에게 건네주었다.

"갖다 대기만 해도 문자 등을 복사할 수 있는 종이라더구나."

"아, 복사지다. 아하, 알겠어."

히나타는 그 종이의 존재를 알고 있는지 목적을 바로 이해한 눈치였다.

"알았으면 됐다. 그럼, 나중에 보자꾸나."

미라는 그렇게 말하며 안내도에 따라 가장 안쪽에 자리한 '대표자 총람'을 향해 걸음을 떼었다.

선술 기능을 구사하여 전진하기를 십여 분. 미라는 목적한 자료가 있을 것으로 추정되는 지점에 도착했다.

"어디부터 찾을까나."

범위는 추렸으나 그래도 공간은 광대했고 선반 수도 막대했다. 미라는 투덜대듯 그렇게 말하고 나서 선반을 뒤덮은 덩굴을 털어내어 안을 조사했다.

"서적이 잔뜩 있어~."

"그렇구나, 잔뜩 있구나."

미라는 순진하게 웃는 팜을 돌보며 계단을 오르고 작은 다리를 건너며 몇몇 선반을 뒤져나갔다.

"음, 이건가!"

그렇게 찾아다니다 '대표자 총람' 구획을 절반 정도 돌아봤을 즈음, 미라는 비로소 목적한 자료를 발견했다.

도난방지 술법은 선반에서 끄집어내서 10미터 이상 떨어진 채 일정 시간이 경과하면 발동하게끔 되어 있었다. 요컨대 선반 옆에서 떨어지지만 않으면 문제가 없었다.

자료를 손에 들고 땅바닥에 털썩 주저앉은 미라는 종이다발을 끄집어내서 복사 작업을 개시했다.

미라는 한 장, 두 장 복사를 계속했다. 심심해졌는지 팜은 등에서 내려와서 이번에는 미라 품 안으로 파고들었다.

"어허 참, 너무 꼬물대지 말거라."

미라는 비뚤어진 종이를 바로잡고 그렇게 팜을 달래가며 작업을 이어갔다.

복사는 20장, 30장, 순조롭게 진행되었다. 팜은 처음에는 그것을 가만히 쳐다보고 있었지만 결국 심심함을 견딜 수 없게 되었는지 미라의 품속에서 기어나가 근처를 어슬렁거리기 시작했다.

"너무 멀리 나가지 말거라."

미라는 어린애답게 흥미진진한 눈을 한 채 돌아다니는 팜에게 그렇게 타일렀다.

"알았어~."

그렇게 대답을 한 팜은 눈에 보이는 범위에서 놀기 시작했다. 그것을 확인한 미라는 "착하다, 착해" 하고 다정한 말투로 중얼거리며 작업을 계속했다.

"후우, 이제 다 끝났군."

복사 작업을 완료한 미라는 자리에서 일어나 몸을 풀 듯 크게 기지개를 켰다. 그리고 복사한 종이를 한데 모아 아이템박스에 넣고는 자료를 원래 있던 선반에 다시 넣었다.

미라는 그러고 나서야 알아챘다.

"음? 팜은 어디로 갔지?"

정신이 들어보니 눈에 보이는 범위에 팜의 모습이 없었던 것이다.

하지만 소환술사는 의식을 집중시킴으로써 소환한 상대가 어디에 있는지 감지해낼 수가 있었다. 그래서 미라는 "손이 많이 가는 아이로고” 하고 다정한 미소를 띤 채 주변을 살폈다.

팜의 반응은 머리 위에서 느껴졌다. 찬찬히 보니 몇 층으로 선반이 쌓여 있어, 놀이터로는 확실히 재미있을 듯한 장소로 보였다.

‘흠, 확실히 멀지는 않군.’

모습은 안 보여도 그렇게 멀리 떨어진 곳은 아니었다. 미라가 한 말을 어기지는 않은 모양이었다.

“팜아~.”

미라가 위를 본 채 그렇게 외쳤다. 팜은 그러고 나서 잠시 후에 고개를 내밀더니 미라를 보자마자 만면의 미소를 지은 채 풀쩍 뛰어내렸다.

“어, 어이쿠!”

허둥지둥 두 팔을 벌려 팜을 받아낸 미라는 다음 순간, 표정이 굳어졌다.

“마스터어. 서적의 낭독을 희망하는 바야~.”

해맑은 미소로 그렇게 말한 팜은 한 권의 책을 손에 들고 있었다.

“팜…… 그건 어디서 가져온 게냐?”

“저쪽~.”

미라가 마음을 가라앉히고 묻자 팜은 방긋 웃으며 쌓아올려진 선반의 한참 위쪽을 가리켰다.

가리킨 방향으로 고개를 들어 새빨갛게 빛나는 선반을 발견한 미라는 “오~ 노~” 하고 탄식을 흘리고는 그대로 하늘을 올려다보았다.

직후, 수천 개의 방울을 마구 흔들어댄 듯한, 요란한 경보음이 울려 퍼졌다.

"정말 손이 많이 가는 애로구나!"

미라는 그렇게 웃어넘기고서 팜을 꼭 끌어안고는 선술기능을 총동원하여 달려 나갔다.

마치 소나기처럼 쏟아지는 경비 골렘이며 길을 막기 위해 뛰어 나오는 방벽 아래를 지나, 미라는 크레오스 일행이 있는 '역사' 지점을 향해 질주했다.

"하늘을 나는 것 같아~."

빽빽이 들어선 나무에 무성하게 자란 꽃과 풀, 그리고 산처럼 껑충 솟아 있는 선반. 그것들을 피하고, 때로는 발판 삼아 뛰어다니는 미라의 품속에서 팜은 순진한 목소리로 그렇게 말했다.

"자아~ 난다 날아~."

미라는 그런 팜에게 미소를 던지며 선술기능 중 하나인 '공활보'로 지상 높은 곳까지 하늘을 박차고 뛰어 올랐다. 그러자 팜은 몹시 기쁜지 꺄르륵 웃었다.

그렇게 의도치 않게 숲 위로 튀어나온 미라의 눈에 문득 가루다의 모습이 비쳤다.

"미라 님~."

자세히 보니 천장 부근을 선회 중인 가루다의 등에는 크레오스와 히나타가 매달려 있었다. 아무래도 크레오스가 소환한 모양이었다.

그쪽을 향해 손을 흔들자 가루다는 계속해서 쏟아지는 골렘의 비를 우악스럽게 튕겨내며 미라의 밑으로 날아왔다.

"손을!"

"고맙구나."

크레오스의 손을 잡고 가루다에 내려선 미라는 팜을 세게 고쳐 안았다. 그리고 의외로 탑승감이 좋다는 생각에 감동했다.

"단숨에 탈출하겠습니다. 꼭 잡으세요."

크레오스가 그렇게 말하자 가루다가 속도를 높여 위에서 덮쳐 드는 골렘과 아래에서 포격을 가해 오는 골렘의 탄막을 교묘히 피하고, 때로는 떨쳐내며 출구를 향해 날았다.

"저기, 미라 님. 무슨 일이 있었죠?"

크레오스는 그렇게 말하며 미라의 얼굴을 쳐다보았다. 미라 쪽 에서 무슨 일이 있었으리라고 확신하는 표정이었다.

"아~ 이렇게 된 게다."

그 말을 들은 미라는 살며시 팜을 보여주며 쓴웃음을 지었다.

"과연, 이해했습니다."

팜은 한 권의 책을 꼭 끌어안고 있었다. 그것을 확인한 크레오 스는 황황히 빛나는 팜의 미소를 보고 엉겁결에 미소로 답하고 말았다.

그리하여 간신히, 무사히 최심층 중앙에 자리한 거대한 선반 탑을 우회하여 출구까지 절반이 남은 지점까지 왔다. 아래는 방 벽으로 거의 봉쇄되었고 천장에서는 기분 나쁜 촉수가 무수히 뻗 어 오고 있었다.

"후히아악!"

거의 괴이 현상의 영역에 도달한 광경을 본 히나타는 저도 모르게 경직된 비명을 내질렀다.

하지만 크레오스의 가루다는 그런 장해도 개의치 않고 떨쳐내며 출구를 향해 날았다.

기사 석상, 전사 석상이 있었던 대광장. 그곳에 착륙한 가루다의 등에서 미라 일행이 어정쩡한 미소를 띤 채 내려섰다.

"서적이 소실돼버렸어~."

팜은 미라의 품속에서 슬픈 듯 그렇게 말하며 어깨를 축 늘어뜨렸다. 그것은 구획 밖으로 나오면 강제적으로 반환된다는 술법에 따른 현상이었다. 그 때문에 수집물을 반출할 수가 없는 것이었다.

"복사가 다 끝났기에 망정이지."

미라는 한숨 섞인 목소리로 중얼거리며 최심부의 입구를 들여다보았다. 아직 경계 상태가 이어지고 있는지 끔찍한 광경이 펼쳐져 있었다.

"그대들은 어땠느냐?"

모른 체하듯 고개를 돌린 미라는 크레오스와 히나타에게 그렇게 물었다.

"괜찮습니다."

"완벽해."

두 사람은 종이 다발을 품속에서 끄집어내며 어쩐지 즐거운 투로 그렇게 답했다.

"오오, 잘했다. 이로써 임무 완료다!"

미라는 두 사람에게서 복사를 마친 종이를 받아 들고는 살며시 가슴을 쓸어내렸다.

　미라 일행은 우자의 위협의 방에서 볼일을 마치고 학원으로 돌아왔다. 한밤이 되어 돌아오는 도중에 잠이 든 팜은 이미 살며시 송환한 상태였다.

　"이런 시간까지 끌고 다녀 미안하구나."

　"아뇨, 매우 그립기도 했고, 공부도 많이 됐습니다. 감사합니다."

　미라가 그렇게 말하자 크레오스는 진심으로 기쁜 듯한 미소를 지으며 고개를 숙였다. 아무래도 그 말은 거짓말이 아닌 듯 보였다.

　"히나타 선생에게는 고맙다는 말을 해야겠군. 없었다면 아직도 퍼즐을 푸느라 끙끙대고 있었을 게야."

　"아니, 그렇지 않아. 나도 엄청 공부가 됐는걸. 오늘 일은, 수업에서 잘 활용할 수 있도록 노력할게."

　히나타는 겸손을 떨었지만 미라에게 그런 말을 들은 것이 어지간히 기쁜지 꼬리가 춤을 추고 있었다.

　"흠, 그러냐. 그렇다니 다행이구나."

　미라는 엄숙한 표정으로 히나타를 바라보며 조금이라도 소환술의 미래에 도움이 된 것 같아 다행이라는 생각을 하며 미소를 지었다.

　이렇게 미라 일행은 해산하여 각자의 일상으로 돌아갔다.

　시간이 늦은지라 히나타는 이대로 숙직실에 묵겠다는 모양이었다.

크레오스는 내일 일을 준비하고 나서 왕성 근처에 있는 대행자용 별장으로 돌아간다고 했다.

미라로 말하자면 두 사람과 헤어져 곧장 왕성으로 향했다.

'시간이 늦긴 했지만 아직 깨어 있을 테지.'

그렇게 생각하며 성문을 지나 위병과 인사를 나누고서 성내로 들어선 미라는 집무실로 향하던 도중 릴리와 조우했다.

"아, 미라 님. 이 늦은 시간에 무슨 일이신가요?"

릴리는 미라의 모습을 보자마자 반색하며 다가왔다.

"아아, 솔로몬에게 볼일이 있어서 말이다. 집무실에 있을 테지?"

반짝반짝 빛이 나는 릴리의 표정을 보고 흠칫거리면서도 미라는 목적을 입에 담았다.

"솔로몬 님이시라면 지금 입욕 중이신데요."

"그러했나. 헛걸음을 할 뻔했군. 고맙다."

그렇게 말하며 발걸음을 돌린 미라는 서서히 거리를 좁혀 오는 릴리에게서 달아나듯 목욕탕으로 향했다.

알카이트성에는 호화찬란한 대욕장이 있었다. 그곳 탈의실에는 현재 눈에 익은 솔로몬의 옷가지가 개어져 있었다.

그것을 확인한 미라는 목욕물이 풍기는 향기의 유혹을 이기지 못하고 모처럼 온 김에 씻자는 생각에 옷을 벗기 시작했다. 보고를 겸해 한바탕 일을 마친 피로도 풀며 쉬자고 생각한 결과였다.

대욕장에는 탁한 목욕물이 담긴 욕조에 몸을 담근 채 콧노래를 흥얼거리며 목욕을 즐기고 있는 솔로몬의 모습이 있었다.

"다녀왔다~."

그렇게 말한 미라는 곧장 분수탕으로 직행해서 쏟아지는 따뜻한 물을 온몸으로 맞기 시작했다.

"빨리 왔네. 네가 싫어할 장치가 있어서 하루는 걸릴 줄 알았는데."

솔로몬은 그런 미라의 모습을 보고 순간적으로 깜짝 놀랐으나 뭐, 문제없으려나, 하고 웃어넘기고는 자리에서 일어나 분수탕으로 자리를 옮겼다.

"나 원, 알고 있었으면 미리 말을 했어야 할 게 아니냐."

미라는 입술을 비죽거리며 털썩 앉아 욕조에 몸을 담갔다.

"하지만 넌 미리 말하면 스포일러라고 화냈을 거 아냐."

솔로몬은 아주 떳떳하게 당연하다는 투로 그렇게 말했다.

"……확실히, 그럴지도 모르겠군."

그럴 리가 없지 않느냐고는 하지 못하고 어중간하게 중얼거린 미라는 그대로 머리까지 욕조 속에 푹 담갔다.

"그나저나 꽤나 빨리 왔네. 아직 머리를 싸매고 땅바닥을 데굴데굴 굴러다니고 있을 줄 알았는데."

미라를 잘 아는 만큼, 솔로몬은 진심으로 신기하다는 표정으로 그렇게 말했다.

"뭐어 그렇지. 조명 대신 크레오스를 부르러 갔을 때, 히나타 선생이 같이 가고 싶다고 해서, 뭐어 상관없겠지 하고 데려갔는데 말이다."

두둥실 수면에서 머리만 내민 미라는 두 손 두 발을 한껏 뻗은 편한 자세로 운을 떼었다.

"흠흠, 그랬는데?"

솔로몬은 욕조 가장자리에 기대며 맞장구를 쳤다.

"그 히나타 선생이 알고 보니 엄청난 천재지 뭐냐. 잠깐 눈을 뗀 사이에 큐브 퍼즐을 풀질 않나. 다리를 조작하는 장치도 불과 몇 분 만에 개통시켜버렸지."

"그걸?! 우와…… 굉장하네."

미라가 자랑스럽게 말하자 장치를 실제로 본 적이 있는 솔로몬은 진심으로 감탄한 듯 탄성을 내질렀다.

"그래서 순조롭게 다녀올 수 있었다 이건가. 그래서 어땠어? 자료는 찾았어?"

"음, 완벽하다."

팔찌형 단말을 자랑이라도 하듯 왼팔을 높이 든 미라는 균형을 잃고 다시금 욕조에 가라앉았다.

"그렇구나, 다행이야. 목록에는 있어도 분실된 경우도 있어서 혹시나 하고 걱정했었거든."

솔로몬은 허둥지둥 수면으로 얼굴을 내민 미라를 바라보며 안심한 듯 미소를 지었다.

"어디, 그러면 나는, 슬슬 나갈게."

그는 그렇게 말하며 욕조에서 나갔다.

"그래, 온 김에 자료를 건네두도록 하지. 젖으면 좀 그러니 저쪽에서 말이다."

"그게 좋겠어, 고마워."

뒤를 따르듯 자리에서 일어난 미라는 젖은 머리카락을 한데 모아 쥐어짜고는 솔로몬과 함께 탈의실로 향했다.

"자, 이거다."

미라는 젖은 손을 타월로 적당히 닦고 나서 복사한 자료를 꺼내어 그대로 내밀었다.

"확실히 받았어. 고마워. 그리고 수고했어."

받아든 자료의 복사본을 확인한 솔로몬은 "바로 전해주러 가야겠는걸" 하고 말하더니 잽싸게 옷을 갈아입기 시작했다.

"그렇지. 해독에는 얼마나 걸릴 것 같으냐."

욕실 문을 열며 돌아본 미라는 문득 그렇게 물었다. 시간이 걸릴수록 자유시간이 늘어나는 셈이라 궁금할 수밖에 없었다.

"으~음, 글쎄에. 슬레이만 말로는 자료만 주면 하루 안에 해독해 보이겠다던데."

"……빠르기도 하군."

솔로몬은 질문의 의도를 알아챈 것인지 장난꾸러기 아이 같은 미소로 대답했다. 미라는 슬레이만이 얼마나 유능한지 뼈저리게 깨닫고는 푹 퍼진 표정으로 중얼거렸다.

"그러면, 먼저 갈게. 잘 자~."

"음, 잘 자거라."

옷을 다 갈아입고 가벼운 발걸음으로 탈의실을 뒤로한 솔로몬의 뒷모습을 배웅한 미라는 다시금 욕실로 돌아갔다. 그리고 그대로 달려가 펄쩍 뛰어 커다란 욕조에 뛰어들었다.

"전세냈다아~!"

그 안에 담겨 있는 것은 압도적인 개방감이었다. 미라는 충동을 참지 못하고 헤엄을 치기 시작했다. 한 번쯤은 커다란 목욕탕에서 헤엄을 쳐보고 싶다는 소원을 이루기 위해.

물장구에 평형, 그리고 물 위에 드러누운 채 둥실둥실 떠 있기. 그렇게 미라가 실컷 수영을 즐기던 그 순간이었다. 욕실 문이 열리더니 일을 마친 시녀들이 차례로 들어온 것이다.

"아……."

수면에 둥둥 뜬 채 수많은 시녀들과 맞닥뜨린 미라는 거북한 나머지 슬그머니 시선을 피했다. 그런 미라를 바라보는 시녀들의 눈빛은 너무나도 따뜻하기만 했다.

시녀들의 등장으로 독점시간이 끝나기는 했으나 얌전히 욕조에 몸을 담그고 있기로 한 미라는, 분주하게 시선을 이리저리 돌리며 다른 소원을 성취하고 있었다.

'절경이로고, 절경이야.'

그곳에 경계하는 자는 그 누구도 없었다. 그리고 감추려는 자도 없었다. 훤히 드러난 살색이 시야 가득 펼쳐져 있었다. 물에 젖어 더욱 요염해진 모습의 시녀들이 무방비하게 속살을 드러내고 있었다.

미라는 각각의 크기며 모양을 비교해보고 득의양양한 미소를 지은 채, 그 시간을 만끽하고 있었다. 결코 의심을 살 일이 없는 당당하고도 완벽한 엿보기였다.

"극락이구나~."

미라는 욕조 가장자리에 등을 기댄 채 만족스럽게 중얼거렸다.

"피곤하신가요?"

그러자 바로 옆에서 릴리가 얼굴을 비쳤다.

"열심히 일했더니 좀 피곤하구나."

이러니저러니 해도 던전 최심부까지 다녀온 것이다. 피곤하다
는 말도 아주 거짓말은 아니었다.

"뭣하면 마사지를 해드릴까요? 꽤 잘하거든요."

릴리는 그렇게 말하며 다정한 미소를 지었다. 하지만 그 눈에
는 어쩐지 먹잇감을 노리는 듯한 맹수 같은 광채가 깃들어 있는
듯했다.

"호오, 그거 좋군. 부탁해도 되겠느냐."

"물론이죠."

충족감 탓에 긴장감이 풀어진 미라는 그런 찰나의 광채를 알아
보지 못했다. 릴리 역시 충동을 가슴속에 묻어둔 채, 우선은 헌신
적으로 미라의 몸을 주무르기 시작했다.

"아~ 거기다~. 기분 좋구나~."

잘한다는 말은 사실이었는지 릴리의 실력은 훌륭했다. 미라는
그야말로 남국의 대왕이 된 듯한 기분이었다. 너무도 기분이 좋
은 탓에 눈을 살며시 감았던 미라는 꾸벅꾸벅 졸기 시작했다.

"이왕 하는 거, 온몸을 다 해드릴까요?"

비몽사몽에 빠진 듯한 그 모습을 보고 기회임을 확신한 릴리는

미라의 귓가에 대고 그렇게 속삭였다.

"그래애. 부탁하마~."

조금도 의심하지 않고 대답한 미라는 눈을 감은 채 "아~ 극락이 로고~" 하고 중얼거렸다.

그로부터 잠시 후, 릴리의 눈빛이 확연히 바뀌었다. 그와 동시에 주변에서 그 모습을 엿보던 다른 시녀들의 분위기도 휙 바뀌었다.

새끼 토끼떼를 보며 흐뭇해하던 미라는, 자신 역시 귀여움을 받는 새끼 고양이 처지가 될 수 있음을 알아채지 못했다. 그리고 무리 안에 늑대가 여럿 숨어 있었다는 사실도.

미라는 릴리의 품에 안긴 채 욕조 옆에 준비된 마사지대로 옮겨졌다. 그곳에서 시녀들의 온 힘을 다한 접대 마사지를 받으며 극락정토로 날아오르기 시작했다.

그리고 미라는 그대로 기분 좋은 감각에 몸을 맡긴 채 쿨쿨, 고른 숨소리를 내기 시작했다.

21

이른 아침 시간, 미라는 왕성의 개인실로 할당받은 방에서 눈을 떴다.

그리고 잠에 취한 눈으로 침대에서 일어나 주변을 확인하고는 어라, 하고 고개를 갸웃했다. 방으로 돌아온 기억이 없었기 때문이다.

'으~음. 분명 솔로몬에게 자료를 건네주고 목욕을 하러 돌아갔었지. 그리고…… 낙원에……'

거기까지 기억을 더듬어본 미라는 그 후, 단숨에 모든 것을 기억해냈다. 목욕탕에서 잠들어버렸다는 사실을.

그렇다면 시녀들이 옮겨다준 것일까, 하고 고맙다는 생각을 하며 일어난 그 순간이었다.

"뭐냐…… 이건?!"

폭신폭신한 감촉이 몸을 감싼 것이 느껴져 시선을 내려보니 미라는 인형옷 같은, 토끼 파자마를 입고 있었다. 그것은 일찍이 미라에게 전율을 안겨주었던 시녀 일동이 특수 제작한 잠옷이었다. 요컨대, 시녀들의 행동은 방으로 옮겨주는 것에서 끝나지 않았다는 뜻이었다.

미라에게 의식이 없는 것을 이용하여 억지로 입힌 것이다.

'성 안에 맹수가 있구나……'

수단을 고르지 않는 시녀들. 그 망집에 미라는 그야말로 새끼 토끼처럼 몸을 떨었다.

그 후, 미라는 말끔하게 세탁되어 개어져 있던 마도 로브 세트를 입고 잽싸게 집무실로 향했다.

문을 열자 홍차의 향긋한 향기가 코끝을 스쳤다. 자세히 보니 찻잔을 손에 든 채 산더미처럼 쌓인 서류를 멍하니 바라보는 솔로몬이 있었다.

"어째 졸려 보이는군그래."

미라는 그렇게 말하며 집무실에 들어가서 늘 앉는 자리에 앉았다.

"뭐, 그렇지. 그건 그렇고 너도 오늘은 일찍 눈을 떴네. 어쩐 일이야?"

솔로몬은 살짝 입꼬리를 치올린 채 소파에 앉아 늘어져라 하품을 하는 미라에게 시선을 던졌다.

"뭐어, 어쩌다 보니……."

"어쩐지 이유가 있을 것 같네. 예상은 가지만."

시녀들이 들어온 것은 솔로몬이 대욕장을 나선 뒤였다. 그 도중에 모종의 정보교환이 있었던 것이리라. 솔로몬은 다 안다는 표정으로 홍차를 한 모금 홀짝이더니 "너도 마실래?" 하고 물었다.

"해서, 진전은 있었나?"

미라는 소파 앞에 자리한 테이블에 놓인 찻잔을 집어 슥 내밀었다. 솔로몬은 찻잔을 받아 티포트에서 홍차를 따르며,

"슬레이만이 밤을 새가며 분발해줬어."

하고 말하고는 잔을 미라에게 내밀었다.

"무리할 것은 없었는데 말이지……."

예상했던 것에 비해 전혀 자유 시간을 확보하지 못했다는 생각에 미라는 쓴웃음을 지으며 찻잔에 입술을 댔다.

"그래서 본론으로 들어가기 전에 말하긴 좀 그렇지만, 우선 이것 좀 봐줄래?"

솔로몬은 그렇게 말하며 책상 서랍에서 끄집어낸 종이를 미라 앞에 펼쳐 놓았다.

"이건…… 뭐냐. 로봇이냐?"

그 종이는 무언가의 설계도로 보였다. 심지어 아무리 봐도 인간에 가까운 모습을 하고 있었다.

"뭐어, 그것에 가깝다고나 할까. 일단은 프로티언 돌이라는 이름으로 개발 중이야."

"흠…… 프로……티언 돌이라……."

미라는 중얼거리며 눈앞에 놓인 종이로 시선을 떨어뜨렸다. 자세히 보니 거기에는 두 종류의 설계도가 실려 있었다. 크기며 형상은 거의 같았지만 우측은 상당히 내부가 복잡해 보였다.

"아, 참고로 이쪽은 스톨워트 돌이라고 해서, 5년 전에 개발이 완료된 물건이야."

솔로몬은 부연 설명을 하듯 미라가 봤을 때 좌측에 자리한 설계도를 가리키며 말했다.

"뭐냐, 이쪽은 다른 것이었던 게냐."

"뭐어, 원형이라고 보면 될 거야. 이 스톨워트 돌이라는 건 장인 종합 조합이 마도 공학의 총력을 기울여 제작한 자동인형이야. 위험한 장소나 사람의 손이 닿지 않는 장소 같은 데서의 운용이 목적이지. 뭐어, 본래 세계에서의 무인 로봇과 비슷한 역할이라고나 할까."

그렇게 설명한 솔로몬은 "그리고 본론은, 이쪽이야" 하고 말하며 나머지 한쪽인 프로티언 돌의 설계도를 내밀었다.

"흠, 여기 있는 울퉁불퉁하게 생긴 쪽 말이냐."

미라는 티포트가 놓여 있는 쟁반 위에 찻잔을 내려놓고서 다시금 설계도로 시선을 떨어뜨렸다.

"이쪽은 스톨워트 돌을 토대 삼아 전투용으로 조정하고 있는 물건이야."

"전용(轉用)이라 이건가. 뭐어, 그건 둘째 치고. 본론에 들어가기 전에 굳이 이걸 보여준 이유가 뭐냐?"

마도공학이라는 단어를 통해 미라는 또 정련 관련이겠거니 하고 생각하며 물었다. 그러자 솔로몬은 살짝 눈썹 끝을 늘어뜨린 채 한숨을 한 번 내쉬었다.

"솔직히 말하자면, 프로티언 돌의 개발이 지체되고 있거든. 우선 스톨워트 돌을 전투용으로 전용하기 위한 개발은 모든 나라에서 하고 있어. 요컨대 평범하게 전투용으로 만들어봐야, 결국은 많은 수를 갖춘 대국은 못 당해낸다는 뜻이야. 잘해야 마물을 상대로 한 방어전에서 도움이 되는 정도겠지. 하지만 그런 어느 나라든 개발할 수 있는 수준에서 만족하면 나라의 한계를 인정하는 꼴이 되잖아. 그래서 알카이트 왕국에서는 우리다운 부가 가치를 부여하기로 했어."

실제로 각국에서는 전투용 스톨워트 돌을 조정하는 실험이 이루어지고 있었다. 국경 부근을 경비하는 패트롤 요원이나 비상시 전력. 나아가 대(對) 마물에 특화된 것도 개발되어 지금도 기동 중이었다.

"흐음…… 뭐, 생각하는 거야 대부분 비슷할 테니. 요컨대 이 일을 끄집어낸 건, 그 부가가치라는 것과 관련이 있다 이 말인가. 정련이라도 하면 되는 게냐?"

부가가치. 요컨대 정련을 통해 무언가에 효과를 부여하려는 것이리라고 미라는 추측했다. 하지만 그 말을 들은 솔로몬은 고개를 가로저었다.

"아니, 정련은 상관이 없어. 다만 다음 목적지 근처에 마침 필요한 것을 채취할 수 있는 장소가 있어서 말이야."

솔로몬은 그렇게 말하며 소재가 적힌 종이를 추가로 제시했다. 거기에는 상당히 많은 내용이 적혀 있었는데, 그것은 통틀어 술구 관련 소재로 분류되는 물건들이었다.

"이건 극비사항이야. 그것도 최고 기밀. 이 나라에서 개발 중인 프로티언 돌이라는 건, **술법을 행사하는** 걸 전제로 설계한 거거든. 지금은 그 최종 단계고. 술법 발생 기구를 만드는 중이야. 그런데 여기서 교착상태에 빠진 거지. 루미나리아가 협력해준 덕에 마술 구성은 끝났지만, 정작 중요한 마력을 생성할 수가 없어서 말이야. 이것저것 시험해본 결과가 이 리스트야. 거의 다 필요 마력을 생성하는 데는 실패했지만, 반응이 있었던 게 몇 가지 있어."

솔로몬이 리스트의 한 부분을 손가락으로 가리켰다.

거기 적혀 있던 소재의 이름은 '번뜩임의 종자'. 온 세상에 존재하는 나무들에서 가끔씩 발견되는 옅은 빛을 내는 특수한 씨앗이었다. 모든 종류의 술법과 상성이 좋아, 많은 술구의 기초 작성에 이용되는 소재였다. 범용성도 높아서 몇몇 소재의 대용품으로도 쓸 수 있는 훌륭한 물건이었다.

"번뜩임의 종자. 이걸 썼을 때 가장 많은 마력이 발생됐어. 하지만 그래도 출력은 술법을 발동시키기에는 한참 모자라서 실용화하려면 갈 길이 멀 것 같지만 말이야."

거기까지 듣고 나니 미라의 머릿속에서 몇 가지 정보가 이어졌다. 시험한 재료의 리스트 중에서도 가장 유력했던 번뜩임의 종자. 그 상위판이라 할 수 있는 소재가 미라의 머릿속에 떠올랐다.

그것은 '시조(始祖)의 종자'라는 것이었다. 전 세계에 존재하는 모든 나무의 시조로 여겨지고 있는 원초의 거목 고페르에서만 채취되는 귀중한 소재였다. 엄청난 시간 동안 분지(分枝)되고 모습을 바꾼 현대의 수목에서 나는 번뜩임의 종자는, 말하자면 격세유전 같은 것이라 할 수 있으리라.

시조의 종자는 분화되기 이전의 응축된 힘을 내포하고 있었고, 그것은 최상급 술구 작성에 이용될 정도였다.

"요컨대 이건, 시조의 종자를 가져오라는 소리를 하려고 내준 것이었나."

미라는 그렇게 말하며 술사 조합장인 레오닐에게 건네받은 금역 통행 허가증을 끄집어내서 집무용 책상에 내던졌다.

천마미궁 프라이멀 포레스트. 원초의 숲이라는 뜻으로, 이름을 통해 알 수 있듯 미궁에는 까마득한 태고적의 식물이 무성하게 자라 있다. 그리고 그곳에는 거목 고페르가 존재했다.

"그래, 맞아. 앞으로 여러모로 바쁘게 돌아다녀야 할 테니, 근처를 지날 때 겸사겸사 채취해 와 줬으면 해서. 하지만 이번에 실은 우연히도 목적지가 겹쳤거든."

솔로몬은 밝은 미소를 띤 채 종이 한 장을 더 펼쳐놓았다.

"나 원, 얼마나 더 이 몸을 호되게 부려먹을 셈이냐……. 해서, 어디로 가면 되는 게야?"

이야기가 한참 샛길로 새기는 했으나 개발 중인 돌 이야기는 소울하울의 족적을 좇는다는 주목적의 덤에 불과했다. 미라는 일단 그 이야기를 머릿속 한구석으로 몰아내고서 솔로몬이 새로 제시한 자료를 노려보았다.

"그 자료에 의하면 신명광휘의 성배를 손에 넣으려면 난이도가 높은 수순을 몇 가지나 밟아가며 만들어낼 필요가 있는 것 같아. 하지만 그건 소재를 모아서 생산하는 방식이 아니라 장기 퀘스트의 보수, 인 듯했어."

"호오……. 성배에 관해서는 온갖 설이 다 흘렀다만, 퀘스트 계열이었나."

아직 게임이었을 무렵, 신명광휘의 성배에 관해서는 수많은 논의가 오갔었다. 가장 유력했던 것이 모종의 퀘스트 보수라는 설이었다. 그리고 그 난이도는 전에 없이 어려울 것으로 짐작되었다.

"정확히 말하자면 퀘스트 계열……과는 좀 다를지도 몰라."

솔로몬은 눈을 감고서 이래저래 말을 정리하고 나서 다시금 입을 열었다.

"이건 생산 계열 퀘스트 보수, 드롭에 채취, 그 어떤 것에도 해당되지 않는 특수한 아이템 같아."

솔로몬은 결국 신명광휘의 성배의 분류를 나타내는 말이 아니라 그 특수성을 전면에 내세워 설명했다.

우선 신명광휘의 성배는 수많은 공정을 거쳐 작성하는 아이템이라는 것. 하지만 그것은 생산 계열이라 불리는 수많은 기술이며 소재를 사용하는 것이 아니라 수많은 조건을 충족시킴으로써 완성되는 물건이라는 것.

조건에 관해서는 아직 많은 부분이 해독되지 않았지만, 첫 부분은 해독이 된 모양이었다.

"해서, 그 조건이라는 건 뭐냐?"

"첫 번째 조건. 그건 성배의 토대가 될 소재의 입수. 그리고 그 소재에도 조건이 있는데, 수령(樹齡)이 삼천 년을 넘는 신목(神木)의 뿌리여야 한다는 모양이야. 이 근처, 정확히 말하자면 소울하울이 있던 지하묘지에서 가장 가깝고 수령이 삼천 년을 넘긴 신목이라면."

"프라이멀 포레스트 위. 신자의 숲의 장로……인가."

신목. 그것은 오랜 세월동안 신으로 모셔짐으로 인해 신력이 깃들게 된 특수한 수목을 가리키는 총칭이었다. 삼천 년 이상의 기나긴 시간을 산 신목은 그 밖에도 대륙에 몇 그루 존재했다. 하지만 거점으로 삼았던 지하묘지 근처에 상응하는 신목이 있으니, 굳이 멀리 출장을 나갈 필요는 없으리라. 평범하게 생각하자면 알카이트 왕국 남서쪽에 위치한 신자의 숲으로 갈 터였다.

그리고 그 근처에는 천마미궁 프라이멀 포레스트도 존재했다. 솔로몬의 표정이 밝은 것은 그런 이유에서였다.

"그래, 맞아. 첫 번째 목적지니 이미 없을 테지만, 뭔가 흔적 정도는 남아 있을지도 몰라. 장로가 단서를 말해줄 가능성도 있고. 그 근처에서는 거의 엎어지면 코 닿을 거리 아냐?"

"뭐어, 그렇긴 하지. 이 몸도 돌아온 뒤에 다시 다녀오라는 소리를 했다면, 왜 그때 겸사겸사 들르라고 말하지 않았느냐며 항의했을 게야."

대충 납득한 미라는 그렇게 말하며 찻잔을 집어 들었다. 그리고 다소 식은 홍차를 한입에 털어 넣자, 풍부한 향이 살며시 잠기운을 지워주었다.

"그런고로 가능하면 실험용과 예비, 합쳐서 열 개 정도는 확보해줬으면 좋겠는데."

"……별 무모한 주문이 다 있군."

솔로몬은 아직 실험 중인 탓에 실패할 경우 등도 고려한 수를 제안했다. 하지만 그 숫자를 들은 미라는 얼굴을 찌푸려 척 보아도 귀찮아 보이는 표정을 지어 보였다. 그럴 만도 한 것이 시조의 종자는 게임 시절에도 귀중해서 상급 플레이어라도 각오를 해야 장만할 수 있는 가격으로 거래되었던 소재였기 때문이다. 그런 것을 열 개 가져오라는 소리를 듣고 얼굴을 구기지 않을 이는 없으리라.

"나는 나름대로, 금역으로 지정돼서 사람이 얼씬도 하지 않게 됐으니 그럭저럭 확보할 수 있을 거라 내다본 건데. 며칠 걸릴 것 같으면 다섯 개 정도라도 상관없어."

"나 원……. 뭐어, 알겠다. 최대한 모아보도록 하마."

미라는 집무용 책상에 팽개쳐놨던 금역 통행 허가증을 집어 파우치에 넣고는 고성능 옷을 지어준 것에 대한 답례도 할 겸 승낙했다.

"고마워. 큰 도움이 될 거야."

솔로몬은 감사인사를 하며 미라 앞에 미스릴화(貨) 열 닢을 내려놓았다.

"이건 이번 군자금이야. 중간에 필요한 게 생기면 이걸로 조달해. 뭣하면 새 복제품을 사도 좋고. 여긴 수도니까 현자의 로브 말고도 네가 전에 입었던 특징적인 의상의 복제품도 다 있을 거야."

솔로몬은 그렇게 말하며 장난꾸러기 같은 미소를 지었다. 미라는 요전에 솔로몬이 어울린다는 말을 하며 보였던 미소의 의미를 그제야 이해했다.

"그대, 알고도 말 안 한 게로군."

"동경하는 스승님을 흉내 내는 제자. 귀엽고 좋잖아."

"그런 이미지는 필요 없다!"

그런 소리를 하며 두 사람은 테이블 주변에서 술래잡기를 시작했다. 그 모습은 그야말로 겉모습답게 어린애 같았다.

"그러고 보니. 여기, 선물이다."

한바탕 난리를 피운 뒤, 미라는 탑에서 가져온 마봉석을 테이블에 늘어놓았다. 그 수량은 거의 100개에 달할 듯했다.

"이야아, 고마워. 이만큼 있으면 당분간 걱정은 안 해도 되겠어. 정말로 고마워. 답례를 하고 싶은데, 뭐 갖고 싶은 거라도 있어?"

기쁜 표정으로 주머니를 꺼내 마봉석을 던져 넣는 솔로몬의 머리에는 깜찍한 리본이 묶여 있었다. 술래잡기에서 미라가 승리한 증거였다.

"딱히 갖고 싶은 건 없다만…… 글쎄……."

미라로서는 친구가 필요하다고 해서 가져온 것뿐이었다. 하지만 준다는 걸 거절할 이유도 없었다. 그런 생각을 하다 보니 곧 적당한 것이 머릿속에 떠올랐다.

"소형 마차 같은, 왜건이라는 녀석은 어떻겠느냐? 크레오스가 가루다에게 들게 해서 하늘을 날던 그거. 그건 탐이 좀 나던데. 성의 장인이 만들었다고 들었다만."

미라는 처음 탔을 때의 쾌적함을 떠올리며 자신이 바라는 바를 말했다.

"그거~? 응, 그래, 좋아. 그쯤이야. 어떤 내부 장식이나 설비가 있었으면 좋겠다 싶은 건 있어?"

"흠, 내부 장식이라……."

미라는 어디까지 가능하냐고 물었고 솔로몬은 가능한 범위를 늘어놓았다.

대략 20분에 걸쳐 논의한 결과, 대략적인 모양새가 정해졌다.

비바람을 맞아도 꿈쩍도 않을 튼튼한 소재에, 내장에 관해서도 미라는 가능한 범위 내에서 자신이 희망하는 바를 말했다.

미라가 예상했던 것 이상으로 이런저런 기술이 개발되어 있었던 덕에 논의 끝에 도출된 설계도는 상당히 호화로웠다.

마치 비밀기지를 만들 궁리를 하는 듯한 기분으로 두 사람이 열띤 논의를 한 결과이기도 했다. 막대한 시간을 들여 옛 비밀 기지를 만들었던 경험이 떠올라 피차 제동을 걸지 못했던 것이다.

"이건 살짝, 재미있는 게 만들어지겠는걸."

"음, 벌써부터 기대되는구나."

마주한 두 사람은 순수한 어린애 같은 표정으로 빙긋 웃었다.

그리고 끝으로 대략적인 완성시기를 확인한 미라는 그제야 생각이 났다는 듯 입을 열었다.

"그러고 보니 이런저런 사정이 있어서 말이다. 마리아나와 크레오스, 그리고 리탈리아에게도 이 몸의 정체를 밝혔다."

"그래? 그 사정이 뭔지는 묻지 않을게. 그 세 사람이라면 딱히 문제는 없을 것 같네. 알겠어."

소환술의 탑, 보좌관 마리아나와 현자 대행 크레오스. 그리고 루미나리아의 보좌관 리탈리아. 의심할 여지없이 믿을 수 있는 세 사람이었다. 그 면면들의 이름을 듣고 납득한 솔로몬은 군 말 없이 덤블프와 관련된 일로 용건이 생기면 전해두겠다고 말했다.

"솔로몬 님, 곧 회의 시간입니다."

"음, 알겠다."

문 너머에서 남자의 목소리가 들려와 솔로몬은 말투를 바꾸어 짧게 대답했다. 그러고는 홍차를 따라 그대로 비우고는 후우, 하고 크게 한숨을 내쉬었다.

"빠르기도 하지. 아, 참. 그러고 보니 냥마루 건 말인데."

솔로몬은 문득 생각이 났다는 듯 그 이름을 입에 담았다. 습격자로부터 바람의 정령을 지키고 있었던 식신의 이름이었다.

"호오, 벌써 뭔가를 알아낸 게냐?"

"아니, 아무것도."

미라가 기대감으로 몸을 내밀고 묻자 솔로몬은 고개를 가로저으며 즉답했다. 그 답변을 듣고 입술을 비죽거리는 미라를 즐거운 표정으로 바라보며,

"근데 애매하기는 하지만, 정보가 하나 들어왔어."

솔로몬은 그렇게 말을 이었다.

그 정보란 습격자로부터 정령을 지키는 냥마루 이외의 존재에 관한 것이었다.

그와 같이 비밀리에 움직이는 자가 그 밖에도 있다는 소문에 관한 것이었다. 그것이 개인인지 조직인지는 알 수 없었지만 키메라 클로젠에 대항하는 자는 분명히 있는 모양이었다.

"오호라. 이 몸이 만난 건 그중 하나란 말인가."

"모두 다 너와 마찬가지로 정령에게 직접 들은 이야기라던데?"

전사 클래스인 탓에 정령을 볼 수 없는 솔로몬은 약간 부루퉁해져서 그렇게 말하며 티세트를 정리했다.

"참, 그리고 끝으로 이걸 건네둘게."

솔로몬은 티세트 밑에 깔려 있던 종이다발을 미라에게 건네주었다.

"호오, 이건."

미라는 그것을 받아들고 가볍게 넘기며 한 장, 한 장을 확인해 나갔다.

"아직 없었지? 우선 이 나라 주변 걸 모아뒀으니 아이템박스에 넣어둬."

"음, 그러도록 하마."

열 장 남짓 되는 그것은 알카이트 왕국의 인근 지도였다. 곧 가게 될 신자의 숲도 그 안에 포함되어 있는 듯했다.

미라는 곧장 아이템박스의 '중요품' 창에 지도를 넣고 맵 항목을 열어보았다. 그러자 팔찌 위에 스크린이 있는 것처럼 지도가 투영되었다.

"이거 편리하군그래."

"지도는 커다란 도시에 취급점이 있을 테니까 필요하면 거기서 인근 지도를 사 나가도록 해. 대륙 전토를 대략적으로 파악하고 있기는 하겠지만, 있고 없고에 따라 여행길이 완전히 달라진다는 모양이니까."

솔로몬은 모험가 생활을 하고 있는 플레이어 출신자에게 들은 이야기를 떠올리며 그리운 듯한 표정을 지은 채 책상에 펼쳤던 자료를 정리했다.

왕으로서 지내온 30년. 지루함과는 거리가 먼 생활이었으나 때때로 세상을 모험하고 싶다는 충동이 밀려들 때도 있었다. 사정을 아는 플레이어 출신자에게서 그러한 이야기를 듣는 것은 지금의 그에게 있어 크나큰 즐거움이기도 했다. 그런 탓에 미라와의 대화가 더더욱 진심으로 즐거웠다.

"그리고 이것도."

솔로몬은 손 안에 들어갈 크기의 무언가를 끄집어내서 미라의 앞에 내밀었다. 그것은 번듯한 의장이 들어간 금속제 판으로, 백은으로 빛나는 알카이트 왕국의 국장과 9라는 숫자, 그리고 반지 문양이 새겨져 있었다.

"뭐냐, 이게?"

그것을 받아들어 흘끔 쳐다본 미라는 그대로 뒤집어 보았다. 뒤에는 마법진이 새겨져 있었고, 그것을 본 미라는 더더욱 의아해져 고개를 갸웃했다.

"술구나 뭐 그런 건가?"

미라는 그 마법진을 통해 예측을 했지만 솔로몬은 고개를 가로저었다.

"그건 훈장이야. 이번에 나라의 중요인물인 소울하울의 단서를 가지고 와준 것에 대한 서훈을 할까 해서 말이야."

솔로몬은 그렇게 말하며 미라가 든 훈장에 자신의 손을 얹었다.

『솔로몬의 이름으로 그대에게 이것을 하사하노라.』

솔로몬의 그 말에 훈장이 반응하여 각인된 마법진이 옅은 빛을 내뿜었다.

"이건, 소유의 무형술이야. 내가 이 훈장을 네게 줬다는 걸 증명해주는."

다시 보니 마법진은 사라진 대신 왕의 이름이 새겨져 있었다. 솔로몬은 "성공했네" 하고 안심한 듯 중얼거리며 손을 떼었다.

"오호라. 그나저나 서훈 같은 걸 받은들……."

공훈을 세운 것을 형태로 빚어 기념하기 위한 것. 훈장에는 그러한 인상밖에 없었던 미라는 앞뒷면을 빤히 쳐다보며 그렇게 투덜댔다.

"일단 이것에 알카이트 왕국이 네 신분을 보장한다는 의미도 있으니 도움이 될 거야. 정보를 수집하거나 목적지까지 가거나, 앞으로 수행할 임무에서 상응하는 신분이 필요해졌을 때, 이걸 보여주면 조금은 편의를 봐줄 거야."

"호오. 그런 뜻이었나. 그렇다면 유용하게 사용하도록 하마."

솔로몬이 유용성에 대해 설명하자 미라는 손바닥 위에서 훈장을 지분대며 납득한 듯 고개를 끄덕였다.

"그러면 다녀와. 선물, 기대할게."

"음, 다녀오마."

카라낙에서는 타쿠토라는 소년, 그리고 에카르라트 카리용이라는 길드와 인연을 맺은 미라. 다음은 어떤 일에 휘말려들까 기대하며 솔로몬은 긴 은발머리를 나부끼며 당당히 걸어가는 미라의 뒷모습을 다소 부러운 시선으로 배웅했다.

'나도 화장 도구 상자나 써볼까…….'

솔로몬이 문득 그렇게 생각한 순간, 회의 멤버가 모두 모였다는 보고가 문 너머에서 들려왔다.

"금방 가지."

그렇게 대답한 솔로몬에게서는 조금 전까지 보였던 어린애 같은 분위기는 더 이상 찾아볼 수 없었다. 30년 동안 나라를 통치해온 왕으로서의 표정이 자리하고 있었다.

'뭐, 책무는 다해야지.'

솔로몬은 한데 모은 자료를 옆구리에 끼고는 머리에 단 리본을 나풀대며 지금은 아무 소리도 나지 않는 조용한 방을 뒤로했다.

22

솔로몬과 헤어진 미라는 걸음을 옮기며 다음 목적지까지의 거리를 맵으로 확인했다.

그 모습을 기둥 뒤에서 살피고 있는 시녀가 한 명 있었다. 릴리였다. 그녀는 마도 로브 세트의 감상을 듣고 싶은 마음에 평소의 두 배는 되는 속도로 아침 업무를 마치고 시간을 내서 대기하고 있었다.

'아아, 코트가 휘날리는 정도는 계산했던 바와 같네요. 가끔씩 보이는 허벅지가 너무도 멋져요. 길지도 짧지도 않은 스커트 기장이 적절히 들려 올라가서 쉼 없이 나풀나풀 흔들리는 각도하며. 전부 계산했던 대로예요.'

릴리는 움직임으로 인해 변화하는 마도 로브 세트의 모양새를 빠짐없이 관찰하고 있었다. 하지만 그런 상태는 오래 지속되지 않았다. 이질적인 분위기를 내뿜고 있는 릴리는 주변의 이목을 모았고, 그 결과 주변 사람들의 시선을 좇은 미라에게 발각되고 말았기 때문이다.

"뭘 하는 게냐?"

"……음~…… 경과관찰, 이라고나 할까요?"

의아하다는 시선을 보내오는 미라의 말을 듣고 기둥 뒤에서 모습을 나타낸 릴리는 상황을 얼버무리려는 듯 요상한 자세로 요상한 답을 입에 담았다.

"무슨 소리냐, 그게."

"그런 것보다 말이죠! 미라 님, 아침식사 안 하셨죠? 함께 드시겠어요? 겸사겸사 옷에 대한 감상도 듣고 싶은데요……."

"……뭐어, 그러도록 하지. 가자꾸나."

승낙한 미라는 릴리의 안내에 따라 시녀 구획에 발을 들였다.

'왜, 이렇게 많이 모여 있는 게야.'

시녀 구획 식당에서 미라는 열 명도 더 되는 시녀들에게 포위당해 있었다.

"움직이는 데 불편하시진 않나요?"

"사이즈는 잘 맞았나요?"

"안감은 착용감을 중시해 골랐는데, 어떠신가요?"

수많은 질문들이 차례로 쏟아지는 바람에 아침 식사를 할 형편이 아니게 된 미라는 달콤한 향기가 감도는 노릇한 색을 띤 프렌치토스트에 손도 못 대고 있었다.

내치지도 못하고 하나씩 대답해 나간 결과, 식당에 도착한 지한 시간 남짓이 지났을 즈음에야 아침식사를 마칠 수 있었다.

식후, 미라는 애플오레를 목에 흘려 넣으며 한숨을 돌렸다. 시녀들 중 대부분은 마지못해 일을 하러 돌아가서 지금은 이 시간에 할 일도 모두 끝마친 릴리만 있었다.

릴리의 여동생이 알카이트 학원에 다니고 있다는 이야기나 아버지는 삼신국 방위전에서 죽었다는 이야기 등을 통해 릴리라는 인물에 관해 더욱 잘 알게 되기도 했다.

"그러고 보니 말이다, 현자 대행자인 아마라테와 만났다만, 이 옷이 마음에 든 모양이더구나."

"어머, 아마라테 님께서요?!"

미라는 빈 병을 테이블에 올려놓으며 문득 생각이 나서 아마라테에 관해 이야기했다. 그러자 멍하니 말한 미라와는 대조적으로 릴리는 매우 밝은 표정으로 기뻐하며 미라에게 다가섰다.

"음……. 그래서 부디, 한 벌 마련해줬으면 한다는 이야기를 전해달라는 부탁을 받았다만. 그래주겠느냐."

"물론이죠. 아마라테 님도 예전부터…… 아, 그게 말이죠. 저희가 지은 옷이라도 괜찮으시다면 삼가 부탁을 받아들이도록 하겠어요!"

갑자기 릴리의 눈이 요사스럽게 빛났지만, 그건 아주 잠시뿐이었다. 릴리는 곧장 진지해 보이는 표정으로 돌아가 의기양양하게 수락했다.

릴리 일행이 본 아마라테는 기본적으로 무표정한 탓에 신경이 쓰이기는 해도 차마 말은 못 건네는 상태였던 것이다. 하지만 지금, 미라가 확정적인 정보를 입에 담았다. 정식 허가를 얻은 릴리 일행을 막을 것은 이제 그 어디에도 없으리라.

"흠, 그러냐. 그러면 다음에 만날 때에라도 이 몸이 그렇게 전해두마."

"부탁드려도 될까요? 그럼 가능하면 치수를 구석구석…… 아니, 정확히 재고 싶으니, 한가하신 시간을 알려달라고 전해주세요."

"알겠다."

자리에서 일어난 미라는 끝으로 감사인사를 하고서 식당을 뒤로했다. 그리고 릴리는 쇠뿔도 단김에 빼라는 격언에 따라 아마라테용 의상에 관한 회의를 하기 위해 관계자들이 있는 아래층으로 달려갔다.

'그 왜건을 경험한 뒤라 그런지, 다소 마음이 무겁군그래⋯⋯.'

알카이트성 성문 앞 광장. 등 뒤에 성이 우뚝 서 있는, 상급 구획과 성을 가르는 작은 광장. 그곳에서 미라는 모피 코트를 끄집어내며 맑은 하늘을 올려다본 채 가루다 왜건을 통한 쾌적한 하늘 여행을 돌이켜 보고 있었다.

"완성될 때까지만 참아야지."

자신을 설득하듯 중얼거린 미라는 소환술의 기점을 전방으로 지정했다.

'소환술 : 페가수스'

술법의 발동과 동시에 정면에 나타난 푸른 마법진이 하늘로 떠오르더니 몇 줄기나 되는 낙뢰가 땅에 떨어졌다. 그러자 그 안에서 번갯불을 두른 순백의 몸체가 모습을 드러냈다. 그리고 끝으로 박살난 마법진의 조각이 날개를 이루더니 번개의 운반자, 천마(天馬) 페가수스가 땅 위에 내려섰다.

순백의 날개를 접어 작은 소리로 운 페가수스는 미라와 눈이 마주치자마자 고개를 휙 돌리고 말았다.

"음⋯⋯?"

예외도 있었지만 기본적으로 로사리오 소환진을 이용하지 않는 소환체는 말을 하지 못했다. 하지만 말 못하는 소환체라도 뭔가 전하고 싶은 바가 있으면 태도로 나타내기 마련이었다. 그렇다, 지금의 페가수스처럼 말이다.

"오랜만이구나, 잘 지냈더냐?"

미라는 페가수스에게 다가가 얼굴을 들여다보는 듯한 자세로 말을 붙였지만 페가수스는 또다시 시선을 피하듯 반대쪽으로 고개를 돌렸다.

말은 없었다. 하지만 미라는 페가수스가 왜 그런 태도를 취하는지 짚이는 바가 있었다. 어쩐지 여동생이 화가 났을 때의 태도와 비슷했던 것이다.

"화가, 난 게냐?"

혹시나 싶어 물어보았다. 그러자 페가수스는 토라진 사람처럼 미라에게로 고개를 돌리며 노려보았다. 그 눈에는 만나지 못한 것에 따른 서운함과 오랫동안 자신을 방치한 것에 대한 짜증이 떠올라 있었다.

모든 것을 다 이해하지는 못해도 미라는 페가수스의 태도를 통해 화가 난 것이 분명하다는 사실을 알아챘다.

'어리광쟁이였으니 말이지……. 역시 30년이나 내버려둔 것이 원인이려나…….'

"미안하다. 변명처럼 들릴 테지만, 이 몸은 30년 동안 이 세계에 없었단다. 얼마 전에야 돌아와서 말이다. 연락도 못하고, 정말로 미안하구나."

미라는 그렇게 진지하게 사과의 말을 늘어놓았다. 그러자 다음 순간, 충격이 작은 몸을 덮쳤다. 페가수스가 머리로 들이받은 것이다. 그대로 밀려 쓰러진 미라는 울음소리 같은 소리를 내며 얼굴을 마구 비벼대는 페가수스를 살며시 안아주었다.

페가수스는 슬픔으로 젖어 있던 눈을 감고 구슬 같은 눈물을 흘리고 있었다.

갑작스러운 일에 당황했던 미라는 페가수스도 외로워해주었음을 알아채고는 다소 쑥스러워졌다. 그래서 미라는 페가수스의 목에 팔을 두른 채 애정을 담아 가만히 갈기를 쓰다듬어주었다.

천천히 미라의 가슴께를 적신 눈물은 몹시 따뜻해서 마음까지 스며드는 듯했다.

슬슬 진정이 되었으리라 판단한 미라는 몸을 일으켜 페가수스와 마주 섰다.

"해서 그대에게 부탁하고 싶은 게 있다만, 들어줄 테냐?"

미라가 그렇게 말하자 페가수스는 벌떡 일어나 똑바로 눈을 마주 보며 고개를 끄덕였다.

"그래, 들어주겠다고? 사실 부탁이라는 게 말이다, 이 몸을 태우고 날아가주었으면 하는 것이다만."

미라가 그렇게 말한 순간, 페가수스는 눈을 번쩍 뜨더니 즉시 미라의 앞에 웅크려 앉았다. 그러고는 재촉을 하듯 미라의 허리 부근을 입으로 밀기 시작했다.

"오오, 태워주겠느냐. 착하구나."

아무래도 흔쾌히 승낙하겠다는 모양이었다. 미라는 기분이 좋아져 페가수스의 머리를 다정하게 쓰다듬어주고서 코트를 두른 채 등에 걸터앉았다.

페가수스는 등에 느껴지는 미라의 온기를 곱씹듯 천천히 일어나 크게 날갯짓을 했다. 그러고는 준비가 다 됐다는 듯 고개를 돌려 목적지가 어디냐고 물었다.

"그럼 페가수스여. 저쪽 방향으로 날아다오."

미라는 부드러운 갈기를 쓰다듬으며 신자의 숲이 있는 서남서 방향을 대충 가리켰다. 페가수스는 승낙의 뜻으로 큰 소리로 울며 펼쳤던 날개를 위아래로 퍼덕여 서서히 가속했다.

그리고 경쾌한 말발굽 소리와 바람을 때리는 소리가 최고조에 달한 순간, 묵직한 중력이 느껴지더니 미라의 몸이 단숨에 상공으로 날아올랐다. 아이젠파르드 때와는 달리 아래쪽 시야를 가로막는 것이 없는 탓에 좀 전까지 있었던 성문 앞 광장이 잘 보였다.

"좋구나, 좋아. 이 또한 쾌적하구나."

걱정했던 추위도 모피 코트 덕분에 문제가 되지 않았다. 눈 아래에 자리한 경치를 만끽할 수 있다는 사실이 특히나 즐거웠다. 아이젠파르드는 몸집이 큰 만큼, 아래를 보기가 힘들었던 것이다.

페가수스는 아주 신이 나서 하늘을 달렸다. 페가수스의 기분을 대변해주듯 지나온 궤적을 따라 대전(帶電)된 자잘한 미립자들이 튀어 올라, 해가 높음에도 불구하고 빛으로 된 강을 이루고 있었다.

미라는 페가수스의 목에 팔을 두른 채 초 단위로 작아져 가는 루나틱레이크를 내다보았다. 그 눈에 학원 이외의 오행기구가 비쳤다.

다음에 돌아오면 어디를 가볼까. 미라는 그런 생각을 하며 전방위에 펼쳐진 세계를 둘러보았다.

특훈이라는 이름의 다이어트

어느 날 아침. 학원 학생들의 등교시간보다 이른 시간에 한 사람과 한 마리가 운동장을 돌고 있었다.

"이제…… 세 바퀴 남았어. 힘내자."

"크릉."

그것은 히나타와 샐러맨더였다. 던전 공략 후, 히나타는 매일 미라와 크레오스에게 배웠던 것을 실천하고 있었다.

내구력이 높지 않은 샐러맨더는 기동력으로 그것을 보충하는 것이 정석이었다. 하지만 히나타의 샐러맨더는 무척 덩치가 좋아서 떡 하니 버티고 선 중전차 같은 체형이라 민첩성과는 거리가 멀었다.

때문에 히나타는 두 사람의 말에 따라 우선은 그 기동력을 확보하기 위해 하체를 단련시킴과 동시에 경쾌하게 움직일 수 있는 몸만들기, 요컨대 샐러맨더의 다이어트 대작전을 개시했다.

샐러맨더는 무거운 몸을 느릿느릿 흔들고 불꽃이 실린 숨을 내쉬며 열심히 달렸다. 그 옆에서는 히나타 역시 이마에 땀을 흘리며 나란히 달리고 있었다. 함께 노력하는 것이 히나타의 교육방침인 모양이었다.

이렇게 새벽 러닝으로 시작되는 다이어트는 일이 없는 시간을 통해 이루어졌다. 행운인지 불행인지 소환술과 교사인 히나타는 최근 조금씩 학생들이 돌아오고 있다고는 하나, 아직도 수업 수가 적어서 빈 시간이 많았다. 다만 취미로 퍼즐을 풀던 시간이 통째로 다이어트 시간으로 바뀌었을 뿐이었다.

러닝이 끝난 뒤, 몇 안 되는 수업을 마친 히나타는 훈련장을 찾았다.

술기 심사회에서 최고득점을 거머쥔 미라 덕분에 여러 설비를 당당히 이용할 수 있게 된 것이다. 때문에 히나타는 자주적으로 훈련을 하는 소환술과 학생들 사이에 껴서 목검을 손에 들고 샐러맨더와 함께 훈련용 허수아비와 싸웠다. 당연히 목검을 든 히나타는 전력적으로 아무런 도움도 되지 않았지만, 몸을 움직이지 않으면 마음이 불편했다.

"이번에는 점프 어택에 도전해보자."

"크릉."

교사면서도 늘 노력을 아끼지 않는 히나타의 모습에 감명을 받은 학생들도 더욱 용기를 내고 의욕을 불살랐지만, 본인은 전혀 알아채지 못했다.

학원 업무가 없는 휴일. 히나타와 샐러맨더는 도시 근처에 자리한 숲에서 미라와 크레오스의 샐러맨더처럼 종횡무진으로 뛰어다니는 연습에 열을 올렸다.

하지만 아직 몸이 만들어지지 않은 히나타의 샐러맨더는 몇 번이나 수없이 충돌하고 낙하하기를 반복했다. 때로는 뒤집어진 채 일어나지 못해서 히나타가 온 힘을 쥐어짜내 몸을 뒤집어주는 사태도 여러 차례 벌어졌다. 다시 소환하면 그만이었지만 뒤집어질 때마다 그랬다가는 눈 깜짝할 새 마나가 바닥이 나버리리라. 그런 탓에 히나타는 최근, 지렛대의 원리를 응용하는 요령이 비약적으로 늘었다.

"몇 번이든 내가 일으켜줄 테니까, 한 번 더 해보자."

"크릉!"

히나타는 샐러맨더와 함께 달려 나가 나무를 박찼다. 처음에는 찰과상을 달고 다녔지만 히나타의 종족 특성 덕분인지, 지금은 히나타가 훨씬 더 가볍게 나무에서 나무로 옮겨 타고 있는 듯했다.

또 다른 날. 신인 소환술사에게 무구 정령 소환을 습득시키기 위해 히나타는 소환술 현자 대행자인 크레오스와 함께 무구정령이 많이 잠들어 있는 유베라디우스 고전장을 찾았다.

이번 습득 희망자는 세 명. 크레오스가 학생들에게 마봉폭석을 사용하는 방법이며 장비 취급법, 그리고 그 제공자인 미라의 위대함을 설명할 즈음. 히나타는 학생들이 싸우는 동안 다른 무구정령이 난입하지 못하도록 솎아내기 위해 전역을 돌아다니고 있었다.

"좋아, 이번에는 뒤로 돌아들어 공격해."

"크르응!"

특훈의 성과인지, 샐러맨더는 최소한 무구정령을 농락할 수 있을 정도로는 기동력이 향상된 상태였다. 지금은 그것을 활용한 전투방법을 습득하기 위해 분투 중이었다.

"자, 여기야 여기. 가만, 어라 둘…… 어, 셋?"

이곳에서도 함께 노력하던 히나타가 무구정령의 주의를 끌기 위해 애용하는 지팡이를 휘둘러대던 중, 다른 장소에서 나타난 무구정령이 히나타에게 덤벼들었다.

"이건, 여러 상대와의 전투를 상정한 훈련이었다고."

히나타는 그런 뻔한 변명을 입에 담으며 전역을 뛰어다녔다. 지금까지 특훈을 한 성과인지 히나타는 달아나는 데 성공했고, 무구정령은 샐러맨더가 말끔히 처리했다.

그런 훈련을 매일 계속하던 어느 날 저녁. 평소처럼 개인 훈련을 마친 히나타가 교사를 나선 순간이었다.

"히나타 선생님. 저녁 함께 드시지 않겠습니까."

마술과 교사인 지크프리드가 히나타에게 그렇게 말을 붙여왔다. 그는 체육복 차림이 아니라, 살짝 멋을 부린 도시 나들이용 로브를 두르고 있었다. 아무래도 교사 앞에서 히나타가 나오기를 기다렸던 모양이었다.

지크프리드는 과거에도 수십, 수백 번이나 히나타를 저녁식사에 초대한 적이 있었다. 하지만 모두 다 타이밍이며 상황이 맞지 않아 거절당했다.

하지만 오늘 이 날은 히나타가 우뚝 멈춰 서서 지크프리드의 얼굴을 똑바로 쳐다보았다.

지크프리드는 드디어 반응을 해줬다는 사실이 기쁜 나머지 벌써부터 만족감이 느껴지기 시작했으나, 애써 아무렇지도 않은 척 다음 말을 입에 담았다.

"히나타 선생님은 최근 특히나 열심히 노력 중이신 듯하더군요. 그런 히나타 선생님에게 보탬이 되었으면 해서 요전에 끝내주게 맛있는 생선 요릿집을 근처에서 찾아냈답니다. 계산은 남자인 제가 할 테니, 같이 가지 않으시렵니까!"

지크프리드는 지금이 바로 천재일우의 기회라 판단하고 단숨에 말을 쏟아냈다. 남자라는 이유로 계산을 맡아 금전적인 문제를 해결. 나아가 히나타가 좋아하는 음식이 생선이라는 정보를 토대로 발품을 팔아 찾아낸 비장의 가게에서 승부를 건다. 준비는 완벽했다.

"죄송해요, 지크프리드 선생님! 저만, 배불리 먹을 수는 없어요~!"

히나타는 그렇게 말하며 살며시 젖어든 눈으로 달콤한 유혹을 뿌리치듯 뛰쳐나가 운동장을 가로질렀다.

좋아하는 음식인 생선을, 심지어 남의 돈으로 먹을 수 있다. 히나타에게 있어 그것은 그야말로 꿈만 같은 권유였다. 평소였다면 지크프리드에게 진심으로 감사했으리라.

하지만 지금은 달랐다. 다이어트에 여념이 없는 샐러맨더를 배신하고 자신만 좋아하는 음식을 먹을 수는 없는 노릇이다. 그렇게 생각한 히나타는 훈련을 시작하기 전에 당분간 생선을 끊기로 하늘에 맹세했던 것이다. 때문에 오늘 받은 권유는 결코 받아들일 수 없는 악마의 속삭임이나 다름이 없었다.

히나타는 머릿속에 떠오른 물고기떼를 떨쳐내려는 듯 "냐~!"
하고 외치며 땅거미가 진 거리로 사라졌다.

지크프리드는 운동장 앞에서 멀거니 서 있었다. 몇 번을 도전해
온 끝에 겨우 돌아온 반응은, 영문을 알 수 없는 이유에 따른 사죄
와 거부였다.

대체 어디서 실수를 한 걸까. 히나타가 어떤 맹세를 했는지 알
방도가 없는 그는, 차례로 떠오르는 자학적인 상상으로 고뇌했다.

이렇게 시기를 잘못 잡은 탓에 지크프리드는 겨우 잡은 절호의
기회를 놓쳤다.

황혼이 지나 밤의 어둠으로 흐려진 하늘 아래에서 지크프리드
는 그저 멍하니 허공을 바라본 채 하염없이 서 있었다.

후기

2권에 이어 3권에도 후기가 있습니다. 지난 권에서는 즉흥적으로 후기를 적었습니다만, 이번에는 진지하게 적어보고자 합니다.

우선 일러스트를 그려주신 후지 초코 님께 감사를.

근사한 일러스트를 그려주셔서 감사합니다!

또한, 그런 후지 초코 님의 화집 《극채소녀세계》가 발매중입니다. 본작, 현자의 제자를 자칭하는 현자의 겉표지 등도 큼지막하게 실려 있습니다!

다시 처음으로 돌아가서 담당 편집자인 I 님, 그 외에 3권 출판에 도움을 주신 분들께도 감사 말씀을 드립니다.

그리고 무엇보다도 이 책을 구입해주신 독자 여러분께도 감사 말씀을 드리고자 합니다.

덕분에 먹고 살고 있습니다. 감사합니다.

가능하면 언젠가는 명품 소고기를 먹어보고 싶습니다. 모쪼록 잘 부탁드립니다.

음, 이번 후기로 말씀드리자면 이 한 페이지가 전부입니다. 지난 권처럼 마음 내키는 대로 쓰다가는 눈 깜짝할 새 끝나버릴 것 같아서 평소 느껴왔던 감사의 마음을 제일 먼저 적어보았습니다.

……어이쿠, 벌써 마무리를 해야 하나요. 빠르기도 하네요. 그럼 다음 권도 잘 부탁드리겠습니다.

현자의 제자를 자칭하는 현자 3

2016년 12월 15일 1판 1쇄 발행
2022년 1월 30일 1판 7쇄 발행

저   자 류센 히로츠구
일 러 스 트 후지 초코
옮 긴 이 정대식
발 행 인 유재옥
본 부 장 조병권
담당편집자 정영길
편 집 1 팀 이준환, 박소연
편 집 2 팀 정영길, 조찬희, 박치우
편 집 3 팀 오준영, 곽혜민, 이해빈
미   술 김보라, 박민솔
라이츠담당 한주원, 이다정, 이승희
디 지 털 박상섭, 이성호, 최서윤, 김지연
발 행 처 ㈜소미미디어
인쇄제작처 코리아피앤피
등   록 제2015-000008호
주   소 서울 마포구 토정로 222, 403호(신수동, 한국출판콘텐츠센터)
판   매 ㈜소미미디어
마 케 팅 한민지, 최정연, 박종욱
물   류 허석용
전   화 편집부 (070)4164-3962, 3963 기획실 (02)567-3388
　　　　　　 판매 및 마케팅 (070)4165-6888, Fax (02)322-7665

ISBN 979-11-5710-553-3 04830
ISBN 979-11-5710-460-4 (세트)